Kontaktadresse nach EU-Produktsicherheitsverordnung:
produktsicherheit@fischerverlage.de

Eduard von Keyserling

Wellen

Roman

Am Südhang

Erzählung

Fischer Taschenbuch Verlag

2. Auflage

© 2024 S. Fischer Verlag GmbH,
Hedderichstr. 114, 60596 Frankfurt am Main

Die Nutzung unserer Werke für Text- und
Data-Mining im Sinne von § 44b UrhG
behalten wir uns explizit vor.
Printed in Germany
ISBN 978-3-596-90346-7

Unsere Adressen im Internet:
www.fischerverlage.de
www.fischer-klassik.de

Inhalt

Wellen
7

Am Südhang
155

Editorische Notiz
235

Daten zu Leben und Werk
236

Aus Kindlers Literatur Lexikon:

Eduard von Keyserling,
›Wellen‹
239

Wellen

Erstes Kapitel

Die Generalin von Palikow und Fräulein Malwine Bork, ihre langjährige Gesellschafterin und Freundin, kamen in das Wohnzimmer. Sie wollten sich ein wenig erholen. Die Generalin setzte sich auf das Sofa, das frisch mit einem blanken, schwarz und roten Kattun bezogen war. Sie war sehr erhitzt und löste die Haubenbänder unterm Kinn. Das lila Sommerkleid knisterte leicht, die weißen Haarkuchen an den Schläfen waren verschoben und sie atmete stark. Sie schwieg eine Weile und schaute mit den ein wenig hervorstehenden grellblauen Augen kritisch im Zimmer umher. Das Zimmer war weiß getüncht, wenig schwere Möbel standen an den Wänden umher und über die Bretter des Fußbodens war Sand gestreut, der in der Abendsonne glitzerte. Es roch hier nach Kalk und Seemoos.

»Hart«, sagte die Generalin und legte ihre Hand auf das Sofa.

Fräulein Bork neigte den Kopf mit dem leicht ergrauten Haar auf die linke Schulter, blickte schief durch die Gläser ihres Kneifers auf die Generalin, und das bräunliche Gesicht, das aussah wie das Gesicht eines klugen älteren Herrn, lächelte ein nachdenkliches, verzeihendes Lächeln. »Das Sofa«, sagte sie, »natürlich, aber man kann es nicht anders verlangen. Für die Verhältnisse ist es doch sehr gut.«

»Liebe Malwine«, meinte die Generalin, »Sie haben die Angewohnheit, alles gegen mich zu verteidigen. Ich greife das Sofa gar nicht an, ich sage nur, es ist hart, das wird man doch noch dürfen.«

Fräulein Bork erwiderte darauf nichts, sie lächelte ihr verzeihendes Lächeln und schaute schief durch ihren Kneifer jetzt zum Fenster hinaus auf den kleinen Garten, der davor lag. Salat und Kohl wuchsen dort recht kümmerlich, Sonnenblumen standen da mit großen schwarzen Herzen, und über alledem lag ein leichter blonder Staubschleier. Dahinter der Strand grell orange in der Abendsonne, endlich das Meer undeutlich von all dem unruhigen Glanze, der auf ihm schwamm, von den zwei regelmäßigen weißen Strichen der Brandungswellen umsäumt. Und ein Rauschen kam herüber, eintönig, wie von einem schläfrigen Taktstock geleitet.

Die Generalin hatte den Bullenkrug für den Sommer gemietet, um hier an der See ihre Familie um sich zu versammeln. Vor drei Tagen war sie mit Fräulein Bork, Frau Klinke, der Mamsell, und Ernestine, dem kleinen Dienstmädchen, hier angelangt, um alles einzurichten. Es erforderte Arbeit und Nachdenken genug, für alle diese Menschen Platz zu schaffen und nicht nur Platz, »denn«, pflegte die Generalin zu sagen, »ich kenne meine Kinder, bei allem, was ich gebe, sind sie kritisch wie ein Theaterpublikum.« Heute nun war die Tochter der Generalin, die Baronin von Buttlär, mit den Kindern, den beiden eben erwachsenen Mädchen Lolo und Nini und dem fünfzehnjährigen Wedig, angelangt. Der Baron Buttlär sollte nachkommen, sobald die Heuernte beendet war, und Lolos Bräutigam Hilmar von dem Hamm, Leutnant bei den Braunschweiger Husaren, wurde auch erwartet.

»Werden sie auch heute abend alle satt werden?« begann die Generalin wieder. »Die Reise macht hungrig.« »Ich denke«, erwiderte Fräulein Bork, »da sind die Fische, die Kartoffeln, die Erdbeeren, und Wedig hat *sein* Beefsteak.«

»So, so«, meinte die Generalin, »übrigens der Junge wird es im Leben nicht leicht haben, wenn er immer *sein* Beefsteak haben muß.«

Fräulein Bork zuckte mit den Achseln und sagte entschuldigend: »Er ist so zart.« Aber das ärgerte die Generalin: »Gewiß, ich gönne ihm sein Beefsteak, Sie brauchen ihn nicht zu verteidigen. Nur finde ich, liebe Malwine, daß Sie keinen rechten Sinn haben für das, was man allgemeine Bemerkungen nennt.« Dann schwiegen die beiden Damen wieder.

Draußen von der Holzveranda tönte Lärm herüber, Tellergeklapper und hohe Stimmen. Ernestine deckte dort den Tisch für das Abendessen und stritt dabei mit Wedig. Auch Lolo und Nini waren erschienen, sie lehnten an der Holzbrüstung der Veranda schmal und schlank in ihren blauen Sommerkleidern. Der Seewind fuhr ihnen in das leichte rote Haar und ließ es hübsch um die Gesichter mit den fast krankhaft feinen Zügen flattern. Die Mädchen zogen ein wenig die Augenbrauen zusammen und schauten mit den blanken braunroten Augen unverwandt auf das Meer und öffneten die Lippen, als wollten sie lächeln, aber das große bewegte Leuchten vor ihnen machte sie schwindelig. Auch Wedig hatte sich nun zu ihnen gesellt und schaute auch schweigend hinaus. Das kränkliche Knabengesicht verzog sich, als täte all dieses Licht ihm weh.

»So«, sagte die Generalin drinnen zu Fräulein Bork, »das war ein angenehmer stiller Augenblick. Ich höre, meine Tochter kommt die Treppe herunter, nun kann es wieder losgehen.«

Frau von Buttlär hatte ein wenig geschlafen, trug ihren Morgenrock und hüllte sich fröstelnd in ein wollenes Tuch. Sie mochte früher das hübsche überzarte Gesicht ihrer Töchter gehabt haben, jetzt waren die Wangen eingefallen und die Haut leicht vergilbt. Aufgebraucht von Mutterschaft und Hausfrauentum war sie sich ihres Rechtes bewußt, kränklich zu sein und nicht mehr viel auf ihr Äußeres zu geben.

Man setzte sich auf der Veranda zur Abendmahlzeit nieder an den Tisch, über den das rote Abendlicht hinflutete und der Seewind an dem Tischtuch und den Servietten zerrte. Das machte die Gesellschaft schweigsam, so das Meer vor sich, war es, als sei man nicht allein, nicht unter sich.

»Ich habe mir das Meer größer gedacht«, erklärte Wedig endlich.

»Natürlich, mein Sohn«, meinte die Generalin. »Du willst wohl für dich ein Extrameer.«

Frau von Buttlär lächelte gerührt und sagte leise: »Er hat so viel Phantasie.« Fräulein Bork sah Wedig schief durch ihren Kneifer an und meinte: »An die Phantasie des Kindes reicht selbst das Weltmeer nicht hinan.«

Nun begann Frau von Buttlär mit ihrer Mutter ein Gespräch über Repenow, ihr Gut, über Dinge, die sie anzuordnen vergessen hatte, von Gemüsen, die eingemacht werden sollten, und Dienstboten, die unzuverlässig waren; lauter Sachen, die seltsam fremd und unpassend in das Rauschen des Meeres hineinklangen, dachte Lolo. Aber unten am Tisch war ein Streit entstanden zwischen Wedig und Ernestine. »Ernestine«, sagte Fräulein Bork streng, »wie oft habe ich es dir nicht gesagt, du darfst beim Servieren nicht sprechen. Oh! *Cet enfant!*« setzte sie hinzu und seufzte. Die Generalin lachte. »Ja, unsere Bork hat es mit Ernestines Erziehung schwer, denkt euch, heute mittag entschließt sich das Mädchen zu baden. Sie geht ins Meer nackt wie ein Finger, am hellen Mittag.« – »Aber Mama!« flüsterte Frau von Buttlär, die Mädchen beugten sich auf ihre Teller nieder, während Wedig nachdenklich Ernestine nachschaute, die kichernd verschwand.

Das Abendlicht legte sich jetzt plötzlich ganz grellrot und unwahrscheinlich über den Tisch und Fräulein Bork schrie auf: »Seht doch!« Alle fuhren mit den Köpfen herum. An dem blaßblauen Himmel standen riesige kupferrote Wolken und auf dem dunkelwerdenden Meer schwamm es wie große Stücke rotglänzenden Metalls, während die am Ufer zergehenden Wellen den Sand wie mit rosa Musselintüchern überdeckten. Wedig blinzelte mit den roten Wimpern und verzog wieder sein Gesicht, als schmerzte es ihn. »Das ist allerdings rot«, meinte er. Die Generalin jedoch war unzufrieden: »Sie haben mich erschreckt, Malwine, Sie haben eine Art, auf Naturschönheiten aufmerksam zu machen, daß man jedesmal zusammenfährt und glaubt, eine Wespe sitze einem irgendwo im Gesicht.«

Die Mahlzeit war zu Ende, die Mädchen und Wedig stellten sich an die Verandabrüstung, um auf das Meer zu starren. Frau von Buttlär hüllte sich fester in ihr Tuch und sprach mit leiser, besorgter Stimme von ihren häuslichen Angelegenheiten.

Die gewaltsamen Farben am Himmel erloschen jäh. Die farblose Durchsichtigkeit der Sommerdämmerung legte sich über das Land und das Meer, jetzt lichtlos, schien plötzlich unendlich groß und fremd. Auch das Rauschen war nicht mehr so geordnet eintönig und taktmäßig; es war, als ließen sich die einzelnen Wellenstimmen unterscheiden, wie sie einander riefen und sich in das Wort fielen. Klein und dunkel hockten die Fischerhäuser auf den fahlen Dünen, hie und da erwachte in ihnen ein gelbes Lichtpünktchen, das kurzsichtig in die aufsteigende Nacht hineinblinzelte. Auf der Veranda war es still geworden. Das seltsame Gefühl, ganz winzig inmitten einer Unendlichkeit zu stehen, gab einem jeden für einen Augenblick einen leichten Schwindel und ließ ihn stillehalten, wie Menschen, die zu fallen fürchten.

»Wer wohnt denn dort?« begann Frau von Buttlär endlich und wies auf eines der Lichtpünktchen am Strande.

»Das dort«, erwiderte die Generalin, »das ist das Haus des Strandwächters. Eine verwachsene Exzellenz hat sich bei ihm eingemietet. Du kennst ihn auch, den Geheimrat Knospelius, er ist bei der Reichsbank etwas, er unterschreibt, glaube ich, das Papiergeld.«

Ja, Frau von Buttlär erinnerte sich seiner: »So ein Kleiner mit einem Buckel. Recht unheimlich.«

»Aber so interessant«, meinte Fräulein Bork.

»Und die anderen Häuser?« fragte Frau von Buttlär weiter.

»Das sind Fischerhäuser«, erklärte Fräulein Bork, »das größte dort ist das Anwesen des Fischers Wardein, und dort, ja, dort wohnt sie doch.«

»Sie?« fragte Frau von Buttlär, beunruhigt davon, daß Fräulein Bork ihre Stimme so geheimnisvoll dämpfte.

»Nun ja«, flüsterte Fräulein Bork, »sie, die Gräfin Doralice, Doralice Köhne-Jasky, die wohnt dort mit – nun ja, sagen wir mit ihrem Manne.« Frau von Buttlär verstand noch nicht ganz. – »Doralice Köhne, die Frau des Gesandten, das ist doch die, die mit dem Maler – die wohnt hier, das ist ja aber schrecklich, man kennt sich doch.«

Doch die Generalin ärgerte sich: »Was ist dabei Schreckliches, man hat sich gekannt, man kennt sich nicht mehr. Der Strand ist breit genug, um aneinander vorüberzugehen, eine fremde Frau Grill, nichts weiter. Ihr Maler heißt ja wohl Hans Grill.«

»Sind sie wenigstens verheiratet?« klagte Frau von Buttlär.

»Ja, sie sagen, ich weiß es nicht«, meinte die Generalin, »das ist auch gleich. Sie wird das Meer nicht unrein machen, wenn sie darin badet. Es ist kein Grund, liebe Bella, ein Gesicht zu machen, als seiest du und deine Kinder nun verloren.«

»Und er ist ein ganz gewöhnlicher Mensch«, jammerte Frau von Buttlär weiter.

»Ja«, sagte Fräulein Bork, sie sprach noch immer leise, aber ihre Stimme nahm einen zärtlichen, feierlichen Klang an, als rezitiere sie ein Gedicht, »es ist traurig und doch wieder in seiner Art schön, wie der alte Graf das Talent des armen Schulmeistersohnes entdeckt, ihn ausbilden läßt, wie er ihn auf das Schloß beruft, damit er die junge Gräfin malt, ja und dort – *müssen* sie sich eben lieben, was können sie dafür. Aber sie wollen nicht die Heimlichkeit und den Betrug. Sie treten zusammen vor den alten Grafen hin und sagen: Wir lieben uns, wir können nicht anders, gib uns frei, und er, der edle Greis – –«

»Der alte Narr«, unterbrach sie die Generalin. »Wer sagt Ihnen denn, daß es so gewesen ist, wer ist denn dabei gewesen? Wahrscheinlich sind nicht die beiden zu dem Alten gekommen, sondern der Alte ist zu den beiden hereingekommen, das sieht denn anders aus. Köhne war immer ein Narr. Wenn man dreißig Jahre älter als seine Frau ist, läßt man seine Frau nicht malen und spielt man nicht den Kunstfreund. Und diese Doralice, ich habe ihre Mutter gekannt, eine dumme Gans, die nichts zu tun hatte im Leben, als Migräne zu haben und zu sagen: ›Meine Doralice ist so eigentümlich!‹ Ja, eigentümlich ist sie geworden, gleichviel, da ist nichts, um die Augen gen Himmel zu schlagen und zu sagen: Wie schön! Lassen Sie die Grill Grill sein, liebe Malwine, wenn Sie sie mit Ihren Phantasien zur Heldin des Strandes machen, verdrehen Sie den Kindern den Kopf. Ernestine läuft ohnehin alle Augenblicke zum Strande hinunter, um die fortgelaufene

Gräfin zu sehen, das verbitte ich mir. Seien Sie so gut und halten Sie mit Ihrer Poesie an sich.«

»Schrecklich, schrecklich«, seufzte Frau von Buttlär. Fräulein Bork aber schien das Schelten der Generalin nicht zu hören, verträumt schaute sie in die Dämmerung hinein, sah, wie die Dämmerung sich sacht aufhellte, der Mond war aufgegangen, Silber mischte sich in das Dunkel der Wellen und der Strand lag hell beleuchtet da.

»Da sind sie!« schrie Fräulein Bork auf.

Erschrocken fuhren alle herum. Am Rande der Düne zeichneten sich gegen den hellen Himmel deutlich die Figuren eines großen Mannes und einer Frau ganz nahe beieinander ab. »Dort stehen sie jeden Abend«, flüsterte Fräulein Bork geheimnisvoll.

Frau von Buttlär starrte angstvoll zu dem Paare auf der Düne hinüber, dann rief sie erregt: »Kinder, ihr seid noch da, warum geht ihr nicht schlafen? Ihr seid müde, nein, nein, geht, gute Nacht«, und beruhigte sich erst, als die Kinder fort waren. Da sah sie sich noch einmal das Paar an da drüben, das jetzt eng aneinander geschmiegt den Strand entlang ging, seufzte tief und sagte kummervoll:

»Das ist allerdings unerwartet, unerwartet fatal. Wenn ich mich auf etwas freue, kommt immer so etwas dazwischen. Schon der Kinder wegen ist es mir unangenehm.«

»Ich weiß, ich weiß«, meinte die Generalin. »Du mußt immer etwas haben, das dich quält, sonst ist dir nicht wohl. Schon als kleines Mädchen, wenn alles sich auf einen Spaziergang freute, sagtest du: was hilft es, es werden doch Steinchen in die Schuhe kommen. Unsere Mädchen! Die haben genug Disziplin im Leibe. Sag' ihnen, da ist eine Frau Grill, die nicht gekannt wird, und ich sehe es, wie Lolo und Nini die Lippen zusammenkneifen und gerade vor sich hinsehen, wenn sie an Madame Grill vorübergehen.«

»Ja und dann«, begann Frau von Buttlär wieder leise, »offen gestanden, es ist auch wegen Rolf. Die Person ist sehr hübsch, solche Personen sind immer hübsch und Rolf, du weißt –.«

Die Generalin schlug mit der flachen Hand auf den Tisch: »Natürlich, das mußte kommen, du bist jetzt schon auf Madame Grill eifersüchtig. Aber liebe Bella, so ist dein Mann denn doch nicht. Na ja, immer die eine alte Geschichte mit der Gouvernante, die könntest du auch vergessen. Ab und zu mal im Frühjahr regt sich in ihm noch der Kürassieroffizier, das ist eine Art Heuschnupfen. Aber ihr Frauen bringt durch eure Eifersucht die Männer erst auf unnütze Gedanken. Nein, liebe Bella, wozu ist man, was man ist, wozu hat man seine gesellschaftliche Stellung und seinen alten Namen, wenn man sich vor jeder fortgelaufenen kleinen Frau fürchten sollte. Du bist die Freifrau von Buttlär, nicht wahr, und ich bin die Generalin von Palikow, nun also, das heißt, wir beide sind zwei Festungen, zu denen Leute, die nicht zu uns gehören, keinen Zutritt haben; so, nun wollen wir ruhig schlafen gehen, als gäbe es keine Madame Grill. Wir dekretieren einfach, es gibt keine Madame Grill.«

Alle erhoben sich, um in das Haus zu gehen. Fräulein Bork warf noch einen Blick zum Meer hinab und sagte in ihrem mitleidig singenden Ton: »Die Gräfin Doralice war einst auch einmal solch eine arme kleine Festung.«

Die Generalin wandte sich in der Tür um: »Bitte, Malwine, meine Vergleiche nicht mit Ihrer Poesie zu umspinnen, dazu mache ich sie nicht. Und dann noch eines, ich bitte, ferner Madame Grill nicht zum Gegenstand Ihres Verteidigungstalentes zu machen, Madame Grill wird nicht verteidigt.«

Oben in der Giebelstube, Lolos und Ninis Schlafzimmer, standen die beiden Mädchen noch am Fenster und schauten hinaus. Das mondbeglänzte Meer, das Rauschen und Wehen da draußen ließ ihnen keine Ruhe, es erregte sie fast schmerzhaft, und das Paar, das dort unten an den blanken Säulen der brechenden Wellen hinschritt, gehörte mit zu dem Erregenden und Geheimnisvollen da draußen, das den beiden Mädchen ein seltsames Fieber in das Blut legte.

Unten auf der Bank vor der Küche saß Frau Klinke und kühlte im Seewinde ihre heißen Köchinnenhände. Vor ihr stand

Ernestine, wies zum Strande hinunter und sagte: »Nee, Frau Klinke, daß die beiden verheiratet sind, das glaube ich nicht.«

Hans Grill und Doralice gingen am Meeresufer entlang. Es ging sich gut auf dem feuchten, von den Wellen glattgestrichenen Sande. Zuweilen blieben sie stehen und schauten auf den breiten, sich sacht wiegenden Lichtweg hinab, den der Mond auf das Wasser warf.

»Nichts, heute nichts«, sagte Hans und machte eine Handbewegung, als wollte er das Meer beiseite schieben. »Es ziert sich heute, es macht sich klein und süß, um zu gefallen.«

»So laß es doch«, bat Doralice.

– »Ja, ja, ich lasse es ja«, erwiderte Hans ungeduldig.

Als sie weiter schritten, hing Doralice sich ganz fest in Hansens Arm. Sie konnte sich ja gehen lassen, dieser Arm war stark und sie dachte flüchtig an einen anderen zerbrechlichen und zeremoniösen Arm, der ihr feierlich gereicht worden war und auf den sich zu stützen sie nie gewagt hatte.

»Du bist müde?« fragte Hans.

»Ja«, erwiderte sie nachdenklich, »diese langen hellen Tage, glaube ich, machen müde.«

»Viel haben wir an diesen langen hellen Tagen nicht getan«, bemerkte Hans.

»Getan«, fuhr Doralice fort, »nichts. Im Sande gelegen und auf das Meer gesehen. Aber gleichviel, ich konnte doch alles mögliche tun, Dinge, die ich sonst nie getan, unerhörte Dinge, nichts hindert mich. Auf der Reise war das anders, da tut man die Dinge, die im Reisebuch vorgeschrieben sind, aber hier muß das Neue kommen und das macht vielleicht müde.«

»Gewiß, gewiß«, begann Hans in seiner eifrigen Art, »Möglichkeiten, natürlich Möglichkeiten, das ist es, was der freie Mensch hat, es ist gleich, ob er etwas tut, aber nichts zwingt ihn, nichts schiebt ihn, nichts bindet ihn was er tut und nicht tut, tut er auf eigene Verantwortung und das kann müde machen, o ja, das kann müde machen«, und Hans lachte ein lautes Ha! Ha! auf das Meer hinaus, »freie Menschen, freie Liebe, denn das ist ja gleich, ob ein alter Engländer in London uns durch die Nase etwas gesagt hat, was wir nicht verstanden haben, das bindet nicht. Also freie Menschen, freie Liebe, freie –« Er hielt plötzlich inne und fragte: »Warum lachst du?«

Doralice hatte ihren Kopf zurückgebogen, um zu Hans hinaufzusehen, und sie lachte. Die schmalen, sehr roten Linien der Lippen öffneten sich ein wenig, ließen im Mondschein für einen Augenblick das Weiß der kleinen Zähne durchschimmern. So hell beschienen war das Gesicht sehr hübsch mit seinem kindlichen Oval, den graublauen Augen, in die das Mondlicht ein seltsam farbiges Schillern legte, und dem hellblonden Haar, an dem der Wind zauste. Ja, Doralice mußte immer lachen, wenn Hans seine großen Worte hersagte, jene Worte, die klangen, als hätten sie in Zeitungen oder langweiligen Büchern gestanden, aber wenn Hans sie aussprach, bekamen sie etwas Junges, etwas Lebendiges, sie klangen, als schmeckten sie ihm gut, wenn er sie so zwischen seinen gesunden weißen Zähnen hervorzischte.

»O nichts«, sagte Doralice, »sprich nur weiter von deinen freien Menschen.« Allein Hans war empfindlich geworden: »Meine freien Menschen, da ist doch nichts zu lachen«, dann schwieg er.

»Du hast ja ganz recht«, meinte Doralice, um ihn zu versöhnen, »vielleicht macht das müde, wenn nichts einen bindet. Bei uns auf dem Lande, dort bei der Roggenernte gehen hinter den Mähern Mädchen her, welche die Ähren zu Garben binden. Das ist sehr anstrengend. Um weniger zu ermüden, binden sie sich Tücher ganz fest um die Taille. So war es vielleicht dort, und jetzt, wo mich nichts festbindet –«

– »Unsinn«, unterbrach sie Hans, »ich sehe nicht ein, warum du deine Vergleiche von dort hernimmst, von dort sprechen wir doch nicht.«

»Nein, von dort sprechen wir nicht«, wiederholte Doralice.

Sie kamen am Strandwächterhäuschen vorüber. Durch das geöffnete Fenster scholl eine laute Männerstimme, und ihr antwortete eine Frauenstimme leidenschaftlich und scheltend. Unten am Strande stand der Geheimrat Knospelius, eine kleine, wunderlich verbogene Gestalt, er stand so nah am Wasser, daß sein unförmlicher Schatten sich in den Wellen badete. Als Hans und Doralice sich näherten, grüßte er, zog seinen Panama sehr tief ab, das graue Haar flatterte im Winde, er lächelte und das regelmäßige, bartlose Gesicht sah aus wie ein großes, bleiches Knabengesicht. »Guten Abend«, sagte Hans. Der Geheimrat lachte lautlos in sich hinein und zeigte mit einem merkwürdig langen, dünnen Finger zum Hause des Strandwächters hinauf. »Die streiten wieder«, bemerkte Hans.

– – »Dort ist immer reger Betrieb«, erwiderte der Geheimrat geheimnisvoll, »die arbeiten am Leben, bis ihnen die Augen zufallen. So was höre ich gern.«

»Ja, hm!« sagte Hans, »guten Abend«, und sie gingen weiter.

»Was sagte er?« fragte Doralice ängstlich. Hans zuckte die Achseln. »Verrückt wahrscheinlich. Solche kleinen Ungetüme sind gewöhnlich ein wenig verrückt. Kennst du ihn denn?«

Doralice dachte nach. »Gewiß, ich kenne ihn. Ich erinnere mich, auf einer großen Gesellschaft war es, es war spät, alle waren müde und warteten auf die Wagen. Da saß plötzlich dieser kleine Mann neben mir. Seine Füße reichten nicht an den Fußboden, sondern hingen wie bei Kindern frei vom Stuhle herunter. Er sah mir ganz frech in die Augen, wie man das sonst nicht tut, und sagte: ›Es fällt mir auf, Frau Gräfin, daß jetzt, wo alle schon schläfrig sind, Ihre Augen noch so wach sind; die warten noch.‹ Ich machte wohl ein sehr dummes Gesicht und fragte: ›Worauf?‹ Da lachte er ganz so, wie er jetzt eben lachte, und sagte: ›Nun darauf, daß was geschieht, daß was kommt. O, die geben nicht nach, die stehen auf ihrem Posten.‹ – Mir war das unheimlich, ich war froh, als in dem Augenblick der Wagen gemeldet wurde.«

– »Ich weiß nicht, was du noch immer an allen diesen Erinnerungen hast, erquicklich sind sie nicht«, versetzte Hans verstimmt.

»Was kann ich dafür«, verteidigte sich Doralice, »ich habe

doch noch keine anderen Erinnerungen, und dann, sie kriechen einem doch überall nach. Da steht der Geheimrat Knospelius plötzlich am Strande, drüben im Bullenkrug zieht die Generalin von Palikow und die Baronin Buttlär ein, auf Schritt und Tritt das alte Leben. Weißt du, was ich möchte? Dort drüben über dem Meer müßte man eine Hängematte aufhängen können, gerade so hoch, daß die Wellen sie nicht erreichen, aber doch so, daß, wenn ich die Hand herabhängen lasse, ich den Wellen in die weißen Bärte fassen kann, und so, siehst du, könnten, glaube ich, keine Erinnerungen kommen und keine Knospelius und Palikows könnten einem begegnen.«

Hans blieb nachdenklich stehen: »Du«, sagte er, »das wollen wir machen.« Er ergriff Doralice, legte sie auf seine Arme: »Lieg«, rief er, »wie ein Kind auf den Armen des Paten während der Taufe«, und nun begann er langsam in das Meer hineinzugehen. Regungslos lag Doralice da und schaute hinauf in den Himmel, der bleich von Mondenschein war. Das Wehen, das vom Meere kam, das Rauschen unter ihr, das goldene Fließen und Flimmern ringsumher, all das schien sie zu zwingen und zu schaukeln, und dann war es ihr, als fiele sie, fiele sie in einen Abgrund von Licht, das sie dennoch trug und hielt.

»So, so, weiter, weiter, jetzt sind wir ganz bei ihnen, mitten unter ihnen, das dumme Land ist fort.« Doralice sprach mit einer Stimme, wie Schlafende es tun, lachte ein leises, ganz helles Lachen wie Kinder, die auf einer Schaukel sitzen. Sie ließ ihre Hand herabhängen, griff in den Schaum der Wellen, schnalzte mit den Fingern, als wollte sie kleine Hunde springen lassen. »Wie sie zu mir heraufwollen«, rief sie, »kommt, kommt, nein, das ist zu hoch.« Hans stand bis über die Knie im Wasser und lächelte, das Gesicht rot vor Anstrengung. Aber allmählich wurde er müde, es war nicht leicht, sicher im Wasser zu stehen, und langsam zog er sich an das Ufer zurück. Mit einem befriedigten: »So, das war eine Leistung«, setzte er Doralice auf den Sand zurück. Sie schwankte ein wenig auf ihren Füßen wie berauscht, sie legte die Hand auf die Augen, alles um sie her schien noch sacht zu schwanken. Sie mußte sich an Hans anlehnen. »Du siehst«, sagte sie, »ich vertrage dies dumme Land nicht mehr.«

– »Das kommt noch«, meinte er, »das Land wird uns jetzt sehr gut schmecken. Eine warme Stube und Rotwein, ich bin naß und mich friert.« – »Ja, gehen wir«, sagte Doralice kleinlaut, »wir gehören ja doch nicht zu denen dort. Aber wie stark du bist, daß du mich so halten konntest.«

– »Nicht wahr«, erwiderte Hans stolz, »und weißt du, wie ich dich so hielt, wenn ich denke, das war eigentlich symbolisch, mitten in den Wellen, und ich halte dich.«

Aber Doralice sagte müde: »Ach nein, laß es lieber nicht symbolisch sein.«

Hans schaute sie verwundert an und murmelte dann ein wenig empfindlich: »Nun dann auch nicht.«

Um den Hof des Wardeinschen Anwesens standen die niedrigen strohgedeckten Häuser, der Schuppen, der Stall, der Speicher, in dem jetzt die Familie des Fischers wohnte, und das Wohnhaus, das Hans Grill gemietet hatte. Hier schien die Hitze des Tages noch eingeschlossen zu sein, die Luft war schwer von den Gerüchen des Strohs, der an Schnüren trocknenden Fische und feuchter Netze. Man hörte durch die kleinen geöffneten Fenster den Atem schlafender Menschen, irgendwo schlug ein Hahn auf seiner Stange mit den Flügeln und im Schuppen grunzte ein Schwein im Traum. Und hier fiel von Doralice der Rausch der Weite und des Lichtes ab, ganz jäh, es schmerzte fast körperlich, und als sie durch die Tür traten, die so niedrig war, daß Hans sich tief bücken mußte, sagte Doralice klagend: »So schlüpfen wir denn auch in unser Loch.« – »Ja, ja«, meinte Hans eifrig, »das wird gut tun.« In dem kleinen Wohnzimmer brannte eine Petroleumlampe auf dem Tisch, und es fiel Doralice auf, wie häßlich unrein dieses Licht war, mit welch schläfriger Alltäglichkeit es den weißgetünchten Raum füllte. Hans war ganz geschäftig. »Köstlich, köstlich«, sagte er, »setz' du dich dort in den Korbstuhl, ich bin gleich wieder da.« Er verschwand, kam dann in weichen Filzschuhen zurück, ging ab und zu, holte Gläser, den Rotwein, schenkte die Gläser voll, setzte sich endlich Doralice gegenüber an den Tisch, rieb sich die Hände und lachte über das ganze Gesicht. Er sah sehr jung aus, das Gesicht von der Luft gerötet und der Bart und das kurzgelockte Haar honiggelb, die braunen Augen blinzelten blank vor Freundlichkeit. »Köstlich«, wiederholte er, »das nenne ich eine Lebenslage, man sitzt so beieinander und die Lampe brennt, man hat seinen Rotwein und dazu sein wunderschönes Weib.«

Doralice lehnte sich in ihren Korbstuhl zurück und schloß die Augen. »Ach«, sagte sie müde, »nenne mich, bitte, nicht Weib, das klingt so, ich weiß nicht, nach losen blauen Jacken mit weißen Punkten und Kartoffelsuppe.«

Hans errötete: »Nein, nein«, sagte er, »also nicht Weib. Weib ist ein schönes deutsches Wort, aber wie du willst, bitte.«

Sie schwiegen beide eine Weile. Aus dem Nebenzimmer hörte man deutlich das Schnarchen der alten Agnes, einer fernen Verwandten von Hans Grill, die ihm jetzt die Wirtschaft führte. Agnes hatte eine seltsame, kummervolle und mißmutige Art des Schnarchens. Am Tage versah sie still und pünktlich ihren Dienst, aber das alte Gesicht, in dem die Fältchen wie Sprünge in einem gelben Lack standen, trug stets den Ausdruck einer geduldigen, hochmütigen Ergebenheit. Jetzt schien es Doralice, als käme mit den verschlafenen Lauten alle Bitterkeit heraus, welche die Alte gegen sie hegte. Doralice preßte die schmalen, zu roten Lippen fest aufeinander, und wie sie dalag in dem dunkelblauen Kdeide mit dem großen weißen Matrosenkragen, die Stirn ganz verdeckt von dem feuchtgewordenen blonden Haar, sah sie aus wie ein kleines Mädchen, das gescholten wird. Nein, auf die Dauer war es unerträglich, dem Murren dort im Nebenzimmer zuzuhören. Alles, alles wurde traurig, wurde sinnlos, sie wußte nicht mehr, warum sie hier saß, warum –. Und Hans, sie öffnete die Augen und schaute ihn an. Er hatte den Kopf auf die Brust sinken lassen, rauchte aus seiner kurzen Pfeife und trank ab und zu in hastigen kleinen Zügen den Wein.

»Bist du noch böse, weil du nicht Weib sagen sollst?« fragte

Doralice und versuchte zu lächeln. Hans hob schnell den Kopf, er begann zu sprechen, aber er mußte einige Male dazu ansetzen, denn eine Erregung schnürte ihm die Kehle zusammen. »Weib oder nicht Weib, das ist doch gleich, der Ton ist es, der Ton. Wenn du den hast, dann bist du mir plötzlich ganz weit, ganz fremd, der streicht plötzlich alles aus, was wir miteinander erlebt haben. Ich freue mich darauf, daß es gemütlich sein wird, man wird beieinander sitzen, man wird lachen, man wird glücklich sein und dann sagst du etwas und dieser Ton ist da und es wird sofort kalt und fremd und peinlich, als setzten wir uns drüben im Schloß vor den weißen Serviettenzeltchen mit dem alten Grafen zum Frühstück nieder.«

Doralice hörte ihm gespannt zu, diese erregte Stimme, die sich überstürzenden Worte erwärmten sie. Er sollte weiter sprechen. »Wie ist dieser Ton?« fragte sie.

»Wie? Wie?« fuhr Hans leidenschaftlich fort. »Wenn dir etwas nicht schmeckt, dann schiebst du den Teller fort und sagst feindselig: ›Das will ich nicht.‹ So, so ist dieser Ton, als ob du mich und unsere ganze gemeinsame Geschichte fortschiebst. Das kannst du ja auch, es ist ja auch dein Recht, sag' es doch.«

Doralice lächelte jetzt ihr hübsches, strahlendes Lächeln. Sie hob die Arme in die Höhe und reckte sich: »Ach Hans, das ist ja Unsinn, ich bin einfach müde. Glaubst du, das strengt nicht an, so zwischen Himmel und Meer zu schweben?«

Hans schaute sie erstaunt an, dann begann auch er zu lachen, sein lautes, ein wenig unerzogenes Lachen. »Also das strengt dich an und ich – glaubst du, es ist leicht, fest im Wasser zu stehen und eine Frau über den Wellen zu halten, die Hängematte zu spielen?«

»Du«, meinte Doralice, »du bist ja so stark.«

Befriedigt lehnte Hans sich in seinen Stuhl zurück, goß sich Wein ein, er schüttelte sich vor Gemütlichkeit, als sei eine Gefahr glücklich vorübergegangen.

»Und all das kommt daher«, erklärte Hans und stach dozierend mit seiner Pfeife in die Luft hinein, »uns fehlt eine gewisse

Enge, eine Gebundenheit, Form, Form, Form, das ist es, das macht reizbar und unsicher. Von Unendlichkeiten kann man nicht leben. Immer kann der eine nicht stehen und den anderen zwischen Himmel und Meer in den Mondschein hineinhalten. Also wir müssen unser Leben einteilen, regelmäßige Beschäftigung, Haushalt, eine Alltäglichkeit müssen wir haben, der ewige Feiertag macht uns krank.«

»Du könntest ja wieder malen«, warf Doralice hin.

»Das werde ich auch«, rief Hans hitzig, »glaubst du, ich werde ruhig dasitzen und von deinem Gelde leben?«

– »Ach was, das dumme Geld.«

»Gleichviel, ich werde arbeiten, ich weiß auch, was ich zu malen habe, ich studiere meine Modelle, euch beide.«

– »Uns beide?«

»Ja, dich und das Meer. Ihr beide müßt zusammen auf ein Bild und eine Synthese von dir und dem Meer, verstehst du?«

– »Ja so«, bemerkte Doralice, »ob du nicht versuchst, zuerst das Meer zu malen. Du sagtest doch, daß du mich nicht malen kannst.«

Das ärgerte Hans wieder. »Ja dort, dort konnte ich dich allerdings nicht malen. Ich war berauscht von dir. Man muß doch seinem Modell auch einigermaßen objektiv gegenüberstehen.«

– »Stehst du mir jetzt objektiv gegenüber?« fragte Doralice verwundert.

»Ja«, meinte Hans, »es kommt wenigstens allmählich und das haben wir nötig, etwas Nüchternheit, so eine selbstgeschaffene Bürgerlichkeit, in die man sich fest einschließt. Du sprachst da vorhin wegwerfend von Kartoffelsuppe, ich möchte sagen, kein Leben, auch das idealste, ist möglich, in dem es nicht einige Stunden am Tage nach Kartoffelsuppe riecht.« Er lachte und sah Doralice triumphierend an, stolz auf seine Bemerkung.

Doralice seufzte: »Uff, wenn man da nur atmen kann, ganz eng, fest eingesperrt und riecht nach Kartoffelsuppe. Eine Welt, als ob Agnes sie geschaffen hätte.«

»Bitte«, sagte Hans empfindlich, »wer da nicht atmen kann,

darf hinaus, wir sind freie Menschen, daß wir uns selbst binden, ist unsere Freiheit, aber keiner von uns ist gebunden.«

Doralice zog die Augenbrauen in die Höhe und sagte ziemlich schläfrig: »Ach, lassen wir doch die alte Freiheit. Es ist ja ganz hübsch, wenn eine Tür immer offen steht, aber man braucht doch nicht beständig drauf hinzuweisen. Die Freiheit wird dann fast ebenso langweilig wie das ›*tenue, ma chère*‹ dort, du weißt.«

Hans schaute Doralice bestürzt an. Er wollte etwas sagen, verschluckte es jedoch. Er erhob sich und begann im Zimmer auf- und abzugehen, er ging schnell, stapfte stark mit seinen Filzschuhen auf den Boden. Doralice folgte ihm neugierig mit den Blicken. Jetzt war er zornig, jetzt würde er leidenschaftlich losbrechen, sie freute sich darauf, sie liebte es, wenn er die Worte so heiß hervorsprudelte und ein Gesicht machte wie ein zorniger Knabe. Das hatte ihr an ihm gefallen dort in der Welt der beständigen Selbstbeherrschung. Aber es wollte nicht kommen, immer noch ging er schnell und schweigend in dem engen Raum umher. Plötzlich blieb er vor Doralice stehen, kniete nieder, mit beiden Knien hart auf den Boden schlagend, und legte seinen Kopf auf Doralicens Knie und so begann er zu sprechen, leise und klagend: »Wie kannst du das sagen, ich – ich – ich weise auf die Tür hin. Aber wenn du zu dieser Tür hinausgingst, dann wäre es aus, dann hätte nichts mehr einen Sinn, dann hätte ich keinen Sinn, dann hätte die ganze Welt keinen Sinn.«

Doralice strich mit der Hand ihm leicht über das krause Haar. »Nein, nein«, sagte sie und das klang müde und mitleidig zugleich, »zusammen, wir bleiben zusammen, wir beide sind ja doch miteinander ganz allein.«

Hans richtete sich auf, er lachte wieder, zuversichtlich und triumphierend, indem er Doralicens Arm faßte und ihn schüttelte: »Das will ich meinen und ich werde auch dafür sorgen, daß niemand an dich herankommt.« Dann nahm er ihre kleine Gestalt auf seine Arme, wie man ein Kind nimmt, und trug sie in das Schlafzimmer hinüber.

Zweites Kapitel

Der Morgen dämmerte, als Doralice erwachte. So war es jetzt immer, wenn sie sich niederlegte, schlief sie schnell und tief ein, aber lange vor Sonnenaufgang erwachte sie, und es war mit dem Schlaf zu Ende. Dann lag sie da, die Arme erhoben, die Hände auf ihrem Scheitel gefaltet, die Augen weit offen und schaute der graublauen Helligkeit zu, wie sie durch die weiß- und rotgestreiften Gardinen in das Zimmer drang, den Waschtisch, die beiden plumpen Stühle, den großen gelben Holzschrank aus der Dämmerung herausschälte, das Zimmer erhellte, ohne es zu beleben, gleichsam ohne es zu wecken. Und dieses Zimmer, klein wie eine Schiffskabine, erschien Doralice als etwas ganz und gar nicht zu ihr Gehöriges. Sie lag da wohl in dem schmalen Bett unter der häßlichen rosa Kattundecke, aber sie hatte nicht die Empfindung, als sei dieses die Wirklichkeit, wirklich für sie war noch die Welt des Traums, aus der sie eben emportauchte. Jede Nacht führte er sie in ihr früheres Leben zurück, jede Nacht mußte sie ihr früheres Leben weiter leben. Am besten war es noch, wenn sie sich in dem alten Heimatshause ihrer frühen Jugend, dort in der kleinen Provinzstadt befand. Ihre Mutter lag wieder auf der Couchette, hatte Migräne und eine Kompresse von Kölnischem Wasser auf der Stirn. Sie hörte wieder die klagende Stimme: »Mein Kind, wenn du verheiratet sein wirst und ich nicht mehr sein werde, dann wirst du an das, was ich dir gesagt habe, oft zurückdenken.« Und dieses Wort »wenn du verheiratet sein wirst«, das in den Gesprächen ihrer Mutter immer wiederkehrte, gab Doralice wieder das angenehme, geheimnisvolle Erwartungsgefühl. Draußen der schattenlose Garten lag gelb vom Sonnenschein da, die langen Reihen der Johannisbeerbüsche, das Beet mit den Chrysanthemen, die fast keine Blätter und stark geschwollene bronzefarbene Herzen hatten. Auf der

Gartenbank schlummerte Miß Plummers. Das gute alte Gesicht rötete sich in der Mittagshitze. Doralice ging unruhig in Kieswegen auf und ab, das eintönige sommerliche Surren um sie her kam ihr wie die Stimme der Einsamkeit und der Ereignislosigkeit vor. Aber gerade hier in dem alten Garten fühlte sie es stets am deutlichsten, daß dort jenseits des Gartenzaunes eine schöne Welt der Ereignisse auf sie wartete. Sie fühlte es körperlich als seltsame Unruhe in ihrem Blut, sie hörte es fast, wie wir das Stimmengewirr eines Festes hören, vor dessen verschlossenen Türen wir stehen. Nun und dann war diese Welt gekommen, in Gestalt des Grafen Köhne-Jasky, des hübschen älteren Herrn, der so stark nach *new mown hay* roch, Doralice so verblüffende Komplimente machte und so unterhaltende Geschichten erzählte, in denen stets kostbare Sachen und schöne Gegenden vorkamen. Daß Doralice eines Tages ihr weißes Kleid mit der rosa Schärpe anzog, daß ihre Mutter sie weinend umarmte und der kleine kohlschwarze Schnurrbart des Grafen sich in einem Kusse auf ihre Stirn drückte, war etwas, das selbstverständlich notwendig war, etwas, auf das Mutter und Tochter ihr bisheriges Leben über gewartet zu haben schienen.

Am häufigsten aber befand Doralice sich im Traum in dem großen Salon der Dresdner Gesandtschaft. Immer lag dann ein winterliches Nachmittagslicht auf dem blanken Parkett. In den süßen Duft der Hyazinthen, die in den Fenstern standen, mischten die großen Ölbilder an der Wand einen leichten Terpentingeruch. Von der anderen Seite des Saals kam ihr Gemahl entgegen, sehr schlank in seinen schwarzen Rock geknüpft, die Bartkommas auf der Oberlippe hinaufgestrichen. Ein wenig zu zierlich, aber hübsch sah er aus, wie er so auf sie zukam, die glatte weiße Stirn, die regelmäßige Nase, die langen Augenwimpern. Allein der Traum spielte ein seltsames Spiel, je näher der Graf kam, um so älter wurde dies Gesicht, es welkte, es verwitterte zusehends. Er legte den Arm um Doralicens Taille, nahm ihre Hand und küßte sie. »Scharmant, scharmant«, sagte er, »wieder eine reizende Aufmerksamkeit. Wir haben unsere Ausfahrt aufgegeben, weil wir wußten, daß der Gemahl heut nachmittag ein Stündchen frei hat. Da wollen wir ihm Gesellschaft leisten und ihm selbst den Tee machen. Gute Ehefrauen habe ich schon genug gesehen, Gott sei Dank, es gibt noch welche, aber *ma petite comtesse* ist eine raffinierte Künstlerin in Ehedelikatessen.« Doralice schwieg und preßte ihre Lippen fest aufeinander und hatte das unangenehm beengende Gefühl, erzogen zu werden. Natürlich hatte sie ausfahren wollen, natürlich hatte sie gar nicht gewußt, daß der Gemahl heute eine Stunde frei hatte und hatte auch gar nicht die Absicht gehabt, ihm Gesellschaft zu leisten. Allein das war seine Erziehungsmethode, er tat, als sei Doralice so, wie er sie wollte. Er lobte sie beständig für das, was er doch erst in sie hineinlegen wollte, er zwang ihr gleichsam eine Doralice nach seinem Sinne auf, indem er tat, als sei sie schon da. Hatte sich Doralice in einer Gesellschaft mit einem jungen Herrn zu gut und zu lustig unterhalten, dann hieß es: »Wir sind ein wenig vielverlangend, ein wenig sensibel, man kann sich die Menschen nicht immer aussuchen; aber du hast ja recht, der junge Mann hat nicht einwandfreie Manieren, aber soviel es geht, wollen wir ihn fernhalten.« Oder Doralice hatte im Theater bei einem Stück, das dem Grafen mißfiel, zu viel und zu kindlich gelacht, dann bemerkte er beim Nachhausefahren: »Wir sind ein wenig verstimmt: schockiert, wir sind ein wenig zu streng, aber tut nichts, du hast ganz recht, es war ein Fehler von mir, dich in dieses Stück zu bringen. Ich hätte *ma petite comtesse* besser kennen sollen, vergib dieses Mal.« Und so war es in allen Dingen, diese ihr aufgezwungene fremde Doralice tyrannisierte sie, schüchterte sie ein, beengte sie wie ein Kleid, das nicht für sie gemacht war. Was half es, daß das Leben um sie her oft hübsch und bunt war, daß die schöne Gräfin Jasky gefeiert wurde, es war ja nicht sie, die das alles genießen durfte, es war stets diese unangenehme *petite comtesse*, die so sensibel und so reserviert war und ihrem Gemahl gegenüber immer recht hatte. Wie eine unerbittliche Gouvernante begleitete sie sie und verleidete ihr alles.

Als der Graf Köhne seinen Abschied nahm, als er, wie er es nannte, gestürzt wurde, und sich gekränkt und schmollend auf sein einsames Schloß zurückzog, um sich fortan damit zu beschäftigen, die Geschichte der Köhne-Jaskys zu schreiben und melancholisch zu altern, da war es eine neue Doralice, die Doralice dort auf dem alten Schlosse erwartete. »Ah, *ma petite châtelaine* ist hier endlich in ihrem wahren Elemente, stille, ruhige, etwas verträumte Beschäftigungen, der wohltätige Engel des Gemahls und des Gutes, das hat uns gefehlt.« Und der stille wohltätige Engel, der sie nun plötzlich war, drückte auf Doralice wie ein bleiernes Gewand.

Da kam Hans Grill ins Schloß, um Doralice zu malen, Hans mit seinem lauten Lachen und seinen knabenhaft unbesonnenen Bewegungen und seiner unbesonnenen Art, noch alles, was ihm durch den Kopf ging, unvermittelt und eifrig auszusprechen. »Ich empfehle dir meinen Schützling«, hatte der Graf zu seiner Frau gesagt, »gewiß, als Gesellschafter kommt er nicht in Betracht, du hast ja ganz recht, ihn sehr *à distance* zu halten, aber dennoch empfehle ich ihn deinem Wohlgefallen.« Es begannen nun die langen Sitzungen in dem nach Norden gelegenen Eckzimmer des Schlosses. Hans stand vor seiner Leinwand, malte und kratzte wieder ab. Dabei sprach er stets, erzählte, fragte, ließ große Worte klingen. Doralice hörte ihm anfangs neugierig zu, es war ihr neu, daß jemand so sorglos sein innerstes Wesen heraussprudelte. Er sprach stets von sich, zuweilen mit ganz kindlicher Zufriedenheit und Prahlsucht, dann vertraute er Doralice gutmütig an, was ihm an sich selber bedenklich schien. »An Charakter fehlt es zuweilen«, sagte er, »ei, ei!« Was aus diesen Reden aber am stärksten hervorklang, war ein unbändiger Lebensappetit und ein unumschränktes Vertrauen, alles zu erreichen, wonach er greifen würde. »Oh, ich werde es schon machen, da ist mir nicht bange«, hieß es. Doralice tat das wohl, es erregte auch in ihr wieder Lebenshunger, es erweckte in ihr etwas, das sie fast vergessen hatte, ihre Jugend. Von *distance* war eigentlich nicht mehr die Rede, die allzu *sensible châtelaine* fiel ganz von ihr ab und es ging jetzt dort in dem Eckzimmer oft sehr heiter und kameradschaftlich zu. Aber zuweilen, wenn sie gerade recht laut lachten, hielten sie plötzlich inne, horchten hinaus. »Still«, sagte Hans, »ich höre seine Stiefel knarren«, und es war, als sei eine geheime Zusammengehörigkeit zwischen ihnen beiden eine selbstverständliche Sache. Hans verliebte sich natürlich in Doralice und war diesem Gefühle gegenüber ganz hilflos. Er zeigte es ihr, er sagte es ihr mit einer naiven, fast schamlosen Offenheit, und Doralice ließ es geschehen, es war ihr, als faßte das Leben sie mit starken, gewaltsamen Armen und trug sie mit sich fort. Da begann in diesen Spätherbsttagen Doralices Liebesgeschichte. Helle, kalte Tage und dunkle Abende, auf den Beeten die von dem Nachtfrost gebräunten Georginen und in den Alleen des Parkes welkes Laub, das auch beim vorsichtigsten Schritte raschelte. Wenn Doralice an diese Zeit dachte, empfand sie wieder das seltsame schwüle Brennen ihres Blutes, empfand sie die stete Angst vor etwas Schrecklichem, das kommen sollte, das jeder Liebesstunde auch ihr furchtbar erregendes Fieber beimischte. Wieder empfand sie jenes wunderlich lose, verworrene Gefühl, jenen Fatalismus, der so oft Frauen in ihrem ersten Liebesrausch erfüllt. Dennoch trug Doralice leichter an den Heimlichkeiten und Lügen als Hans. »Ich halte es nicht mehr aus«, sagte er, »immer einen so vor mir zu haben, den ich betrüge, wir wollen fortgehen, oder es ihm sagen.«

»Ja, ja«, meinte Doralice. Es wunderte sie selbst, wie gering die Gewissensbisse waren über das Unrecht, das sie ihrem Manne antat, ja, es war fast nur so wie damals, wenn sie Miß Plummers hinterging. »Und er ahnt es«, sagte Hans, »er bewacht uns, man begegnet ihm überall, hast du es bemerkt? Seine Stiefel knarren nicht mehr, wir müssen ihm zuvorkommen.«

Allein der Graf kam ihnen zuvor. Es war ein grauer Nebeltag, Doralice stand im großen Saal am Fenster und schaute zu, wie der Wind die Krone des alten Birnbaums hin- und herbog und die gelben Blätter von den Zweigen riß und sie in toller Jagd durch die Luft wirbelte. Es sah ordentlich aus, als freuten sich diese hellgelben kleinen Blätter, von dem Baume loszukommen, so ausgelassen schwirrten sie dahin. Doralice hörte ihren Gemahl in das Zimmer kommen. Er machte einige kleine knarrende Schritte, rückte den Sessel am Kamin, setzte sich, nahm ein Schüreisen, um, wie er es liebte, im Kaminfeuer herumzustochern. Als er mit einem »*ma chère*« zu sprechen begann, wandte sie sich um und es fiel ihr auf, daß er krank aussah, daß seine Nase besonders bleich und spitz war. Er schaute nicht auf, sondern blickte auf das Kaminfeuer, in dem er stocherte. »*Ma chère*«, sagte er, »ich habe deine Geduld bewundert, aber lassen wir es genug sein, ich habe mit Herrn Grill eben vereinbart, daß er uns heute verläßt. Mit dem Bilde wird es ja doch nichts, und von dir ist es zu viel verlangt, dich noch der Langeweile dieser Sitzungen und dieser – Gesellschaft zu unterziehen. So werden wir wieder *entre nous* sein. Recht angenehm, was?«

Doralice war bis in die Mitte des Zimmers gekommen, da stand sie in ihrem schieferfarbenen Wollenkleide, die Arme niederhängend, in der ganzen Gestalt eine Gespanntheit, als wollte sie einen Sprung tun, in den Augen das blanke Flackern der Menschen, die vor einem Sprunge von einem leichten Schwindel ergriffen werden.

»Wenn Hans Grill geht, gehe ich auch«, sagte sie, und im Bemühen, ruhig zu sein, klang ihre Stimme ihr selbst fremd.

– »Wie? Was? Ich verstehe nicht, *ma chère*.« Das Schüreisen fiel klirrend aus seiner Hand, und Doralice sah wohl, daß er sie gut verstand, daß er längst verstanden haben mußte. Um seine Augen zogen sich viele Fältchen zusammen und die Bartkommas auf seiner Oberlippe zitterten wunderlich.

»Ich meine«, fuhr Doralice fort, »daß ich nicht mehr deine Frau bin, daß ich nicht mehr deine Frau sein darf, daß ich mit Hans Grill gehe, daß, daß –« sie hielt inne, Schrecken und Verwunderung über den Anblick des Mannes dort im Sessel ließen sie nicht weiter sprechen. Er knickte in sich zusammen, und sein Gesicht verzog sich, wurde klein und runzlig. War das Schmerz? War das Zorn? Es hätte auch ein unheimlich scherzhaftes Gesichterschneiden sein können. Mit großen, angstvollen Augen starrte Doralice ihn an. Da schüttelte er sich, fuhr sich mit der Hand über das Gesicht, richtete sich stramm auf. »*Allons, allons*«, murmelte er. Er erhob sich und ging mit steifen, zitternden Beinen an das Fenster und schaute hinaus. Doralice wartete angstvoll, aber auch sehr neugierig, was nun kommen würde. Endlich wandte sich der Graf zu ihr um, das Gesicht aschfarben, aber ruhig. Er zog seine Uhr aus der Westentasche, wurde etwas ungeduldig, weil die Kapsel nicht gleich aufspringen wollte, schaute dann aufmerksam auf das Zifferblatt und sagte mit seiner diskreten, höflichen Stimme: »Fünf Uhr dreißig geht der Zug.« Er sah auch nicht auf, als Doralice jetzt langsam aus dem Zimmer ging.

»Mein Herz schlug dabei sehr stark«, hatte später Doralice zu Hans Grill gesagt, »ich hörte es schlagen, es schien mir das Lauteste im Zimmer. Ich weiß nicht, was es war, vielleicht war es plötzlich eine sehr starke Freude.«

»Natürlich, natürlich«, meinte Hans Grill, »was sollte es denn anderes gewesen sein.« –

Drittes Kapitel

Im Wardeinschen Anwesen erwachte das Leben, eine Stalltür knarrte, nackte Füße stapften die Holzstufen am Hause auf und ab. Doralice fuhr aus ihrem Sinnen auf, aus dem Weiterleben des nächtlichen Traumes. Das Zimmer war jetzt ganz hell, die Decke mit den großen Streckbalken, die Möbel in ihrer robusten Häßlichkeit ließen sich nicht mehr wegdenken wie vorhin in der wesenlosen Dämmerung, sie riefen Doralice zu ihrer Wirklichkeit zurück, mahnten sie, daß sie zu ihnen gehörte. Die Tür zum Nebenzimmer stand offen, dort schlief Hans. Doralice sah ihn, wie er in seinem Bette auf dem Rücken lag, die Wangen rot, das gelbe Haar wirr in die Stirn fallend, die Lippen halb geöffnet. Er atmete tief und laut, seine breite Brust hob und senkte sich, die Augenbrauen zog er ein wenig zusammen, was dem Gesicht einen Ausdruck verlieh, als sei das Schlafen eine ernste, schwere Arbeit, der er sich mit ganzer Anstrengung widmete. »Der wird's schon machen«, dachte Doralice, »wer so schlafen kann, wer so dabei ist, ist seiner Sache sicher.« Das tröstete sie ein wenig in der unklaren Traurigkeit ihrer Morgenstunden. Aber sie wollte nicht wieder schlafen, sie fürchtete sich davor, zu träumen, wieder hinüberzugleiten in ihr früheres Leben. Sie sprang aus dem Bette und kleidete sich an.

Als sie draußen auf die Düne hinaustrat, wehte ein lebhafter, kühler Seewind ihr entgegen. Über einen blaß-blauen Himmel zogen eilige hellgraue Wölkchen und auf dem Meere hoben sich die Wellen ohne Schaum, groß und grüngrau, ein mächtiges, stilles Atmen, erst näher dem Strande wurden sie lebhafter und ließen die weißen Schaumtücher flattern. Dieses Atmen des Meeres erinnerte Doralice an etwas, was war es? Ach ja, an Hans, an seine Brust, die sich dort in dem Zimmer eben ruhig und kraftvoll hob und senkte. Sie begann am Strande entlang zu gehen, der Wind fuhr ihr in die Röcke, er trieb sie, sie spürte es deutlich, wie er zu kleinen Stößen ausholte, bald von hinten, bald von der Seite sie anfiel und das war ein köstlich erfrischendes Spiel, so muß es den Wellen zumute sein, sie wiegte sich im Gehen; es war ihr, als wogte sie, jetzt fuhr ihr ein stärkerer Windstoß in die Haare, schüttelte sie. Doralice machte einen Satz, stieß einen lustigen kleinen Schrei aus. Jetzt brande ich, jetzt brande ich, dachte sie. Über ihr antwortete ein schriller Ruf, eine große weiße Möwe hing über dem Wasser, sie schlug mit den Flügeln, warf sich wie von plötzlicher Lust berauscht auf das Wasser nieder und schwamm dort, ein kleiner weißer Punkt auf dieser wogenden grüngrauen Seide. Vor den Fischerhäusern auf der Düne standen Fischerfrauen, ihre grauen Röcke, ihre roten Tücher flatterten und sie schützten die Augen mit der Hand und schauten auf das Meer hinaus nach den Männern, die in der Nacht zum Fischfang hinausgefahren waren.

Als Doralice um den Vorsprung einer Düne bog, sah sie den Geheimrat von Knospelius, der vor ihr her den Strand entlang ging. Im gelben Leinenanzug, den Panama im Nacken, einen schönen gelben Setter neben sich, holte er mit dem dicken Spazierstock weit aus, machte große Schritte, warf sich in den Schultern hin und her, hatte, wie es Verwachsene lieben, die Bewegungen starker, großer Leute. Als er Schritte hinter sich hörte, wandte er sich um, er grüßte sehr tief, und das große, bleiche Knabengesicht lächelte. Da es schien, als wolle er etwas sagen, blieb Doralice stehen. »Guten Morgen, gnädige Frau«, begann er und schaute mit seinen stahlblauen Augen scharf und aufmerksam hinauf in Doralices Gesicht, »schon vor Sonnenaufgang auf dem Posten?«

Doralice errötete und lachte: »Es ist Ihnen wohl entfallen, Exzellenz, daß das letztemal, als wir uns sprachen, Sie mir dasselbe sagten, auch so etwas von auf dem Posten stehen.«

»So so«, meinte Knospelius, »möglich, ich interessiere mich für diese Sachen. Sie haben ein gutes Gedächtnis. Darf ich Sie einige Schritte begleiten, gnädige Frau?«

Sie nickte, obgleich es ihr nicht recht war, dieses kleine Ungeheuer neben sich zu haben, das sie von unten auf ansah, unbekümmert, wie man einen Kupferstich, nicht wie man einen Menschen anschaut. Im Gehen sprach er mit tiefer Stimme, deren Metall ihm selbst zu gefallen schien. »Mit dem Schlafen, meine Gnädige, scheint es Ihnen hier auch nicht recht gelingen zu wollen.«

»Doch«, meinte Doralice, »nur die anderen alle sind so früh auf, die Fischersleute, die Hähne, nun und das Meer schläft ohnehin nicht.«

Knospelius lachte jetzt sein lautloses Lachen: »Ja, ja, hier ist Betrieb, hier kann man was lernen. Denn, sehen Sie«, er wurde ernst, sein Gesicht nahm einen bösen, fast haßerfüllten Ausdruck an, »sehen Sie, es gibt nichts Dümmeres, nichts Sinnloseres als die Schlaflosigkeit, als im Bett zu liegen, auf den Schlaf zu warten und nicht schlafen zu können. In solchen Stunden komme ich mir vor, wie meiner Menschenrechte beraubt. Ich tue nicht meine Pflicht als Mensch.«

»Pflicht als Mensch«, wiederholte Doralice etwas zerstreut.

»Ja, gerade so«, fuhr der Geheimrat fort, zänkisch, als hätte jemand ihm widersprochen, »meine Pflicht als Mensch ist, zu schlafen oder mein Handwerk als Mensch zu treiben, zu arbeiten wie da die Fischer oder zu lieben wie Sie und der Herr Maler oder zu streiten wie meine Hausleute, gleichviel, eben Menschengeschäfte zu treiben, und können wir das nicht, so haben wir zu schlafen. Das weiß mein Karo auch, kann er den Aufgaben seines Hundelebens nicht nachgehen, dann schläft er. Aber was wir in einer schlaflosen Nacht denken und fühlen, ist ganz unnütz, gar nicht zu brauchen, weggeworfenes Leben. Sehen Sie, ich habe viel zu rechnen, das ist mein Beruf, aber in schlaflosen Nächten muß ich auch rechnen, Rechnungen, die nie stimmen, die keinen Sinn und kein Resultat haben, das ist doch menschenunwürdig. Wenn Karo mal so daliegt, und mit der Nase im Buche der Natur liest, dann wittert er wirkliche Hasen und wirkliche Hühner, nicht sinnlose Tiere, die es gar nicht gibt;

nein, nein, ich sage, nicht schlafen können ist ein Skandal und dürfte einem gar nicht passieren.«

Knospelius schwieg und schaute ärgerlich auf das Meer hinaus.

Doralice tat der kleine Mann leid. Es war doch eine Qual, die zu ihr gesprochen hatte, sie wollte ihm etwas Freundliches sagen. Es kam ihr jedoch kühl und flach heraus: »Ich hoffe, die Seeluft wird Ihnen gut tun, Exzellenz.« Knospelius begann wieder weiter zu gehen und murmelte: »Ich, ach, es ist nicht das, ich sage es so im allgemeinen. Wenn man wacht, muß man was erleben können und wenn man schlafen will, muß man schlafen können. Das dürfen wir verlangen.« Plötzlich lächelte er, ein hübsches, fast schüchternes Lächeln. »Na ja, wenn es bei dem einen oder anderen so 'ne Bewandtnis hat, wenn da Hindernisse sind, nun, so müssen wir uns an die Erlebnisse der anderen halten. Ich interessiere mich sehr für die Erlebnisse der anderen, ich kümmere mich hier stark um die Angelegenheiten meiner Nebenmenschen. Ja, ja, was Leben betrifft, bin ich Kommunist, ich leugne das Privateigentum, ha, ha!«

– »Erleben denn die Leute hier so viel?« fragte Doralice.

»O genug«, erwiderte der Geheimrat, »sehen Sie die Fischer, die Kerls haben sich mit dem Meere eingelassen, und das hält in Atem, das können Sie mir glauben. Und dann die Weiber, wie sie dort oben stehen und warten. So zu stehen und auf den Mann oder Sohn zu warten, das spannt an. Haben Sie die Augen dieser Frauen beobachtet? Das sind Blicke, die nicht so planlos an den Dingen herumwischen, das sind Blicke, die ohne Umweg gerade auf den Punkt treffen, der ihnen wichtig ist, wie der Hammer in der Hand eines guten Handwerkers gerade und hart immer auf den richtigen Fleck schlägt. Und Sie sollten mal diese Augen sehen, wenn so 'n Mann oder Sohn nicht zurückgekehrt ist und die Frau dann tagelang am Strande hin und her läuft und jeden dunklen Punkt auf dem Wasser oder auf dem Strande erspäht und mit furchtbarer Aufmerksamkeit beobachtet. Das sind Augen, die ihr Handwerk verstehen. Übrigens hat es mich sehr interessiert, daß Sie hergezogen sind. Sie werden schon Farbe in den Betrieb bringen. Es würde mich freuen, den Herrn Maler kennenzulernen. Es scheint ein lebensvoller Herr zu sein. Das sehe ich gern. Ha, ha, das sehe ich ebenso gern, wie der Bauernfänger den Herrn mit der dicken Brieftasche gern sieht.« Und er lachte lautlos und andauernd über seinen Witz.

Der Himmel wurde jetzt farbig, die Wolken am Horizont bekamen dicke goldene Säume und eine Welle von Rot übergoß den Himmel. Auch in das Graugrün des Meeres mischten sich blanke Fäden, und die Höhlungen der brechenden Wellen am Strande füllten sich mit Rosenrot, und plötzlich begann das Meer weiter dem Horizonte zu ganz in Rotgold zu brennen. Knospelius blieb stehen und machte mit seinem langen Arm eine große Bewegung auf das Meer hinaus, als wollte er das Meer vor Doralice ausbreiten.

»Sehen Sie«, sagte er, »das ist nun der allmorgendliche Farbenspektakel. Eine hygienische Maßregel. Die Natur wird ganz rücksichtslos da mit all diesem Rot und Gold überschüttet. Das soll anregen, wie uns die Morgendusche oder der Morgenkaffee. Wenn Sie noch einige Schritte weiter gehen wollen, so können wir einen hübschen, ja ich sage geradezu einen hübschen Anblick haben.«

So gingen sie denn weiter. Sie kamen an eine Stelle des Ufers, wo eine hohe Sanddüne ganz nah bis an das Wasser herantrat, die Wellen unterspülten sie so, daß die Sandwand teilweise eingestürzt war. Bei hohem Seegang waren große Stücke des Erdreichs abgebröckelt und fortgerissen worden, überall klafften Höhlen und Risse, das alles triefte jetzt von rotem Morgenlicht. Hie und da ragte aus dem hellbeschienenen Sande morsches Holzwerk hervor, das metallisch glänzte, und weiße Stücke, die – »Aber«, rief Doralice, »das ist dort eine Hand.« »Allerdings«, erklärte der Geheimrat, »das da ist eine Hand und ein Arm und dort ist ein Schädel hübsch rosa angeleuchtet und in dem verfallenen Sarge dort ein ganzer Mann. Wie Sie sehen, ist dies ein Friedhof, mit dem das Meer langsam aufräumt. Für Friedhofsromantik und Friedhofschauer habe ich wenig übrig, die sind billig. Dies aber gefällt mir. Ein Friedhof, von dem jede Sturmnacht ein Stück abschneidet, wie von einem Kuchen, und aus dem Sande gucken dann all diese Stillen heraus und lassen sich den Seewind um die Knochen wehen. Sehen Sie, wie kokett sie sich im Morgenrot färben, die blühen wie die Rosen. Und dann kommt die Sturmnacht und holt sie ab, dann geht es auf die Reise ins Meer hinaus. Aus dem denkbar Engsten und Stillsten in das Weiteste und Lauteste hinein. Das gefällt mir. Wie auf einer Landungsbrücke stehen die hier und warten auf das Schiff, das sie abholt. Das könnte mich reizen. Da ist doch Betrieb. Dem Tode wird hier das Muffige genommen, mit dem man ihn zu umgeben liebt. Nicht?«

Knospelius schaute zu Doralice auf. Sie war ein wenig bleich geworden, sie preßte die Lippen aufeinander und zog die Augenbrauen zusammen. Es sah aus, als sei sie böse. »Nun, es scheint Ihnen nicht zu gefallen«, bemerkte der Geheimrat, »fürchten Sie sich vielleicht? Wir werden ja zur Furcht vor diesen Dingen erzogen.«

– »Nein«, erwiderte Doralice, »ich fürchte mich nicht. Dies hier ist sehr seltsam. Nur, ich weiß nicht, ich hätte es vielleicht heute morgen lieber nicht gesehen.«

»So, so«, meinte der Geheimrat, »dann können wir ja gehen. Sie haben übrigens recht, über den Tod und was mit ihm zusammenhängt, nachzudenken, ist wohl augenblicklich ganz und gar nicht Ihr Beruf.«

Auf dem Rückweg war Doralice schweigsam. Knospelius plauderte behaglich vor sich hin. Die Generalin Palikow, ja, die kannte er. Eine kluge alte Frau, ein wenig alt, und liebte es, die Angelegenheiten anderer Leute fest in ihre Hand zu nehmen. Sie fühlt sich stets verantwortlich für die Angelegenheiten anderer. Der Baron Buttlär, nun – der hat einen wunderschönen blonden Schnurrbart. Wenn er nach Berlin kam, da brauchte er viel Sekt und suchte Abenteuer. Solch ein Schnurrbart verpflichtet eben und macht auch den christlichen Hausvater und Gatten oft unruhig. Die Töchter, übrigens hübsche Mädchen, schmal und biegsam wie Weidenruten. Das ist die moderne Fasson. Junge Mädchen mußten jetzt aussehen wie Arabesken. Er, Knospelius, zog das frühere, das dreidimensionale Format dem heutigen Stile vor.

Doralice hörte ihm mit Abneigung zu. Sie fand jetzt ihren Begleiter unheimlich, und er verdarb ihr den schönen Morgen. Was ging sie die Welt der Buckligen an, sie sehnte sich nach Menschen mit geradem Rücken. Dazu hatte er eine unangenehme Art, so von unten herauf ihr scharf auf die Lippen zu sehen. Doralice verzog die Lippen, als schmeckte sie etwas Bitteres.

Nach Sonnenaufgang hatte sich der Wind gelegt. Das Meer glättete sich und glitzerte weit hinaus. Viele Fischerboote kehrten heim. Von den Dünen liefen die Fischerfrauen zum Strande hinab, schürzten ihre Röcke hoch auf und wateten in das Wasser, um den Männern behilflich zu sein, die Boote auf den Sand zu ziehen. Mitten im Brandungsschaum standen alle diese Menschen blank von Wasser und Sonnenschein. »Ah, unsere Fischer«, sagte der Geheimrat. Er trat an eins der Boote heran, begrüßte die Fischer, die er kannte: »Guten Morgen, Andree, guten Morgen, Wardein, nun, hat es sich gelohnt?« – »Bißchen was ist da«, sagte Wardein und wischte sich den Wellenschaum aus dem grauen Bart. Knospelius bückte sich über den Bootsrand, um die Fische zu sehen, die auf dem Boden des Bootes lagen. Er streifte sich den Rockärmel auf und fuhr mit seinen langen Fingern mitten hinein zwischen die Dorsche mit ihren bleichen Silberleibern, die Butten, die aussahen wie bräunliche Bronzescheiben, an denen wunderlich verzerrte Gesichter sitzen und die Fülle der kleinen Brätlinge, die blank waren wie frischgeprägte Markstücke. Knospelius kniff ein Auge zu und lachte das Lachen eines ausgelassenen Schuljungen. »Betrieb, auch Betrieb«, sagte er.

Doralice sah ihm einen Augenblick zu, dann wandte sie sich mit einem kurzen »guten Morgen« ab und ging schnell weiter. Jetzt hatte sie Eile, bei Hans Grill zu sein. Da kam er ihr schon entgegen in seinem weißen Leinenanzug, das Badetuch über der Schulter, das Gesicht rot und über und über lächelnd. Wie er sich freut, mich zu sehen, dachte Doralice, und sie fühlte diese Freude wie etwas, das sie plötzlich erwärmte. Hans legte seinen Arm um ihre Taille, nahm sie an sich, wie man sein Eigentum an sich nimmt. Er hatte schon gebadet, er roch nach Seewasser. »Kalt war's«, berichtete er, »aber das liebe ich, wenn die Wellen einen ins Fleisch zwicken, willst du nicht auch baden?« Nein, Doralice wollte später baden.

»Ich weiß, ich weiß«, meinte Hans, »du liebst es, wenn das Meer eine lauwarme Tasse Tee ist. Schön, schön. Aber hungrig sind wir, ich habe Agnes gesagt, daß sie für jeden von uns wenigstens vier Eier bereithalten soll.«

»Was sagte Agnes?« fragte Doralice. Hans lachte: »O die, ihr Gesicht versteinerte sich und sie meinte, sie habe nicht gewußt, daß adlige Damen so viel essen müssen.«

Viertes Kapitel

Der Tag war sehr heiß. Die Generalin hatte die Strandkörbe auf die Düne stellen lassen. Dort saßen sie und ihre Tochter und machten Handarbeit. Fräulein Bork ruhte vor ihnen im Sande und zeichnete das Meer. Sie zeichnete immer das Meer, lange leichtgewellte Linien, am Horizont ein Segelboot. Wedig saß neben seiner Mutter und mußte aus Fénélons »Télémaque« vorlesen. Er las ganz eintönig in einer Art klagender Melodie, die wie das Schlummerlied für diese heiße Stunde klang. Er selbst fühlte sich ganz hoffnungslos, sein Feriengefühl war ihm abhanden gekommen. Dieses ewig glitzernde Meer, dieser heiße Sand, der sich an die Finger hing und sie nervös machte, die Ereignislosigkeit, all das schien Wedig gewöhnlicher Alltag und machte ihn weltschmerzlich. Dazu noch dieser Mentor mit seinen endlosen Reden. Wedig wünschte, er hätte ihm die Nase abreißen können. Frau von Buttlär hörte der Vorlesung nur unaufmerksam zu, nur mechanisch warf sie hin und wieder ein zerstreutes *»faites les liaisons, mon enfant«* hin. Oft griff sie nach ihrem Opernglase, um zum Strande hinabzusehen, wo Lolo und Nini auf und ab gingen und sich abkühlten, bevor sie in das Wasser gingen. In den roten Badeanzügen, weiße Stoffkappen auf dem Kopf, sahen sie wie sehr schlanke Knaben aus und sie gingen ganz aufrecht, die Beine ihrer Freiheit ungewohnt ein wenig befangen und steif bewegend.

»Sagen Sie, Malwine«, fragte die Generalin, »sahen wir in unserer Jugend auch so aus, wenn wir badeten?«

Fräulein Bork kniff das eine Auge zu und lächelte gefühlvoll: »Ach, das ist so hübsch«, meinte sie, »wie kleine rote Silhouetten auf einem grünen Lampenschirm sehen sie aus.«

»Ja, o ja«, versetzte die Generalin, »daß das, was wir in unserer Jugend Hüften nannten, immer mehr abkommt!«

Jetzt gingen die Mädchen in das Wasser, vorsichtig wateten sie durch die Brandungswellen, verschwanden zuweilen ganz im weißen Schaum und warfen sich endlich auf das Wasser, um zu schwimmen, zwei rote Striche, in dem weißlichen Grün, das heute die Farbe des Meeres war. Sie waren gute Schwimmerinnen, aber Lolo überholte Nini weit, wunderbar leicht und schnell schoß sie vorwärts, geradeaus, als habe sie ein Ziel.

»Aber wohin will sie«, rief Frau von Buttlär, »warum bleiben sie nicht beisammen? Ich habe ihnen gesagt, sie sollen beisammen bleiben, ich habe ihnen verboten, bis zur zweiten Sandbank zu schwimmen. Lolo! Lolo!« Frau von Buttlär rief und winkte mit ihrem Taschentuche, aber der rote Strich dort drüben fuhr immer weiter ins Meer hinaus. »Ich sage es immer«, klagte Frau von Buttlär, »Lolo hat einen schwierigen Charakter, sie kann nicht gehorchen, ihr Mann wird es schwer haben. Lolo! Lolo!«

»Wer geht denn dort ins Meer?« fragte Wedig und zeigte zum Strande hinab.

»Das«, sagte die Generalin, »muß die Köhne sein.«

»Wo? Was?« rief Frau von Buttlär. »Ach, nenne sie doch nicht Köhne, Mama, sie heißt doch nicht so.«

»– Ach was«, meinte die Generalin, »wenn die Leute beständig ihren Namen ändern, kann mein alter Kopf es nicht behalten, und Grill, wer kann sich das merken, das ist nichts.«

Einen Augenblick schwiegen alle und schauten gespannt auf das Meer hinab. Wedig hatte den Télémaque fortgeworfen und legte sich platt in den Sand, lag da wie eine Robbe und starrte vor sich hin. Jetzt kam vielleicht doch ein Ereignis.

»Reizend«, bemerkte Fräulein Bork, »marineblau und einen kleinen gelben Dreimaster und wie sie schwimmt!«

»Sehr schick«, brummte Wedig. Das jedoch erregte aufs neue Frau von Buttlärs Aufregung. »Schweig«, herrschte sie ihren Sohn an, sie stand auf, schwenkte ihr Tuch, rief wieder: »Lolo! Lolo! Aber sie schwimmen ja aufeinander zu, auf der Sandbank müssen sie sich ja treffen. Ach Gott, mein armes Kind!«

»Na, setz' dich, Bella«, beruhigte die Generalin ihre Tochter,

»jetzt ist es nicht zu ändern. Sie wird Lolo auch nicht gleich anstecken.«

»Muß man so etwas erleben«, seufzte Frau von Buttlär und setzte sich kummervoll in den Stuhl zurück. Gespannt folgten alle mit den Augen dem roten und dem marineblauen Punkte dort auf der lichtüberglitzerten Fläche.

»Die Dame ist doch zuerst da«, rief Wedig triumphierend.

»Lolo scheint müde, sie schwimmt langsam«, bemerkte Fräulein Bork; »ah, ah, die Gräfin geht ihr entgegen, sie will ihr helfen.«

»Unerhört«, stöhnte Frau von Buttlär.

»Jetzt reicht sie Lolo die Hand«, meldete Wedig, »ah, jetzt steht Lolo, die Dame legt ihr den Arm um die Taille und Lolo stützt sich auf ihre Schulter.«

»Dem setzt man sich aus, wenn man so ohne weiteres ins Meer hinausschwimmt«, klagte Frau von Buttlär. Aber die Generalin ärgerte sich: »Bella, du übertreibst wieder, wenn das Kind müde ist vom Schwimmen, so ist es gut, daß jemand ihr die Hand reicht, und das Kind nimmt die Hand und fragt nicht erst: Sind Sie Ihrem Manne auch treu gewesen!«

Lolo stand drüben auf der Sandbank, sie war bleich geworden und atmete schnell: »Oh, ich halte Sie schon«, sagte Doralice, »legen Sie den Arm auf meine Schulter, so wie man beim Tanzen den Arm auf die Schulter des Herrn legt – so. Es war doch ein wenig zu weit, Sie sind das nicht gewohnt.«

»Danke, gnädige Frau«, sagte Lolo und errötete, »jetzt ist mir besser, ich bin das Meer nicht gewohnt und ich wollte dort immer im Blanken schwimmen und das war ein wenig zu weit.«

»Nun erholen wir uns noch«, fuhr Doralice fort. »Ja, im Blanken schwimme ich auch gern, die Sonnenstrahlen fahren einem dann so über die Haut wie kleine warme Fische, das liebe ich. Aber wie Ihr Herz schlägt. Zurück schwimmen wir geradeaus, da ist es nur eine kleine Strecke bis zur ersten Sandbank.«

Lolo antwortete nicht, sie dachte nur, würde sie doch noch sprechen. Nach der Anstrengung des Schwimmens kam ein köstliches Behagen über sie. Gern wollte sie lange noch so stehen in dem lauen Wasser, sich schwesterlich an diese schöne geheimnisvolle Frau lehnend, diese seltsam schimmernden Augen, diesen Mund mit den schmalen, zu roten Lippen ganz nahe zu haben. Doralice sprach jetzt von gleichgültigen Dingen, von dem heißen Tage, und daß es am Bullenkruge wenig Schatten gebe und vom Schwimmen, und Lolo hörte ihr zu wie etwas Erregendem, Verbotenem, dessen Schönheit sie, sie allein jetzt plötzlich erkannt hatte.

»Jetzt, denke ich, schwimmen wir«, schlug Doralice vor, und sie warfen sich in das Wasser, schwammen dicht nebeneinander, wandten zuweilen die Gesichter einander zu, um sich anzulächeln. »Geht es?« rief Doralice. »Wir sind gleich da.«

»Oh, es geht, es geht schön«, antwortete Lolo.

Es war fast so bequem, dachte Lolo, als lägen sie beide auf einer grünen Atlascouchette und könnten sich unterhalten. Ja, das war es, sie wollte sich unterhalten. Sie fühlte sich nicht mehr so befangen wie dort auf der Sandbank. Sollte sie fragen, ob es bei Wardeins sehr eng sei? Nein, das war zu unpersönlich, so sagte sie denn: »Gnädige Frau, ich sehe Sie jeden Abend von meinem Fenster aus im Mondschein Spazierengehen.«

»So«, erwiderte Doralice und legte sich auf die Seite, um Lolo ansehen zu können, ihr Gesicht war über und über mit flimmernden Tropfen übersät, »das ist dann wohl Ihr Fenster oben im Giebel, in dem ich jeden Abend Licht sehe?«

»Ja«, rief Lolo begeistert zurück. Es freute sie, daß Doralice zu ihr hinaufgeschaut hatte. Nun waren sie angekommen und gingen ans Ufer.

»Es ist hübsch«, meinte Doralice, »so zu zweien zu schwimmen«, und sie reichte Lolo die Hand. Lolo nahm diese kleine feuchte Hand, hielt sie einen Augenblick und führte sie dann schnell an ihre Lippen. »Ich – ich danke Ihnen, gnädige Frau«, sagte sie leise.

»Nicht doch«, wehrte Doralice, beugte sich vor und küßte Lolo auf den Mund.

Von der Düne her aber bewegte sich ein Zug eilig auf Lolo zu. Voran Frau von Buttlär, die unausgesetzt »Lolo!« rief und mit dem Taschentuch winkte, ihr folgte Fräulein Bork mit dem Badetuche, dann Wedig, die Hände in den Hosentaschen und ein ironisches Lächeln auf den Lippen, und zuletzt die Generalin, erhitzt und ganz außer Atem. Lolo ging dem Zuge ein wenig zögernd entgegen. »Da bist du endlich«, rief Frau von Buttlär, »du bringst mich noch um mit deinen Geschichten.« Lolo ließ sich schweigend in das Badetuch hüllen, man sah ihrem eigensinnigen Gesicht sofort an, daß sie nichts zu ihrer Entschuldigung anführen wollte. Während sie jetzt alle wieder zum Badehause zogen, ging Frau von Buttlär hinter ihrer Tochter her und schalt unausgesetzt: »So etwas kann nur dir passieren, gerade dieser Person in die Arme zu laufen, und geküßt hat sie dich. Wie kommt sie darauf, die freche Person? Und du läßt das geschehen. Von wem wirst du dich nicht noch alles küssen lassen.«

Da wandte Lolo ein wenig den Kopf und sagte entschlossen und eigensinnig: »Sie hat mich geküßt, weil ich ihr die Hand geküßt habe.«

»Du hast ihr die Hand geküßt«, rief Frau von Buttlär, »hat man so etwas gehört, und warum? ich bitte dich. Diese Person, sie ist ja halbnackt, keine Ärmel und die Dekolletage! Aber du hast keinen Stolz, du bist verlobt, du sollst eine ehrliche Frau werden; wir ehrlichen Frauen müssen doch Front machen gegen diese Damen und du küßt ihnen die Hände. Dein Bräutigam wird sich freuen. Ach Gott, mir ist ganz übel, so schäme ich mich.«

Da legte sich die Generalin ins Mittel, sie schob Lolo in das Badehaus und sagte: »Für jetzt ist es genug, Bella, das Kind ist angegriffen, geschehen ist geschehen, wir werden ihr mit etwas Baldriantee den Kuß der Jasky wieder wegkurieren.«

Zu Hause schickte Frau von Buttlär Lolo sofort zu Bett, sie selbst legte sich auch hin, und Ernestine lief mit Baldriantee treppauf, treppab.

Lolo lag oben in ihrem Zimmer auf ihrem Bett noch immer

bleich und schaute mit ihren erregten Augen nachdenklich zur Decke auf. Nini saß neben ihr, sie sprach nichts, sondern schaute Lolo nur wartend an. Endlich begann Lolo zu sprechen, langsam und versonnen: »Ja, sie war herrlich, aber das wußte ich, und daß ich sie werde lieben müssen, das wußte ich auch, aber ich wußte nicht, daß sie etwas an sich hat, das einen weinen machen könnte: Ich hatte so das Gefühl im Halse, wie bei ganz rührenden Stellen in Romanen, das ist natürlich deshalb, weil alle so schlecht von ihr sprechen, weil alle so gegen sie sind. Aber ich bin für sie.« – »Ich auch«, sagte Nini.

»Du?« fragte Lolo verwundert. »Du kennst sie ja gar nicht.« – »Das tut nichts«, meinte Nini, »ich war schon für sie den ersten Abend, als ich sie im Mondschein Spazierengehen sah. Aber was wirst du jetzt tun?«

»Ich weiß, was ich tun werde«, sagte Lolo ernst. Sie stand auf, setzte sich an ihren Schreibtisch und begann einen Brief zu schreiben. Nini wartete geduldig und fragte dann: »Hast du an sie geschrieben?«

»O nein«, antwortete Lolo überlegen. »Ich habe mir aus der Stadt sehr viel rote Rosen kommen lassen, die werde ich ihr abends durch das Fenster in ihr Zimmer werfen.«

»Und ich«, beschloß Nini, »werde mich so lange üben, bis ich auch zur zweiten Sandbank schwimmen kann, und wenn ich dabei auch ertrinke.«

Fünftes Kapitel

Es folgten sich Tage mit unbewölktem Himmel und unerbittlichem Sonnenschein. Überall lag dieses heiße grelle Licht, es schwamm und zitterte auf dem Wasser, es sprühte auf dem Sande, erweckte Funken auf den Kieseln und auf den harten Stengeln des Strandhafers und der Seggen.

»Man kann sich vor Licht nicht mehr retten«, sagte Hans Grill. Aber auch die Abende und Nächte brachten weder Kühlung noch Dunkel. Ein leichter Westwind bewegte die Schwüle nur, ohne sie zu mildern. In einem dunstigen violetten Gewölk wetterleuchtete es jeden Abend am Horizont und dann kam der Mond fast voll und das Glitzern und Sprühen begann wieder allerorten.

»Man möchte zu dieser ewigen Helligkeit sagen«, bemerkte wieder Hans Grill, »ich will meine Ruhe.«

Allein auch in den Stuben war diese Ruhe nicht zu finden, dort war es zu eng und zu heiß, und die Dunkelheit legte sich über den Schläfer wie eine dicke schwarze Decke. Selbst die Fischer, die sonst mit einbrechender Dunkelheit in ihre Hütten zu verschwinden pflegten, saßen vor ihren Häusern und starrten auf das Meer hinaus. So saßen die Wardeins auf der langen Bank vor ihrer Haustür, alle waren sie da nebeneinander aufgereiht wie Seevögel auf einer Klippe. Die achtzigjährige Großmutter, groß und knochig wie ein Mann, legte ihre seltsam knorrigen Hände flach auf die Kniescheiben, um sie zu kühlen. Wardein rauchte seine Pfeife; seine bleiche Frau hielt das Jüngste an der Brust, und die anderen Kinder saßen da im Hemde und wiegten unruhig die nackten Füßchen. Keiner sprach ein Wort, und alle, auch die Kinder, schauten ernst und geduldig gerade vor sich hin. Wenn das Wetterleuchten drüben eilig den Horizont erhellte, wies Wardein stumm mit der Pfeife zu ihm hinüber. Unten am Strande gingen ganz stille Liebespaare hin, sie gingen mit herabhängenden Armen nebeneinander her, träge die Füße über den Sand ziehend. Was sollten sie sich sagen, hier hatte immer seit Menschengedenken das Meer das Wort und wozu ihm unnütz dreinreden.

Doralice und Hans wohnten jetzt fast den ganzen Tag in einer Einsenkung der Düne. Hans spannte dort seinen Malschirm aus, breitete eine Decke über den Sand, auf der Doralice liegen konnte, er selbst saß vor seiner Staffelei und malte das Meer. »Das ist das einzige«, behauptete Grill, »wir müssen es machen wie die Hühner, die sich Erdlöcher machen und sich kühlen.«

Doralice schloß die Augen und murmelte, fast zu faul, um die Lippen zu bewegen: »Ganz still liegen, sich nicht bewegen, denn, spürst du das auch? in uns da zittert und flackert es immer so wie der Sonnenschein auf dem Wasser. Das macht müde.«

»Gut, gut, lieg nur still«, sagte Hans väterlich und beruhigend. Sie schwiegen eine Weile, bis Hans seinen Pinsel fortwarf und sich auch auf den Sand ausstreckte.

»Es will und will nicht werden«, sagte er ärgerlich. Doralice öffnete die Augen und schaute das Bild auf der Staffelei an und meinte: »Warum, es ist ja ganz gut, das ist durchsichtig, das ist grün.«

Hans fuhr auf, erregt und eifrig: »Durchsichtig und grün. Ein Stück Glas ist auch durchsichtig, ein Stück Stoff kann grün sein. Nein, das ist noch kein Meer. Das Meer muß gezeichnet werden, siehst du, nur die Linie hat Bewegung und Leben. Ich kann dein blaues Kleid malen, nichts leichteres als das, aber es so zu malen, daß jeder sieht, du steckst da drin unter dem Blauen, das ist die Kunst. Im Meer steckt eben auch unter dem Durchsichtigen und Grünen etwas, das lebt und sich bewegt, und *das* ist eben das Meer.«

»Ah, so ist es«, sagte Doralice wieder mit geschlossenen Augen, »mach' das doch, Lieber.«

»Machen, machen«, wiederholte Hans, »das ist es eben. Ich möchte wissen, wo Teufel mein Talent hingekommen ist, es war doch da.«

»Bin ich daran schuld?« fragte Doralice ruhig und schläfrig.

Hans antwortete nicht sogleich. Er lag da und starrte zum Himmel auf und dachte nach. Ja, wie war das denn? Und er begann langsam zu sprechen, wie zu sich selber: »Schuld, eine Schuld kann da nicht sein, aber das ist es, du nimmst jetzt in mir einen so großen Raum ein, daß das Talent nicht mehr Platz hat. Natürlich, das ist es. Du bist doch in mein Leben hereingekommen wie ein Wunder, und noch bist du jeden Augenblick ein unbegreifliches Wunder. Wie soll da etwas anderes Platz haben. Immerfort ein Wunder zu erleben, strengt an.«

– »Und glaubst du«, unterbrach ihn Doralice ein wenig gereizt, »es strengt nicht an, immer, den ganzen Tag, ein Wunder zu sein?«

Hans lachte gutmütig. »Laß es gut sein, ich gewöhne mich schon an das Wunder.«

– »O wirklich, du gewöhnst dich dran«, warf Doralice hin.

»Sicher«, fuhr Hans fort, »alles, was uns jetzt selbstverständlich scheint, ist einmal ein Wunder gewesen. Du wirst mir auch selbstverständlich werden. Warte nur, bis wir in unserer Ordnung sind.«

Doralice hob ihre Arme hoch über den Kopf empor und streckte sich: »Ach ja, deine Ordnung, nun also erzähle von deiner Ordnung. Ein Häuschen, nicht wahr, damit fängt es doch an?«

»Allerdings ein Häuschen«, begann Hans gereizt, »ein Häuschen irgendwo, sagen wir in einem Vorort von München, ein Häuschen, das deine eigenste Schöpfung ist, der Ausdruck deines Wesens, dort waltest du. Mein Atelier ist natürlich in der Stadt, ich komme zu Mittag heim und du erwartest mich –«

– »Das weiß ich alles schon«, unterbrach ihn Doralice, »nur möchte ich wissen, was ich den ganzen Vormittag allein gemacht habe.«

»Du hast eben deinen Wirkungskreis«, erklärte Hans, »du hast dein Hauswesen, dem du dein Gepräge gibst.«

Doralice zuckte mit den Achseln: »Ach Gott, ich kann doch

nicht den ganzen Vormittag allein dasitzen und dem Hauswesen mein Gepräge geben.«

Hans errötete und machte ein Gesicht, wie jemand, dem es in allen Gliedern ruckt, weil er einen Knoten nicht aufbringen kann: »Allein, warum allein? Da werden doch Menschen sein, wir schaffen uns unseren Kreis, unsere Gesellschaft, wir sind an keine Gesellschaft gebunden, wir sind die Schöpfer unserer Gesellschaft, das ist es.«

Doralice richtete sich ein wenig auf und sah Hans an und ihre Augen wurden groß und bekamen einen hilflosen, angstvollen Ausdruck: »Menschen«, sagte sie leise, »du weißt doch, ich fürchte mich vor den Menschen.«

Hans konnte sich vor dem schmerzhaften Mitleid, das diese Augen in ihm erregten, nur retten, indem er sich in Zorn redete. Er schrie ordentlich: »Fürchten, das sollst du nicht, das darfst du nicht, wenn ich da bin, das ist eine Beleidigung für mich, und wir können nicht immer in einer Einsamkeit leben. Ich will nicht, daß wir Ausnahmen sind. Du sollst nicht für mich das Außerordentliche bleiben, nein, du mußt mein Alltag sein, mein tägliches Brot, dann erst besitze ich dich ganz. Und wir müssen leben wie die anderen Menschen und mit den anderen Menschen. Die Welt ist voll guter, herrlicher Menschen, du wirst Frauen finden, großzügige, freidenkende, edle Frauen.«

Doralice hatte sich wieder ruhig zurückgelehnt und die Augen geschlossen: »Diese Frauen kenne ich«, bemerkte sie, »sie tragen Velveteen-Reformkleider und sprechen von objektiv und subjektiv. Zwei frühere Schülerinnen besuchten einmal Miß Plummers, die waren so und Miß Plummers nannte sie: *very clever indeed!*«

Hans hatte die Hände voll Strandhafer, den er in seinem Zorn ringsumher ausriß: »Das ist immer so«, sagte er, »du willst mich nicht verstehen. Weil du deine Gesellschaft verlassen hast, glaubst du, es gäbe keine deiner würdigen Menschen mehr. Das ist Hochmut, oder schämst du dich meiner vor den Menschen? Sag, schämst du dich meiner?«

Doralice lächelte mit geschlossenen Augen: »Nein, du bist gut«, erwiderte sie, »du bist mir schon recht, nur deine Frau Grill mit dem Gepräge, die ist mir nicht sympathisch, die möchte ich lieber nicht kennenlernen.«

»Aber du mußt sie kennenlernen«, rief Hans, »wenn du mich willst, mußt du auch Frau Grill wollen, ich trete für sie ein, ich werde nicht erlauben, daß du sie hochmütig beiseite schiebst. Aber so geht es immer, wir reden und reden, als ob der eine auf der ersten Sandbank steht und der andere auf der zweiten. Und keiner versteht, was der andere sagt, und wir rufen uns nur immer: was? was? zu.«

Hans war aufgesprungen, er stand vor Doralice und sah sie an. Wie ruhig sie dalag in ihrem gelben Sommerkleide, das heiße Gesicht ganz umflimmert von dem blonden Haar, wie ein friedlich schlafendes ganz junges Mädchen sah sie aus. Nur das Zukken des Mundes mit den schmalen, zu roten Lippen sprach von einer Erregung, die in ihr wach war. Weiß sie denn nicht, was ich leide? dachte Hans. Er drückte seinen Strohhut tiefer in die Stirn und lief die Düne hinab an das Meer. Ins Wasser gehen, schwimmen, das war in solchen Augenblicken noch das einzige, was er tun konnte.

Hans Grill hatte nie erwartet, daß das Leben ihn verwöhne, er hatte sich tapfer genug mit Not und Widerwärtigkeiten herumgeschlagen; aber er hatte ihm vertraut, er hatte es zuweilen hart gefunden, aber nie unverständlich. Alles Unklare in der Welt wurde sofort klar, wenn Hansens zwanzigjähriger Egoismus es zu sich selbst in Beziehung brachte, und alle Rätsel lösten sich, wenn er ihnen die Frage stellte: bist du für oder gegen Hans Grill? Jetzt aber verstand er nicht mehr. Etwas war in sein Leben gekommen, das es ihm selber fremd machte, als lebte es ein anderer für ihn. Mädchen, und was man so Liebe nennt, waren ihm schon früher begegnet, und so etwas verwirrt zuweilen, man begeht Torheiten, aber verständlich war das und ging schließlich hübsch glatt in das allgemeine Erleben auf. Man mußte nur fest und ein wenig rücksichtslos zugreifen. »Stramm halten, dann verfitzt es sich nicht«, pflegte Hansens Großmutter zu sagen, die für Geld Strümpfe strickte, wenn der kleine Hans vor ihr saß und die Baumwollsträhnen zum Abwickeln hielt. Aber diese Frau hier, warum mußte er sie so schmerzhaft begehren, jetzt, wo er sie besaß? Warum hatte er nie das ruhige, glückliche Gefühl des Besitzes, warum mußte er, wenn er sie am festesten hielt, stets fürchten, sie zu verlieren? Alles in ihm war voll von dieser Frau, und doch war sie ihm fern. Er verstand nicht, er verstand nicht, und es blieb ihm nichts übrig, als wie ein Raubtier knurrend seine Beute festzuhalten, damit niemand sie ihm entreiße. Hans hatte sich entkleidet und ging langsam durch die Brandung in das Meer hinein. Ich will es schon erzwingen, dachte er ingrimmig, ich will sie schon in das Hans Grillsche umrechnen.

»Ich habe die Ehre«, hörte er eine Stimme neben sich. Unter einer brechenden Welle wie unter einer grünen Glaswölbung stand Knospelius in gelbem Badetrikot. Nun ging die Welle über ihn nieder, verbarg ihn hinter einem weißen Schaumvorhang, gleich darauf tauchte er wieder auf, schüttelte sich, nickte und sagte: »Von Knospelius. Ich habe schon die Ehre gehabt, Ihre Frau Gemahlin zu begrüßen.« Hans verbeugte sich steif.

»Heiße Tage«, fuhr der Geheimrat fort, »man kann nicht genug vom Baden haben. Sonst ein hübscher Aufenthalt hier. Nur ein wenig mehr Geselligkeit wäre zu wünschen. Es fängt doch an, sich zu beleben hier. Baron Buttlär kommt nächstens mit seinem künftigen Schwiegersohn.«

»Ach, meine Frau und ich sind nicht eben gesellig«, erwiderte Hans und schaute neugierig auf das große, bleiche Knabengesicht nieder. Knospelius lachte. »Ich weiß, ich weiß, Flitterwochen, *les jeunes mariés*. Einer scharmanten Frau dienen, das ist die Beschäftigung der Beschäftigungen. Jeder normale Mensch hat sie oder sucht sie. Alles andere ist daneben nur Nebenbeschäftigung. Aber ein alter Junggeselle wie ich, der nur Nebenbeschäftigungen hat, muß sich an die Geselligkeit halten. So ein winziges Norderney sollten wir hier gründen. Ich erlaube mir, bei Ihnen nächstens meine Aufwartung zu machen.«

»Ich glaube«, meinte Hans, »die meisten suchen hier die Einsamkeit.« Während er sprach, verschwand der Geheimrat unter einer Welle, wie eine Maus in der Ackerfurche. Als er wieder auftauchte, hob er dozierend seinen langen Finger und sagte: »Das sind immer die heitersten Gesellschaften, die aus lauter Leuten bestehen, welche die Einsamkeit suchen. Jetzt muß ich hinaus, mein Klaus erwartet mich bereits.«

Er verbeugte sich förmlich und ging dem Strande zu, wo ein sehr großer, ernster Mann mit einem Badetuche seiner harrte. Hans zuckte die Achseln. Was will der wieder? dachte er. Lauter ganz unwahrscheinliches Zeug hängt sich jetzt an einen. Er ging weiter, begann dann zu schwimmen, schwamm weit auf das Meer hinaus. Das tat wohl. Da war nichts Unverständliches, man regt kräftig Arme und Beine, durchschneidet das Wasser und bleibt immer oben und kümmert sich um all die dunklen Tiefen nicht, die unter einem liegen.

Das Bad hatte Hans gut getan; er fühlte sich seiner selbst sicherer und hatte wieder das Vertrauen, daß er es schon machen würde. Als er zur Düne emporstieg, fand er Knospelius bei Doralice. Er hörte schon von weitem, wie sie lachten. Wieder der, dachte Hans mit jenem ärgerlichen Gefühl, das wir zu haben pflegen, wenn eine Fliege sich uns immer wieder auf die Nase setzt. Der Geheimrat saß auf Hansens Malstuhl und sprach angeregt. Doralice hatte sich aufgerichtet, stützte sich auf ihren Ellenbogen, das Gesicht über und über rosa, hörte ihm zu mit dem liebenswürdigen, ein wenig befangenen Ausdruck, den junge Frauen haben, die zum ersten Male in ihrem Salon empfangen.

»Sie sehen«, rief der Geheimrat Hans entgegen, »ich mache mit der Geselligkeit gleich den Anfang. Ich habe Ihrer Frau Gemahlin eben ein Kompliment über die Lebenslage gemacht. Famos! Für einen Maler geradezu unbezahlbar. Der gelbe Sand, der gelbe Batist des Kleides, das goldene Haar, eine Symphonie in Blond. Nicht?« »Ja, hm«, knurrte Hans.

– »Jetzt aber muß ich gehen«, fuhr Knospelius fort und kletterte von seinem Stuhl herab. »Ich will noch einen Besuch bei

Buttlärs machen. Zum Abschied noch *un mot pour rire*. Die Frau von Lossow mit den sieben Töchtern, Sie kennen sie, sagte mir, als Karoline, die dritte, sich mit dem nationalliberalen Doktor Krapp verlobte: ›Es tut mir leid, wir Lossows waren immer konservativ, aber wenn man so viel Töchter zu verheiraten hat, kann man sich nicht nur an eine Partei halten.‹ Was? Nett? Blockpolitik in der Familie.« Er lachte selbst herzlich über seine Anekdote und, was Hans wunderte, Doralice lachte auch darüber. Konnte sie das unterhaltend finden?

Als der Geheimrat gegangen war, streckte Hans sich schweigend auf dem Sande aus. Auch Doralice schwieg eine Weile. Sie starrte zum Himmel auf und lächelte noch immer das liebenswürdige Gesellschaftslächeln.

Lächelt sie noch immer über die Geschichte des Buckligen? dachte Hans. Endlich sagte sie: »Warum bist du so unfreundlich gegen den Kleinen?«

»Was will er denn von uns?« fragte Hans verdrießlich.

– »O nichts, glaube ich«, meinte Doralice, »er will sich unterhalten. Bist du eifersüchtig auf ihn? Er ist doch nur eine groteske Nippfigur.«

Hans fuhr auf: »Ich bin überhaupt nicht eifersüchtig. Das gibt es unter freien Menschen nicht. Für eine Liebe, die ich bewachen muß, danke ich. Nein, aber diese kleine Exzellenz ist für mich ein Stück deiner Vergangenheit, deiner Gesellschaft, die sich wieder an dich herandrängen, sich wieder zwischen dich und mich stellen will, das ist es.«

»Meine Gesellschaft«, erwiderte Doralice, etwas Müdes in der Stimme, »die drängt sich gewiß nicht an mich heran. Die kleine Buttlär, dort auf der Sandbank, welch ein seltsames Gesicht sie machte, ein Gesicht, als habe sie ein ganz verwegenes, ganz verbotenes Abenteuer zu bestehen.«

– »So laß sie doch alle«, rief Hans, faßte Doralice bei den Schultern und drückte sie an sich mit einer zornigen Leidenschaftlichkeit, »die gehen uns alle nichts mehr an.«

»O ja«, erwiderte Doralice, »ich lasse sie und sie lassen mich.«

Die Sonne ging unter, das strenge Licht schmolz, wurde zu roten und violetten Dunstschleiern, ehe es erlosch. Dann gab es, ehe der Mond höher stieg, eine kurze Zeit des Zwielichts, das den Augen wohltat. Aber diese bleiche Dämmerung legte über das grauwerdende Meer eine unendliche Einsamkeit, das Meer wurde ernst und traurig.

»Warum sprichst du nicht?« fragte Hans Doralice, während sie wie jeden Abend Arm in Arm den Strand entlang gingen.

»Ich weiß nicht«, antwortete Doralice, »um diese Zeit ist die Luft immer so sorgenvoll.«

»Wir haben keine Sorgen«, entschied Hans mit Nachdruck.

»Nein, wir haben keine Sorgen«, wiederholte Doralice, »ich fürchtete schon, du würdest sagen: Freie Menschen haben keine Sorgen.«

»Und wenn ich das gesagt hätte?« Doralice lachte: »Du siehst, heute ist kein glücklicher Sprechtag. Sobald wir zu sprechen anfangen, streiten wir uns.«

»Oh, das tut nichts«, erklärte Hans, »was in uns ist, muß heraus, das gibt Vertrauen.«

Doralice wiegte müde den Kopf. »Ach, das ist so umständlich. Weißt du, um sich ganz zu verstehen, müssen wir es so machen wie die da vor uns.« Sie wies auf ein stilles Liebespaar hin. Der Bursch und das Mädchen wiegten ihre schweren Körper wohlig hin und her, schwenkten taktmäßig die herabhängenden Arme. Doralice ließ Hansens Arm los: »Ganz so wie die«, sagte sie. Und nun gingen sie auch nebeneinander her, wiegten sich in den Hüften, schwenkten die Arme und schwiegen. Allein, als sie eine Weile so gegangen waren, blieb Hans stehen. »Nein, das geht nicht«, sagte Hans, »wenn du so still neben mir gehst, glaube ich, du denkst etwas Unfreundliches von mir oder du hast etwas gegen mich.«

»Schade«, meinte Doralice, »es war so schön. Ich fing schon an zu fühlen, daß ich ganz so wurde wie das Mädchen da. Gerade als du zu sprechen anfingst, wollte ich stehenbleiben, den Mund weit aufmachen und auf das Meer hinausgähnen, ho ho ho, ganz wie das Mädchen vorhin. Denken, man denkt ja überhaupt nicht, wenn man so geht, und daher versteht man sich.«

Nein, nein, Hans wollte das nicht. »Tun wir etwas«, schlug er vor, »da ist der Mond. Soll ich dich wieder nehmen und über die Wellen halten oder sollen wir aufs Meer hinausfahren, oder sollen wir heute nacht Wardein auf den Fischfang begleiten? Tun, tun, siehst du, das fehlt uns.«

Aber Doralice hatte heute zu nichts Lust, und so schlugen sie den Heimweg ein.

Als sie zu Hause in ihr Wohnzimmer traten, fanden sie, daß Agnes die Lampe nicht angezündet hatte. Das Zimmer war voller Mondschein und ein starker, sehr süßer Duft schlug ihnen entgegen. Auf dem hellbeschienenen Fußboden aber lag es wie eine dunkelrote Lache. »Sieh doch, Rosen, lauter Rosen«, rief Doralice. Sie kniete vor den Rosen nieder, beugte sich ganz auf sie hinab, griff nach ihnen, hatte beide Arme voll von ihnen, drückte ihr Gesicht in sie hinein, als wollte sie sich in ihnen baden. An einem der Sträuße hing ein Papierstreifen, auf dem »Lolo« stand.

»Oh, sieh doch«, sagte Doralice, »die kleine Lolo hat mir all die Rosen durch das Fenster geworfen, das gute Kind.« Da fühlte sie, daß Hans sie von hinten um die Taille faßte, sie emporhob, sie heraushob aus allen Rosen und sie hörte ihn leise und grimmig sagen: »Jetzt kommen sie durch alle Fenster zu uns herein. Laß sie und ihre dicken Rosen, was sollen wir damit.« Doralice lehnte ihren Kopf gegen seine Schulter: »Ach ja«, sagte sie wie mutlos, »nimm mich fort von ihnen«, und aus ihren schlaff werdenden Armen fielen die Rosen wie ein dunkelroter Strom schwer auf den Fußboden nieder.

Sechstes Kapitel

Im Bullenkruge waren die Herren angekommen: »Jetzt wird das Leben bei uns ganz freiherrlich«, sagte Ernestine. Die große Abendtafel auf der Veranda nahm einen feierlichen Anstrich an. Fräulein Bork hatte sie mit einem Strauß ein wenig sandiger Ziererbsen und Mohnblüten geschmückt. Die Generalin ging aufgeregt ab und zu und fragte immer wieder: »Liebe Malwine, wird mein Schwiegersohn auch Eis für seine Erdbeerbowle haben? Werden die Spargeln auch weich genug sein? Sie kennen doch meinen Schwiegersohn.« Fräulein Bork lächelte ihr geheimnisvolles, zerstreutes Lächeln und erwiderte: »Frau Generalin, die Spargeln sind himmlisch.« Bei der Mahlzeit saß der Baron Buttlär zwischen seiner Schwiegermutter und seiner Frau, er strich seinen langen blonden Schnurrbart, schüttelte vor Behagen leicht seine breiten Schultern und war sehr liebenswürdig, sehr anregend, erzählte mit lauter, klingender Stimme Geschichten, die allgemein interessieren sollten, und Frau von Buttlär interessierte sich sehr angelegentlich für diese Geschichten. Die eingefallenen Wangen leicht gerötet, war sie heute nicht mehr nur die besorgte Mutter, die sich selber ganz vergißt, etwas von der Gesellschaftsdame, ja fast etwas Kokettes war heute in ihrem Wesen. Unten am Tisch saß die Jugend, und Leutnant Hilmar erzählte Geschichten, über die Wedig und Nini so laut lachten, daß Frau von Buttlär ein strenges »Aber Kinder!« hinüberrufen mußte. Hilmar schlank und schmalschultrig im hellen Sommeranzug sah fast wie ein Knabe aus, allerdings wie ein auffallend hübscher Knabe. Durch das sehr dichte schwarze Haar bahnte sich der Leutnantsscheitel nur mühsam seinen Weg. Über der Stirn saß eine dicke schwarze Locke, wie neapolitanische Burschen sie zu tragen pflegen. Die regelmäßigen Züge des bräunlichen Gesichtes hatten das zu Scharfe, ein wenig Gespannte, wie es sich bei sehr alten Rassen zuweilen findet. Die dunklen Augen waren sehr lebhaft, es ging beständig in ihnen etwas vor, es sprühte zuweilen in ihnen so, daß man deutlich goldene Pünktchen über den schwarzen Sammet der Iris hinfahren sah. »Keine Disziplin in den Augen«, hatte der Onkel General von dem Hamm gesagt.

Als die Erdbeerbowle kam, wurde Baron Buttlär ganz der feine Genießer. Er zündete sich seine Havanna an, trank einen Schluck Bowle, warf einen Blick auf das mondbeglänzte Meer und ließ ein jedes verständnisvoll auf sich wirken. Er wurde gefühlvoll: »Mondschein und Meer, Mondschein und Meer«, sagte er und wiegte sachte seinen Kopf, »da kann man gefühlvoll werden, ja, da muß man gefühlvoll werden. Das Meer macht immer Eindruck. Die Unendlichkeit ist eben die Unendlichkeit, nicht wahr?« Alle schwiegen einen Augenblick und sahen das Meer an. Dann aber lenkte Frau von Buttlär das Gespräch auf ihr Gut zurück. Sie sprach so gern von ihrem Vieh, ihren Milchmädchen, ihren Hühnern und ihrer Butter. Ihre Gedanken kehrten immer wieder zu dieser fetten Wohlhabenheit zurück.

Unten am Tische wurde die Jugend unruhig. Nini und Wedig erklärten, auf die Düne gehen zu wollen, und sie taten geheimnisvoll. Sie hatten eine neue Beschäftigung gefunden. Jeden Abend machten sie, wie sie es nannten, Jagd auf die Gräfin. Es kam darauf an, Doralice zu begegnen. Auch das Brautpaar wollte zum Meere hinabgehen: »Ich muß Steine auf dem Meere springen lassen«, sagte Hilmar, »erst wenn ich ihm ein Dutzend Steine ins Gesicht geworfen habe, kriege ich ein Verhältnis zu ihm.«

»Der hat keine Ruh, der muß immer etwas vorhaben«, sagte Baron Buttlär und schaute dem Brautpaar wohlwollend nach. Frau von Buttlär jedoch seufzte und meinte: »Das macht mir oft Sorge, er ist so waghalsig. Beim letzten Rennen ist er doch wieder gestürzt.«

»Hitzig ist er«, bestätigte der Baron, »er reitet gut und anfangs auch vernünftig, aber dann kriegt er es mit der Leidenschaft, die teilt er dem Pferde mit, das Pferd übernimmt sich und der Unfall ist da.«

»Ich kann mir wohl denken, daß der Leutnant seine Leidenschaft anderen mitteilen kann«, ließ Fräulein Borks verträumte Stimme sich vernehmen; allein die Generalin wies sie zurecht: »Von Pferden ist die Rede, Malwine, bitte.«

Frau von Buttlär machte noch immer ihr besorgtes Gesicht und sagte: »Ich habe Hilmar verboten, ein Pferd oder ein Auto mitzubringen, und wenn er segelt, fährt Lolo nicht mit. Solange ich über das Kind zu wachen habe, soll er es nicht umbringen.«

»Umbringen«, rief der Baron gutgelaunt, »sag, Mama, als du mir Bella gabst, hattest du auch das Gefühl, daß du sie sozusagen in einen Abgrund hinabstürztest?«

»Abgrund vielleicht nicht«, erwiderte die Generalin, »aber daß ich sie auf einen Luftballon setze, von dem man nicht weiß, wohin der Wind ihn wehen wird.«

»Bitte, bitte«, rief der Baron Buttlär »ein sehr lenkbarer Luftballon, das weiß Bella gut«, und er lachte über seinen Witz sehr laut und sehr lange, länger vielleicht als es nötig gewesen wäre. Allein das Gefühl, das geistvolle Haupt der Familie zu sein, das Heiterkeit um sich verbreitet, tat ihm wohl.

Fräulein Bork hatte nicht mitgelacht, sie schaute noch immer nachdenklich dem Brautpaare nach und sprach dann aus ihren Gedanken heraus: »Ich finde den Leutnant herrlich, er sieht aus wie der Page einer spanischen Königin oder wie der Page in dem Lied, der am Brunnen auf die Königstochter wartet: Ich bin vom Stamme jener Asra, die da sterben, wenn sie lieben.«

»Was? Was?« fuhr die Generalin auf. »Was ist das, Asra? Wer stirbt, wenn er liebt? Die Hamms nicht. Die kenne ich, die gewiß nicht. Liebe Malwine, reden Sie solches Zeug der Lolo nur nicht vor, das Kind neigt ohnehin zur Überspanntheit.«

»Ach ja«, klagte Frau von Buttlär, »auch wieder eine große Sorge. Denke dir, Buttlär«, und nun berichtete sie mit bekümmerter Stimme die Geschichte von Doralice, der Sandbank und dem Kuß. »Was sagst du dazu, Buttlär«, schloß sie, »ich habe die ganze Nacht nicht schlafen können.«

Der Baron wurde ernst und zog sinnend seinen Schnurrbart durch die Finger. »So, hm! Die Gräfin Köhne hier, eine süperbe Frau übrigens. Das war eine böse Geschichte. Der Graf hat einen Schlaganfall gehabt und seine Schwester, die Gräfin Benedikte, pflegt ihn. Sehr traurig! Nun, gesellschaftlich kommt diese Dame nicht mehr in Betracht, aber sie hat uns einen Dienst erwiesen, so kann ich ihr gelegentlich dafür danken.«

»Du?« rief Frau von Buttlär. »Warum? Wozu?«

»Höflich kann man trotz allem gegen sie sein«, wandte der Baron ein, aber seine Frau war sehr erregt: »Ich habe es gleich gewußt«, sagte sie, »diese Person ist als schwere Prüfung für mich hergesandt.«

Unten am Strande ließ Hilmar unermüdlich Kieselsteine über das Wasser springen. Lolo stand dabei und schaute ihm mit ernsten, blanken Augen zu. Als er endlich müde war, nahm er Lolos Arm und sie schlenderten langsam das Meeresufer entlang.

»So«, sagte Hilmar, »jetzt verstehe ich das Meer. Es ist heute übrigens mit seinem Mondschein und allem dem sehr programmäßig, und du, Schatz, bist erst recht programmäßig.«

»Schade«, meinte Lolo, »ein Programm ist nie was Überraschendes.« Hilmar lachte: »Willst du mich überraschen? Wozu? Nein, unsere Bräute sollen nicht Überraschungen sein, sondern hübsche Notwendigkeiten.«

Als sie an den Fischerhäusern vorübergingen, begann auch Lolo von Doralice zu sprechen, erzählte ihr Abenteuer, erzählte von dem Kuß und den roten Rosen. »Ach, die durchgebrannte kleine Gräfin ist hier«, sagte Hilmar, »nun, es ist gut, daß sie dich gerettet hat, aber sag', warum sprichst du von ihr mit einer so gerührten Stimme, als sei sie etwas Heiliges? Durchgebrannte Gräfinnen sind doch wohl nichts besonders Heiliges.«

»Weil sie mich rührt«, entgegnete Lolo erregt. »Ich weiß selbst nicht warum. Vielleicht weil sie so schön und doch nicht gut ist. Vielleicht aber, wenn jemand so schön ist, muß man ihn lieben, aber sie tut etwas weh, diese Liebe. Ich glaube, wenn einer sich in die Gräfin verliebt, dann muß es schmerzen.«

»Nun, nun«, beruhigte Hilmar sie, »wird es denn so arg sein mit dieser Schönheit?«

»So zum Beispiel«, fuhr Lolo fort, »mich zu lieben ist da nichts, gar nichts Schmerzhaftes dabei, sag?«

»Nein, gar nichts«, versicherte Hilmar, »im Gegenteil, wenn man dich liebt, fühlt man sich riesig gut, riesig vornehm. Ich merke das jedesmal, ich werde da fast verlegen vor mir selber. Als Kind wurde mir am Sonntage ein blauer Sammetkittel angezogen, ein weißer Spitzenkragen umgelegt und das Haar wurde mit einer Pomade glatt gestrichen, die stark nach Orangenblüten duftete. Und wenn ich so angezogen war, fühlte ich mich so fein, so vornehm, daß ich mich vor Andacht vor mir selber kaum zu rühren wagte.«

»Und ich«, rief Lolo enttäuscht, »ich bin für dich wie der blaue Sammetkittel und die Orangenblütenpomade.«

»Und der Sonntag«, ergänzte Hilmar, »ja, so ähnlich. Aber wer kommt denn dort?«

»Das ist sie«, flüsterte Lolo.

Ihnen entgegen kamen Hans und Doralice. Als sie aneinander vorübergingen, nickte Doralice lächelnd Lolo zu, die beiden Herren grüßten förmlich. »Nun?« fragte Lolo, sobald sie vorüber waren.

»Gewiß, allerdings«, sagte Hilmar, »ein schönes Kindergesicht mit einem merkwürdig schicksalsvollen Munde.«

Lolo schwieg eine Weile, dann wiederholte sie sinnend: »Ein schicksalsvoller Mund, das hast du gut gesagt, ich suche lange schon einen Ausdruck für diesen Mund. Es muß seltsam sein, einen schicksalsvollen Mund zu haben, ich kann mir das denken, ja ich fühle das jetzt so deutlich, so stark, daß ich überzeugt bin, ich habe in diesem Augenblicke auch einen schicksalsvollen Mund. Küsse mich jetzt und du wirst sehen.« Sie blieb stehen und hielt ihr ernstes, vom Monde hellbeschienenes Gesicht hin, und als Hilmar sie geküßt hatte, fragte sie gespannt. »Nun?«

Hilmar schüttelte den Kopf: »Von Schicksal keine Spur. Mehr ein friedlicher Pfingstsonntag auf dem Lande.« Lolo zuckte die Achseln und seufzte. »Nein, warte«, fuhr Hilmar fort, »es ist doch anders; dich hier vor dem Meere zu küssen, kommt mir wie eine kolossale Frechheit vor. Es ist so, als sähen alle fünf Weltteile uns zu, das ist ein eigentümliches Gefühl.«

»Nein, das will ich nicht«, rief Lolo und machte sich von ihm los.

Siebentes Kapitel

Der nächste Tag war ein Sonntag. Die Generalin und Frau von Buttlär saßen in ihren Strandkörben und lasen Andachtsbücher. Zuweilen hob Frau von Buttlär den Blick und schaute auf den hellbeschienenen Strand und auf das Meer hinab, das heute blau und golden und ruhig wie ein Teich war. Plötzlich blieben ihre Augen an zwei bunten Figürchen hängen, die dort an der gelben Dünenwand entlang gingen. Doralice im türkisfarbenen Sommerkleide, einige von Lolos roten Rosen im Gürtel, unter einem roten Sonnenschirm, ging neben dem Baron Buttlär her. Der Baron schien lebhaft zu sprechen und seine ganze Gestalt, seine Art zu gehen drückten höfliche Liebenswürdigkeiten aus. Frau von Buttlär schlug mit der flachen Hand auf ihr Buch und sagte: »Da haben wir's.« Auch die Generalin hatte aufgesehen und meinte: »Nun, er hat es eilig mit dem Dank.« – »Dank«, rief Frau von Buttlär, »der war überhaupt nicht nötig. Ich verstehe Buttlär nicht. Er hat eine Frau, hat erwachsene Töchter und kompromittiert uns so. Was kann diese Person ihm bieten? Was will er von ihr?«

»Nichts, nichts«, beruhigte die Generalin, »er kann eben das Kokettieren noch nicht lassen. Es ist immer dieselbe Geschichte, wenn ihr heiratet, wollt ihr hübsche Männer haben, aber ein hübscher Mann konserviert sich länger als unsereins, der bringt keine Kinder zur Welt, er schont sich mehr, und da dauert die Lust am Kokettieren länger als bei uns.« – »Aber Mama«, protestierte Frau von Buttlär entrüstet, »die Ehe ist doch zu heilig, als daß solche Dinge in Betracht kämen.«

»Die Ehe, meine Liebe«, versetzte die Generalin, »ist vielleicht sehr heilig, aber unsere Männer sind es nicht. Übrigens wird es da unten immer bunter.«

Hilmar und Lolo kamen Arm in Arm von der anderen Seite

den Strand entlang, und als sie Doralice und Herrn von Buttlär begegneten, blieben sie stehen und es fand eine Begrüßung statt. Von einer anderen Seite erschienen Hans Grill und der Geheimrat und gesellten sich zu der Gruppe. Es war hübsch, wie diese Menschen in dem grellen Sonnenschein beisammen standen, wie die hellen Farben der Kleider, das Rot und das Blond der Haare auf dem Hintergrunde der gelben Düne blühten und leuchteten. Frau von Buttlär fand nicht mehr die Kraft des Zorns, sie war zu bekümmert: »Was soll man da machen, Mama?« fragte sie kläglich. – »Liebes Kind«, sagte die Generalin, »da gibt es nichts anderes als die Führung behalten. Du mußt mit dieser Dame in irgendein Verhältnis kommen. Wenn so was Verbotenes, zum Beispiel eine Dame, von der vor uns nicht gesprochen werden darf, in der Nähe ist, das macht die Männer toll. Kennen wir diese Dame auch so halbwegs, dann verliert sie viel von ihrem Reiz. Also.«

»Ich glaube, ich werde das nie können«, klagte Frau von Buttlär, »bin ich nicht eine geplagte Frau? Bisher der Kampf mit den Gouvernanten und jetzt diese.«

Unten löste die Gruppe sich auf, man grüßte und trennte sich. Frau von Buttlär sah ihrem Mann ernst und kummervoll entgegen. Als er jedoch vor ihr stand, schaute sie auf ihr Buch nieder und schwieg. Herr von Buttlär aber fühlte das Bedürfnis, schnell und gezwungen heiter zu sprechen. Nun hatte er also das Unglück des Ortes kennengelernt, Gott, es sah nicht so schlimm aus, aber im Ernst, es war besser so, hier konnte man sich ja doch nicht vermeiden und das mußte auf die Dauer peinlich werden, nun grüßte man sich, sprach miteinander auf neutralem Boden. Hier in dem weltabgeschiedenen Winkel war das ohnehin nicht kompromittierend. Von eigentlichem Verkehr ist ja ohnehin nicht die Rede, nicht wahr? Frau von Buttlär sah jetzt auf und fragte, als hätte sie das Gesagte nicht gehört: »Lesen wir heute keine Predigt?« – »Gewiß, meine Liebe«, rief Herr von Buttlär, »ist es denn schon Zeit? Also gehen wir.« Die Familie begab sich in den Bullenkrug zurück, im Wohnzimmer versammelte man sich und Herr von Buttlär las eine Predigt vor. Es wurde allgemein bemerkt, daß seine Frau während der Predigt weinte.

Während des darauffolgenden Mittagessens drückte eine düstere Stimmung auf die Anwesenden. Herr von Buttlär mußte Anstrengungen machen, um eine Art Unterhaltung in Fluß zu halten. Er wandte sich dabei ausschließlich an Fräulein Bork und sprach über Literatur. Er verurteilte den Realismus in der Literatur. Kunst soll doch erfreuen, nicht wahr. Das Leben war doch gewiß nicht heiter genug, um so einfach abphotographiert zu werden. Da seine Frau bei diesen Worten seufzte, wechselte er schnell das Thema und sprach vom Kaiser.

Der Sonntagnachmittag war sehr heiß, gelber Sonnenschein in den weißgetünchten Zimmern und über dem sandigen Gärtchen. Die Damen zogen sich zurück. Herr von Buttlär saß im Wohnzimmer hinter seiner Zeitung und schlummerte und das Brautpaar ging auf der Veranda auf und ab.

»Bitte, Schatz«, sagte Hilmar, »sieh mich nicht so erwartungsvoll an, das heißt, du hast ein Recht mich so anzusehen, denn du hast ein Recht zu erwarten, daß ich angenehm und unterhaltend bin. Aber ich weiß nicht, dieser Sonntagnachmittag lähmt mich.«

»Armer Hilmar«, meinte Lolo ein wenig spöttisch, »den ganzen Tag im blauen Sammetkittel zu stecken.«

»Unsinn, Unsinn«, rief Hilmar, »es ist nur eine Stimmung. Ich habe Sonntagnachmittage nie recht vertragen. Komm, setzen wir uns in den Schatten, und ich lehre dich Pikett spielen.«

Erst gegen Abend wurde es im Hause lebhafter. Die Generalin kam in das Wohnzimmer, ließ ihre laute, energische Stimme erschallen und weckte mit ihr das verschlafene Haus. Dann erschien auch Frau von Buttlär, sie hatte Toilette gemacht und einen Hut mit Kornähren und Mohnblumen aufgesetzt. Sie war noch sehr ernst. Sie zog sich ihre Handschuhe an und sagte ihrem Gemahl: »Reich mir deinen Arm, Buttlär, und wir wollen gehen, den Sonnenuntergang bewundern. Wo sind die Kinder? Lolo, Nini, Wedig?« Sie mußten alle kommen und die Familie zog paarweise zum Strande hinab. »Bravo, Bella!« sagte die Generalin. »Immer die Führung behalten.« Wedig jedoch grollte. »Das soll ein Vergnügen sein. Nicht einmal der Gräfin werden wir begegnen, die geht um diese Zeit nicht spazieren.«

Am nächsten Morgen kam Hilmar erhitzt und mit sprühenden Augen zum Frühstück. Er war schon weit herum gewesen, hatte Bekanntschaft mit den Fischern gemacht. Famose Leute! Da war ein Andree Stibbe, ein blonder Riese mit ganz hellblauen Augen, so hell wie schlechte Milch. Wenn der einen anschaute, war es, als sähe einen ein sehr hochmütiger Dorsch an. Hilmar hatte mit ihm über ein Boot zum Segeln gesprochen, er wollte auch mit ihm auf den Fischfang hinausfahren. Übrigens hatte Stibbe für nächste Zeit einen Sturm versprochen. Auch den Maler hatte Hilmar gesehen, der schien ein braver Bursch zu sein. Seine schöne Frau ging gerade baden in einem sehr bemerkenswerten marineblauen Badekostüm. Endlich hatte er noch mit der Exzellenz Knospelius gesprochen, ein äußerst interessanter Herr. Er interessiert sich sehr für das Gesellschaftsleben hier; er will ein Fest geben, so was wie eine italienische Nacht. Sein Diener, ein unheimlich ernster Wiedertäufer, klebt schon die Papierlaternen dazu. »Klaus ist«, sagt die Exzellenz, »sehr brauchbar für das, was er unsere Sünden nennt.« Lolo hatte aufmerksam zugehört und sagte ergeben: »Wenn du so viel auf das Meer hinausfährst, werde ich wohl auf der Düne sitzen müssen und dir nachschauen.«

»Wieso, wieso?« rief Hilmar. »Das ist doch nur für die Zwischenzeiten, und du weißt, es gibt Zwischenzeiten, Zeiten, in denen ich langweilig bin, in denen du nichts mit mir anfangen kannst. Dann segle ich hinaus. Übrigens steht schon in der Bibel so was davon, daß die Frau zu Hause bleibt und der Mann vor den Toren berühmt ist.« »Dieses Tor merk dir, mein Kind«, meinte die Generalin, »das wird in deiner Ehe noch oft auftauchen.«

»Aber ich fahre mit«, meldete sich Wedig unten am Tisch. Seine Mutter sah ihn mitleidig an. »Du, mein armer Junge, nein, du bleibst zu Hause.«

Da ging eine seltsame Veränderung in dem Knaben vor. Sein bleiches Gesicht mit den kränklichen, zu feinen Zügen errötete, seine Augen füllten sich mit Tränen, und mit leidenschaftlich sich überschlagender Stimme begann er zu sprechen: »Ich bleibe immer zu Hause, ich darf nie etwas, ich hocke immer abseits, warum? Was ist mit mir? Bin ich ein Krüppel? Was sollen die Leute davon denken? Ich bin ja lächerlich. Gestern begegnete mir die Gräfin, ich grüße, sie bleibt stehen und fragt: ›Baden Sie auch?‹ Ich sage ja, aber ich kann ihr nicht sagen, ich darf nicht ins Meer hinein, ich nehme warme Seebäder.«

»Wedig, geh auf dein Zimmer«, sagte Frau von Buttlär. Wedig war wieder sehr bleich geworden, er stand auf und ging, steifbeinig vor Trotz, hinaus. Am Tische entstand ein Schweigen, alle waren über den Zwischenfall betroffen. Endlich sagte Frau von Buttlär sorgenvoll: »Ich weiß nicht, woher meine Kinder alle das überspannte Wesen haben.«

»Meine Liebe«, versetzte Herr von Buttlär und legte seine Hand zärtlich auf die Hand seiner Gattin, »die Genialität haben sie jedenfalls von dir.« Die Generalin lachte. »Nun ja«, meinte sie, »es ist das Wetter, das euch alle zu genial macht, aber das Barometer fällt, Gott sei Dank.«

Achtes Kapitel

Tun, tun, hatte Hans Grill gesagt, und so fuhren sie denn mit Wardein bei Nacht auf den Fischfang hinaus. Der Mond stand hoch am Himmel, das Meer war ruhig, nur von einem sanften, langatmigen Auf- und Abschwellen bewegt, wie über ein gläsernes Hügelland glitt das Boot hin. Wardein saß am Steuer und rauchte. Zwei blonde rundköpfige Burschen, Mathies und Thomas, ruderten; unförmig in ihren dicken Jacken bogen sie sich taktmäßig hin und her. Doralice war auf einem Klappstühlchen eingerichtet worden, fest in Decke und Mantel gehüllt. Hans saß neben ihr auf der Bank. Alle schwiegen, nur ab und zu gab Wardein ein Kommando, das wie ein tiefes Brummen klang. Die Ferne war von einem feinen, silbernen Lichtnebel verhangen, aber Doralice glaubte diese unendliche Weite zu fühlen, wie sie die dunkle Tiefe unter sich zu fühlen meinte, und beide, die Tiefe und die Weite, legten sich bedrückend auf sie, wie etwas, das ihr den Atem benahm, sie ängstigte, das ihr die Empfindung des Verlorenseins und der Einsamkeit gab. Warum sprachen alle diese Männer nicht? Warum saßen sie da still in ihre Mäntel gehüllt, die Hutkrempen auf die Gesichter niedergebogen wie dunkle, fremde Traumgestalten? Da beugte sich Hans zu ihr nieder, drückte ihre Hand und fragte: »Wie geht es?« »Gut«, erwiderte sie und lächelte, es sollte niemand wissen, daß sie sich fürchtete, aber der Händedruck, die ruhige, freundliche Stimme taten ihr gut, gaben ihr ein wenig Sicherheit wieder. Und Hans, als fühlte er das, sprach weiter, fragte Wardein: »Fahren wir dort zu den Butten hinüber?« »Ja, ja, zu den Butten«, brummte Wardein, »die liegen dort unten im Sande.« »Aha«, meinte Hans, »die wühlen sich dort in den Sand ein und warten auf ihre Beute, die flachen Luder.« Die Burschen auf der Ruderbank begannen laut und rauh über die Butten zu lachen, Doralice lachte auch mit. Die Nacht war schwül, Mathies wurde es beim Rudern zu heiß, er wollte sich die Jacke ausziehen. Hans erbot sich für ihn zu rudern, und nun standen sie auf, gingen im Boot hin und her wie in einer Stube, Mathies zog sich die Jacke aus, stand in Hemdsärmeln da, stützte den einen Fuß auf den Bootsrand, spuckte in das Meer und pfiff leise vor sich hin. Und wie sie sich alle um sie her so ruhig und gewohnt bewegten, als seien sie hier mitten auf dem Meer zu Hause, da wich auch von Doralice das bedrückende Angstgefühl, ja, es war köstlich zu spüren, wie sie allmählich in diese Welt als etwas Zugehöriges aufgenommen wurde. Es war ihr, als würde etwas in ihrer Brust sehr weit und sehr stark, als könnte sie ihren Atem auf den Takt des stillen, flimmernden Wogens um sie her einstellen und ein kindisches Gefühl des Stolzes, des Hochmutes machte sie froh. Zu denen zu gehören, die hier auf dem Meere zu Hause sind, die sich nicht fürchten, erschien ihr als etwas sehr Wichtiges und Großes. Hier und da tauchten jetzt andere Boote auf, sehr groß und schwarz in dem unsicheren Lichte. Wardein rief etwas hinüber, von drüben wurde geantwortet, einer schien sogar einen Witz zu machen, denn Thomas und Mathies lachten. Die Boote waren jetzt einander ganz nahe, es waren drei, die im Halbkreise hinruderten, die Männer machten sich an den Netzen zu schaffen und sprachen miteinander von Boot zu Boot. Plötzlich mischte sich in diese Stimmen, die jedes Wort mit einem tiefen Brummen besser hallen ließen, eine hohe, scharfe Stimme, die hier seltsam fremd klang, als spräche sie eine andere Sprache. Das ist der Leutnant von Hamm, sagte sich Doralice, und diese Entdeckung war ihr unangenehm, es empörte sie fast, als sei ein Unbefugter dort eingedrungen, wo die Berechtigten beieinander waren.

Im Boot begannen die Männer sich zu regen, das große Netz wurde vorsichtig in das Wasser hinabgelassen, das andere Boot wurde angerufen und ihm ein Seil zugeworfen. Im bewegten Wasser sprühte es wie silberne Flämmchen, im Netze hingen glitzernde Tropfen. Mathies hatte sich die Hemdsärmel aufgestreift, um im Wasser zu arbeiten, wenn er die nackten Arme emporhob, rann es silbern an ihnen nieder. Doralice wickelte sich fester in ihren Mantel, alle Angst und Erregung waren fort, sie fühlte sich sicher und behaglich. Eine leichte Müdigkeit machte ihr die Augenlider schwer, und wenn sie die Augen schloß, war es ihr fast wie als Kind, wenn sie in ihrem Bette lag und im Halbschlaf noch die Erwachsenen um sich her hantieren oder sprechen hörte, was dem Kinde stets ein wohliges Gefühl der Geborgenheit gegeben hatte. Schlug sie dann wieder die Augen auf, dann war die Weite voll weißen Lichtes in ihrer großen und kühlen Schönheit immer von neuem wieder eine wohltuende Erschütterung, immer wieder fühlte da Doralice, wie die engen, heißen Schranken des Ich sich verwischten und lösten, wie es auch in ihr weit und kühl wurde. Und es war hübsch, dieses Wechseln der Bilder, einmal im Halbtraum vertraute Gesichter und Räume der Kindheit, dann wieder das mondbeglänzte Meer. Einmal, als sie die Augen öffnete, waren die anderen Boote nah herangekommen, die Männer riefen und sprachen, das Netz wurde eingezogen, Doralice hörte einmal auch wieder die unpassende Stimme des Leutnants, die Fische schnalzten und klatschten in den großen Körben im Boot. Es wurde dann wieder still und man fuhr weiter. Nach einiger Zeit fand Doralice, daß es dunkel geworden war, der Mond mußte untergegangen sein, Sterne standen am Himmel und in der Finsternis regte sich das Meer wie eine sacht bewegte schwärzere Finsternis. Doralice wußte nicht, wie lange sie so gefahren waren, aber als sie wieder einmal die Augen öffnete, stand ein weißer Schein am Horizont und ein graues Dämmern lag über dem Wasser. Ein stärkeres Wehen ließ sie frösteln, alles Behagen war plötzlich hin, das graue Dämmern machte das Meer und den Himmel streng und nüchtern. Mathies und Thomas ruderten angestrengt, die Jacken über die Schultern geworfen, die Brust nackt, und stark atmend. Es schien sich um ein Wettrudern mit dem Boot nebenan zu handeln. In den Körben flüsterten und schnalzten fette, blanke Fischleiber. Hans stand im Boot, hielt einen großen Dorsch an den Kiemen, wog ihn und lachte ihn an. Scharen von Möwen kamen geflogen, groß und weiß im unsicheren Lichte, und stießen schrille, gierige Rufe aus. Wie gewaltsam das alles war. Welch ein starkes, rücksichtsloses Leben das alles atmete, zu stark für Doralice, es machte sie plötzlich ganz schwach, es machte sie krank, der Geruch des Seewassers, der Fische, der feuchten Fischerjacken, all dieses Fleisch der Männer und feisten Fische bedrückte sie, sie wurde ganz bleich. Da entstand ein Hin- und Herreden zwischen ihrem und dem Nachbarboot. Die Boote wandten sich einander zu, lagen nah beieinander. Leicht und gewandt über den Bootsrand balancierend, sprang Hilmar in das Boot, stand neben Doralice und lachte. »Ein Morgenbesuch«, sagte er. Hans nickte ihm zu und zeigte ihm den Dorsch, den er noch immer an den Kiemen hielt. »Ja, ja, so etwas ist schön«, meinte Hilmar, »das war ein gesegneter Zug.« Dann setzte er sich auf die Bank Doralice gegenüber. »Es hat Sie auch ein wenig angegriffen, gnädige Frau, wie ich sehe.« Doralice zog die Augenbrauen zusammen, als sie abweisend antwortete: »Das macht wohl die Beleuchtung.«

»Gewiß, gewiß«, bestätigte Hilmar höflich, »eine kritische Stunde.« Da es schien, daß Doralice schweigen wollte, schwieg auch er und zündete sich eine Zigarette an. Unter der niedergebogenen Krempe seines Filzhutes sah sein Gesicht mit den scharfen, gespannten Zügen, den schwarzen unruhigen Augen sehr bleich, fast kränklich aus. Es war etwas Überfeinertes, Schwächliches an der ganzen Gestalt, das Doralice in diesem Augenblick gefiel, das ihr das Gefühl gab, einen Kameraden der eigenen Schwäche zu haben, und der süße Duft der ägyptischen Zigarette schien wie ein Stück Luft einer Welt, die ihr befreundet war. Jetzt soll er weiter sprechen, dachte sie, daher lächelte sie und sagte: »Sie sehen übrigens auch ein wenig aus, als hätte es Sie mitgenommen, oder ist es auch die Beleuchtung?«

»Nein, nein, es ist schon was daran«, erwiderte Hilmar, »es ist vielleicht traurig, es sollte vielleicht nicht sein, weil es nicht natürlich ist. Stibbe fühlt nichts davon, aber die große Natur macht uns betrunken, und Trunkenheit greift an, was Sie, gnädige Frau, natürlich nicht wissen können.«

Doralice nickte: Ja, ja, so was mochte es wohl sein. »Und doch«, fuhr Hilmar fort, froh darüber, daß er zum Sprechen ermutigt wurde, »es ist nicht nur Trunkenheit, es ist – – es ist – geradezu eine große Verliebtheit, was wir dieser Natur gegenüber empfinden, ganz genau, es ist dieselbe Unruhe, dasselbe quälende Gefühl, ganz eng dazu zu gehören, und was die Hauptsache ist, der starke Wunsch zu imponieren, denn, wenn wir verliebt sind, wollen wir imponieren, das ist symptomatisch für den Zustand. Man hat ja seine Erfahrungen.«

»Sie sind ja auch verlobt«, schaltete Doralice ein.

»Gewiß, das auch«, fuhr Hilmar fort, »aber sehen Sie, gnädige Frau, vorhin im Boot war der Trieb in mir, zu imponieren, so stark, dem Meere zu imponieren oder den Fischen, gleichviel, denn die sind doch die Repräsentanten des Meeres, daß ich auf die Spitze des Bootes stieg und dort frei balanzierte. Ich bin in solchen Künsten ziemlich geübt. Meinen Zweck erreichte ich nun zwar nicht, denn Andree Stibbe sagte trocken: ›Wenn der Herr bei den Faxen ins Wasser fällt, wer anders muß ihn herausholen als wir.‹ Mein Effekt war verfehlt. Aber ich habe das tun müssen.«

»Das ist seltsam«, sagte Doralice nachdenklich.

»Nicht so seltsam«, meinte Hilmar, »der Spielhahn, wenn er ein Rad schlägt und kollert, will auch dem Walde und der Wiese imponieren, ebenso wie der kleinen grauen Henne, und er ist ebenso in den Wald und die Wiese verliebt wie in die kleine graue Henne.«

Doralice lachte: »Das ist hübsch, ja, ja, man möchte gern dabei sein, dazugehören.«

Hilmar verbeugte sich ein wenig: »Sie, gnädige Frau, sehen ganz aus, als gehörten Sie hier dazu. Sie sehen in dieser Natur vollständig *reçue* aus.«

Doralice errötete und ärgerte sich, daß sie das tat, Hilmar aber schloß mit einem Seufzer: »Ach ja, wenn alles so schön um uns her ist, fühlen wir ein brennendes Bedürfnis, auch dekorativ zu sein.«

Das Boot fuhr jetzt durch die Brandung über weiße Schaumhügel in graugrüne Wellentäler. Hans kam und setzte sich neben Hilmar auf die Bank. Er rieb sich die Hände und schien sehr vergnügt. »Das war eine Nacht, herrlich, herrlich, was sagst du, Schatz? Du frierst, was? Sie scheinen auch zu frieren, Baron, ja, so ein Morgen auf dem Meere! Zu Hause machen wir uns einen warmen Tee, der wird gut tun. Trinken Sie nicht mit uns eine Tasse, Baron? Nicht wahr, Schatz, du machst uns doch Tee?«

Doralice schaute Hans ein wenig verwundert an, sagte aber dann: »O gewiß.« Hilmar verbeugte sich.

Jetzt stieß das Boot auf den Sand, und man begann auszusteigen. Hans nahm Doralice auf den Arm und trug sie ans Land. Von den Dünen aber schossen mit flatternden Tüchern und Röcken wie gierige Möwen die Fischerfrauen auf die Boote zu.

In der Wohnstube eilte Hans zur Lampe, um sie anzustecken. »Nur kein Morgengrauen«, sagte er. Dann richtete er den Teekessel her, trug Tassen, trug Rum herbei. »So, so, das wird gut tun, warmen Tee, ja, den haben wir verdient, das will ich meinen, den haben wir redlich verdient.« Er sprach eifrig vor sich hin, als wollte er mit der Gemütlichkeit seiner Worte sich und die anderen erwärmen: »Setzen Sie sich, meine Herrschaften, setzen Sie sich.« Sie saßen um den Tisch herum und hörten schweigend dem Summen des Teekessels zu, mit den starr vor sich hinsehenden Augen sehr müder Menschen. Endlich glaubte Hilmar etwas sagen zu müssen und bemerkte: »Es war doch wunderschön.« – »Es war so schön«, erwiderte Doralice und zog ihre Augenbrauen empor, »daß man lieber gar nicht davon spricht.« Das klang abweisend, fast feindselig. Sie nahm es Hilmar jetzt übel, daß er ihr dort im Boot so willkommen gewesen war. Hilmar lehnte sich in seinen Stuhl zurück und rauchte. Aber Hans lachte. »Sehen Sie, so macht es meine Frau immer, wenn ihr etwas sehr gefällt, dann darf nicht gesprochen werden, das ist dann heilig und kein anderer darf es berühren. Nun, nun, gib uns Tee.«

Doralice schenkte die Tassen voll. Der heiße Dampf und der starke Duft des Tees schienen die Müdigkeit noch schwerer zu machen, alle schwiegen wieder eine Weile. Endlich seufzte Hans und sagte: »Immerhin ist es schade, daß man nach einer solchen Nacht eine Art Katzenjammer hat, den Katzenjammer der Weite. Das Land erscheint einem unerträglich eng. Dann ist es schon besser, seine Höhle dunkel zu machen und sich darin zu verkriechen.«

»Naturgesetz, dieses Ab und Zu der Gefühle«, murmelte Hilmar zerstreut.

»Und doch«, fuhr Hans fort, »ich fühle eine seltsame Befriedigung, und warum? Weil wir so viel Fische gefangen haben. Das ist doch ein greifbares Resultat einer Arbeit. Wenn ich einen fetten Dorsch halte, so weiß ich, was ich habe. Wenn ich ein Bild male, weiß ich denn, ob es etwas ist oder nicht?«

»Und erst ich«, unterbrach ihn Hilmar, »wenn ich eine Stunde Rekruten gelehrt habe, sich wie Holzpuppen zu bewegen, wie soll ich da Befriedigung über ein Resultat fühlen?«

»Ach ja«, meinte Hans und gähnte, »es ist schade, daß das Leben so selten bar zahlt.«

Es entstand wieder eine Pause. Doralice war auf ihrem Sessel eingeschlafen, das Gesicht, sehr bleich mitten in den blauen Schatten des Morgens, erhielt von der friedlichen Hilflosigkeit des Schlafes eine wunderbare kindliche Schönheit. Die beiden Männer saßen jetzt ganz still da und schauten andächtig auf dieses schlafende Gesicht. Endlich erhob sich Hilmar, reichte Hans die Hand und flüsterte: »Ich gehe, die Sonne kommt.« Dann ging er leise hinaus.

Draußen war es schon taghell, über dem Horizont schossen die ersten goldenen Strahlen empor. Hilmar ging sehr schnell, er wollte zu Hause sein, ehe die Sonne da war. Er wunderte sich über sich selber. Warum fühlte er sich elend? Die kleine Lolo hatte wohl recht, diese Frau war so schön, daß man traurig wurde, oder wie sagte doch der Maler: »Katzenjammer der Weite, in dem das Land und das Tageslicht uns eng scheinen.« Die arme kleine Lolo, Hilmar konnte nichts dafür, aber wenn er jetzt an sie dachte, schien es ihm, als habe sie etwas vom Lande und vom Tageslicht an sich.

Neuntes Kapitel

Der Geheimrat von Knospelius kam zum Fünfuhrkaffee in den Bullenkrug. Behaglich saß er an dem langen Tisch auf der Veranda, über dem die Blätterschatten der rankenden Bohnen flirrten. Es duftete nach den Sträußen von Erbsenblüten und nach frischem Brot. Schmunzelnd schaute Knospelius auf die Reihe der jungen Gesichter am unteren Ende des Tisches. »Familienmahlzeit, Familientisch«, sagte er zur Generalin und sein langer Mund sprach diese Worte aus, als schlürfte er eine Auster. »Das ist für mich ein seltener, aber exquisiter Genuß. Bei meiner Schwester in Thüringen habe ich zuweilen diesen Genuß. Eine Familienmahlzeit hat etwas Sakramentales. Sie ist, möchte ich sagen, das Fundament der Familie. Solange es mit der Familienmahlzeit gut steht, kann es mit der Familie nicht schlecht stehen.«

»Nun«, meinte die Baronin Buttlär, »wir haben Gott sei Dank noch andere Fundamente.«

»Mein Schwager«, fuhr der Geheimrat fort, »sagte zu meiner Schwester: ›Karoline, sollte ich vormittags sterben, so ist gar kein Grund, daß an dem Tage nicht ebenso pünktlich gegessen wird wie sonst, sonst wird die Verwirrung nur erhöht.‹ Nicht wahr, ganz wie auf den großen Passagierdampfern, denen was zugestoßen ist und auf denen bis zum äußersten Augenblick das Diner regelrecht serviert wird. Es ist gleichsam das Symbol der moralischen Ordnung.« Der Baron Buttlär nickte ernst und sagte: »Ja, die Familie überhaupt sei doch die Grundlage des Staates, die Familie und der Grundbesitz«, und er brachte das Gespräch allmählich auf Steuern und auf Branntwein. Allein der Geheimrat ging nicht darauf ein, er wollte heute seinen Erfolg am unteren Ende des Tisches bei der Jugend haben. Er erzählte Anekdoten und schaute dabei zu den jungen Leuten hinüber, ob sie auch lachten. Später dann kam er mit seinem Anliegen heraus. Er wollte morgen ein kleines ländliches Fest feiern und hoffte, die Herrschaften würden vollzählig dazu erscheinen. »Die Veranlassung dieses Festes«, sagte er, »ist mein Geburtstag. Na ja, das Älterwerden mag ja seine guten Seiten haben, aber zum Feiern wäre ja schließlich keine Veranlassung. Diese Welt hier zwar ist recht fragwürdig, allein besondere Eile herauszukommen hat man nicht, denn erstens ist das Programm dessen, was nachher kommt, nicht recht klar, und zweitens bleibt es uns ja ohnehin. Nein, ich feiere das Datum meiner Geburt, denn das Geborenwerden ist doch der merkwürdigste Augenblick unseres Lebens und von unübersehbaren Folgen. Sehen Sie, eine Welt ohne Knospelius und eine Welt mit Knospelius, das ist für mich ein gewaltiger Unterschied.«

Zufrieden über seine Auseinandersetzung schaute er Nini an, die darüber errötete.

»Was Sie da sagen, liebe Exzellenz«, bemerkte die Generalin, »ist gewiß sehr klug, aber mit der Religion scheint es dabei denn doch auch ein wenig unklar zu stehen.«

Knospelius zuckte mit seinen zu hohen Schultern: »Nun, deshalb hat der Staat mich vielleicht zum Rechnen und nicht zum Predigen eingesetzt. Aber ich komme auf mein Fest zurück, da ist nämlich ein kleiner Umstand zu erwähnen. Da ist das Ehepaar Grill. Ich kann es nicht vermeiden, dieses Ehepaar einzuladen. Ich hoffe, es wird niemanden stören.«

»Allerdings«, meinte die Baronin Buttlär und zog die Augenbrauen empor, »dieses Ehepaar scheint für uns unvermeidlich zu sein, unser unvermeidliches Schicksal.«

Knospelius lachte. »Schicksal, sehr gut. Nun, diese kleine Frau ist kein grausames Schicksal. Und dann, wenn wir die Vergangenheit auf sich beruhen lassen, jetzt sind die Verhältnisse ja korrekt. Sie haben sich in London trauen lassen.«

»So? In London«, bemerkte die Generalin, »davon hört man jetzt oft, eine neue Erfindung. Es scheint, daß in London die Trauungen schneller gemacht werden, auch so moderne Fabrikware.«

Knospelius zuckte die Achseln. »Hausarbeit, meine Gnädige, wird eben selten. Ich darf also annehmen, daß mir meine Grills zugestanden sind.«

Die Baronin Buttlär lehnte sich in ihren Stuhl zurück und seufzte: »Ich sage nichts. Achtung vor der Londoner Trauung habe ich nicht und die Vergangenheit kann ich nicht auf sich beruhen lassen. Aber es scheint, daß das altmodische Ansichten sind.«

Der Baron Buttlär ärgerte sich darüber. »Liebe Bella«, sagte er gereizt, »du mußt zugestehen, daß diese Leute uns bisher nicht belästigt haben, einen Gruß, einmal ein freundliches Wort und dann schließlich so ein Landpartieverkehr –«

»Landpartieverkehr, bravo!« rief der Geheimrat, »das ist das Wort, da haben wir die Formel. Die Hauptsache ist, für jede Lebenslage eine Formel zu finden, das andere findet sich dann schon. Also mein Fest ist gesichert. Ich darf die Herrschaften morgen nachmittag erwarten. Im Birkenwäldchen, bei der Zibbe Waldhüterei. Das Meer ist ausgeschlossen, denn das Meer ist nicht gemütlich. Sie werden sehen, es wird alles sehr harmonisch verlaufen.« Und vergnügt rieb er sich die langen, bleichen Hände.

Am Nachmittage des folgenden Tages zogen die Einwohner des Bullenkruges zur Zibbe Waldhüterei hinauf. Voran die Generalin im weitläufigen weißen Pikeekleide und einem großen Strohhut über dem erhitzten Gesicht. Lolo und Nini trugen weiße Kleider und meergrüne Bänder. Der Sonnenschein vergoldete die weißen Birkenstämmchen, die vom Seewinde alle landeinwärts gebogen dastanden wie Jungfrauen, die nach vorn geneigt ihre grünen Schleier über das Gesicht wallen lassen. Der Geheimrat empfing seine Gäste, für die Generalin und die Baronin waren Korbstühle da, für die anderen lagen Polster auf der Erde und ein weißes Tischtuch war über das Heidekraut gebreitet worden. »Nehmen Sie Platz«, sagte der Geheimrat und rieb sich die Hände, »der Kaffee kommt gleich, die jungen Damen helfen mir ein wenig bei der Bewirtung, meine Kolombinen, ha, ha!«

Klaus servierte den Kaffee, sehr korrekt in einen schwarzen Rock geknöpft, ernst und traurig. Die Unterhaltung wollte nicht recht in Gang kommen; man sprach von Birken im allgemeinen, dann sprach der Baron Buttlär von Branntwein und Monopol; Hilmar saß einsilbig und zerstreut neben Lolo und machte Ringe aus dem Rauch seiner Zigarette. Mücken tanzten im roten Sonnenstrahl und der Duft des warmen Heidekrautes und der warmen Birkenblätter machte die Menschen schläfrig. Wedig gähnte und äußerte zu Nini: »Nun könnten sie auch kommen.«

»Wen erwartest du?« fragte die Baronin Buttlär streng. Allein es war klar, alle empfanden dies Beisammensitzen nur als Vorspiel. Nun und dann kamen sie den Hügel herauf, Hans voran, gefolgt von Doralice, die bleich und ernst war. Sie hatte nicht kommen wollen, aber Hans war heftig geworden. »Wenn sich die Leute vor uns fürchten, bitte, bitte, wir brauchen uns vor niemand zu fürchten.« So hatte sie denn ihr blaßviolettes Musselinkleid angezogen, das Zeitlosenkleid, wie sie es nannte, hatte die rote Korallenschnur um den Hals gelegt, den großen schwarzen Hut aufgesetzt und war mitgekommen. Der Geheimrat war ein wenig aufgeregt, als er seine neuen Gäste empfing, sie vorstellte, ihnen Plätze anwies, nach Kaffee rief. Doralice saß neben der Generalin noch immer sehr bleich und still wie ein junges Mädchen, das ruhig wartet, bis sie von den älteren Leuten angesprochen wird.

»Schönes Wetter«, sagte die Generalin, »es ist gut, daß Sie sich auch herausgemacht haben. Wir sehen Sie immer baden, Sie schwimmen mir ein bißchen zu kühn.« Während die Generalin mit ihrer mütterlichen Stimme unbefangen fortplauderte, schwiegen die anderen, die Baronin Buttlär errötete, Fräulein Bork lächelte verzückt und die beiden Mädchen richteten ihre grellen braunen Augen unverwandt auf Doralice, öffneten die Lippen, man sah es, die Bewunderung für die schöne Frau benahm ihnen ein wenig den Atem. Dann mischte der Baron Buttlär sich plötzlich in die Unterhaltung, munter und galant. Er wandte sich ausschließlich an Doralice und sprach ziemlich unvermittelt von Paris und dem Bois de Boulogne. Auch Hilmar wurde lebhafter, er erzählte Nini und Lolo etwas, machte sie lachen; er legte Wert darauf, daß es an seiner Ecke lustig zuging. Der Geheimrat, der sich mit Hans unterhielt, blickte zufrieden auf die Gesellschaft, in die jetzt Leben zu kommen schien.

Hinter den Birken erscholl eine dünne, hüpfende Musik. Der Strandwächter spielte Harmonika und der lahme Schneider des Dorfes die Geige. Der Geheimrat sprang auf und rief: »Ich bitte, mit dem Tanz zu beginnen. Baron Buttlär, ich bitte, den Ball, *die fête champêtre* zu eröffnen. Die Sonne geht unter, also richtige Beleuchtung. Baron Hamm, bitte, nicht zu vergessen, daß die Geselligkeit des Deutschen Reichs auf dem Leutnant beruht.« Baron Buttlär führte seine Frau zum Tanz, die sich ein wenig sträubte. »Aber Buttlär, wir, die Alten.« Hilmar tanzte mit Lolo, und Wedig, dunkelrot im Gesicht und so erregt, daß es aussah, als wollte er weinen, bat Doralice um einen Tanz. Die Paare drehten sich dort auf einem freien Platz; rotes, sachte zitterndes Licht drang durch die Bäume und überflutete sie. Hinter den Birken aber schien etwas zu brennen, es war das Meer im Glanze des Sonnenunterganges.

»Sehr hübsch«, sagte Knospelius zur Generalin, während er das Bild vor sich mit einer fast gierigen Aufmerksamkeit betrachtete; »das muß Stimmung in die Gesellschaft bringen. Nichts taugt besser dazu als der Tanz. Man spricht nicht, man denkt nicht, man verständigt sich mit den Füßen, das löst die richtige Elektrizität aus.«

»Was für eine Verständigung, was für Elektrizität?« meinte die Generalin. »Ich freue mich, wenn die Jugend heiter ist, aber Ihre Verständigungen und Elektrizität brauchen wir nicht.«

»Und dann«, fuhr der Geheimrat sinnend fort, »ich habe bemerkt, wenn in unsere Gesellschaft mal ein fremdes Element kommt, ein *outsider*, das wirkt erregend wie Zitronensäure auf Soda. Ein jeder sieht im Fremden ein Publikum. Aha! Der Baron tanzt mit unserer Frau Gräfin. Wie siegesgewiß er lächelt. Und unser Maler macht sich an die Frau Baronin, bravo! Das Brausepulver ist komplett.«

»Ihre kleine Köhne«, versetzte die Generalin, »ist soweit ein liebes und nettes Ding. Schade um sie.«

»Wieso schade?« fragte Knospelius. »Es wird jetzt vielleicht etwas Wertvolleres aus ihr, als der alte Köhne je gemacht hätte.« Aber die Generalin wollte davon nichts wissen. »Ach, liebe Exzellenz, unsere Frauen, wenn die mal so ganz offen aus Reih und Glied treten, dann finden sie auch keinen Halt mehr. Das ist so wie bei dem Kettenstich auf der Nähmaschine; trennen Sie einen Stich auf, dann geht die ganze Naht los.«

Der Geheimrat lächelte: »Das spricht nicht für den Kettenstich. Aha! Es kommt zur Quadrille, sehr gut. Der Walzer hat Stimmung gemacht. Sehen Sie doch, wie ausdrucksvoll, wie vielsagend die Beine der Herren geworden sind.«

Die Quadrille war allerdings sehr lebhaft. Hilmar tanzte mit Doralice, ihnen gegenüber Lolo mit ihrem Vater. Doralices Gesicht war ganz rosa und sie lachte, wenn sie mit Hilmar *en carrière*, wie er sagte, über den rotbeschienenen Sand hinlief. Das Tanzen, diese Menschen, all das gab Doralice das Gefühl, als stünde sie wieder in jener Welt, die sie jetzt ein Jahr schon nur noch aus ihren Träumen kannte. Sie vergaß, daß sie hier fremd war, und genoß es gedankenlos, lustig zu sein, wie einst auf den Gesellschaften, wenn sie sich von ihrem Gemahl nicht beaufsichtigt fühlte. Und welch ein handlicher, bequemer Kamerad der Lustigkeit war doch so ein Leutnant, man tanzte mit ihm so selbstverständlich bequem, als hätte man das ganze Leben schon miteinander getanzt. Man sprach und lachte mit ihm so mühelos, als hätte man schon ein ganzes Leben miteinander gesprochen und gelacht.

»*Grand rond, s'il vous plaît*«, schnarrte Hilmar. Man faßte sich bei den Händen, in der Abendsonne schien es, als erröteten alle Gesichter, dann kam die Promenade, von Hilmar angeführt, eine wilde Promenade zwischen den Birkenstämmen hindurch, über das Heidekraut hin.

»Unser Leutnant steht auf der Höhe seiner Aufgabe«, sagte Knospelius, »aber die Stimmung darf nicht verrauchen. Jetzt muß gleich gesungen werden, ein Volkslied, etwas ganz Herzbrechendes natürlich.«

Als die Quadrille zu Ende war und alle wieder auf den Polstern saßen, war die Sonne untergegangen, unter den Bäumen begann es schnell zu dämmern, von der Seeseite kam ein Wehen, fuhr in die Birken und ließ sie erregt flüstern. Unten aber rauschte das Meer jetzt lauter. Knospelius erhob sich, streckte seinen langen Arm aus, schlug den Takt und stimmte mit lauter, gefühlvoller Stimme an:

»Mei Mutter mag mi nit
Und kei Schatz hab i nit.
Ei, warum sterb i nit
Was tu i denn?«

Alle sangen mit, selbst die Generalin, die Mädchen falteten die Hände im Schoß, schauten mit den blanken Augen gerade vor sich hin und ließen ihre scharfen Sopranstimmen klagend in die Dämmerung hinausschallen. Doralice tat es auch wohl, sich von der eigenen Stimme in ein weiches, gedankenloses Behagen wiegen zu lassen. Ja, gedankenlos, denn sie spürte es wohl, da waren so einige kleine widerwärtige Gedanken, die nur darauf lauerten, hervorzukriechen. So der Gedanke an die verlegene und herablassende Art, mit der die Baronin Buttlär zu ihr gesprochen hatte, die Art, mit der Familienmütter auf Wohltätigkeitsfesten zu fremden Schauspielerinnen zu sprechen pflegten, oder der Gedanke daran, daß der Baron Buttlär während des Tanzes die Augen rollte, wie Herren sonst nicht die Augen rollen, wenn sie mit fremden Damen tanzen. Nein, daran wollte sie nicht denken, sie wollte singen. Sie schaute zu Hans hinüber. Der saß ruhig da, öffnete den Mund weit, ganz damit beschäftigt, seinen schönen Tenor recht laut erklingen zu lassen. Als das Lied zu Ende war, schwiegen alle eine Weile, träumten in die Dämmerung hinein, als fürchteten sie, etwas zu wecken, das sie eben in Schlaf gesungen hatten. Endlich verkündete der Geheimrat, die Uhr in der Hand: »Jetzt, bitte, zum Feuerwerk, künstliches Feuerwerk habe ich nicht. Mein Feuerwerk ist der Mond, der gerade jetzt aufgeht. Bitte also, mit mir dort hinaufzugehen.«

»Meine Tochter und mich lassen Sie hier«, meinte die Generalin, »ich bin alt und habe daher häufig gesehen, wie der Mond aufgeht.«

»Wie's beliebt«, erwiderte der Geheimrat, »obgleich ich glaube, daß mein Mond etwas Besonderes ist. Also wenn ich bitten darf, meine Herrschaften.« Er übernahm die Führung mit Fräulein Bork. Sie mußten einen Hügel hinaufsteigen. Der Baron Buttlär ging neben Doralice her, er sprach mit weicher, singender Stimme von dem Frieden der abendlichen Natur, von den Mühen und Sorgen der Landwirtschaft. Ach die Landwirtschaft war ja jetzt eine Industrie, und die Poesie hatte in ihr wenig Raum. Aber wenn er, Buttlär, zuweilen abends auf seine Felder hinausging, mit seinen Feldfrüchten allein war, dann fühlte er doch wieder etwas von der Poesie der Natur. Leider sind im heutigen Kampfe des Lebens die Augenblicke so selten, in denen man sein Herz sprechen lassen darf. Oben auf dem Hügel stellten sich alle auf und schauten zu dem schwarzen Waldrande hinüber, über den der Mond groß und rot emporstieg. »Meine Leuchtkugel«, sagte der Geheimrat, und Fräulein Bork meinte, die Natur sei doch schöner als alles Künstliche. Als man dort eine Weile gestanden hatte und über den Mond doch nichts Besonderes zu sagen wußte, trat man den Heimweg an. Hilmar nahm entschlossen Doralice in Beschlag. Der Weg führte an feuchtem Weidenklee vorüber, der süß duftete. Nebelstreifen lagen über dem Felde, Pferde weideten da, große dunkle Gestalten in der Dämmerung, und von allen Seiten lockten die Rebhühner.

Doralice und Hilmar sprachen von gleichgültigen Dingen, sie sprachen von Pferden, vom Reiten, aber ihre Stimmen nahmen einen ruhevollen vertraulichen Klang an, wie es Stimmen an Sommerabenden gern tun. »Und bei dem letzten Rennen sind

Sie gestürzt, nicht wahr?« fragte Doralice, »der Baron Buttlär sprach davon.«

»Ja, ach ja«, erwiderte Hilmar, »die, welche es verstehen, stürzen nicht, die kennen die Leistungsfähigkeit ihrer Pferde, nehmen vorsichtig die Hindernisse, gehen sicher durchs Ziel. Natürlich war es meine Schuld. Aber ich muß gestehen, der Genuß, das Erhebende an der ganzen Chose ist gerade der Augenblick, in dem ich merke, daß alles Vernünftige von mir abfallt, das Blut singt einem in den Ohren, alles in einem ist kochend heiß und zittert, etwas in uns, das sonst offenbar in einem Käfig eingesperrt zu sein pflegt, kommt dann los. Sehen Sie, in solchen Augenblicken ist mir alles gleich, ich würde jedes Hindernis nehmen, ich würde dem Gaul und mir den Hals brechen. Ich sehe dann nur eines, ich will dann nur eines, das Ziel. Ich will es so stark, ich will es so einzig, ich bin so voll davon bis in jeden Nerv, daß ich mich wundere, daß das Ziel mir nicht entgegenkommt. So nur eins wollen, nur eins sehen und darauf zujagen, das ist eigentlich die einzige Art, wirklich zu leben.«

Sie waren stehengeblieben, Doralice schaute vor sich nieder und dachte: Wovon spricht er denn mit dieser leisen, heißen Stimme, ja so, er spricht von Pferden, und plötzlich mußte sie an Hans Grill denken, wie er einmal drüben im Schlosse zu ihr so begeistert von seiner Kunst gesprochen hatte, daß sie sich sagte: Jetzt spricht er nicht mehr von seiner Kunst, jetzt spricht er von mir. Hinter ihnen lachte jemand, es waren Nini und Wedig, die den Hügel heraufkamen. Doralice wandte sich lebhaft ihnen zu. »Ach«, sagte sie, »kommen Sie, wir wollen zusammen den Abhang hinunterlaufen.«

Sie legte den einen Arm auf Wedigs Schultern, den anderen auf Ninis und so liefen alle drei den Hügel hinab. Hilmar schaute ihnen nach, dann blickte er zum Monde auf und verzog seltsam sein Gesicht. Als dann auch die anderen kamen, trat er ein wenig zur Seite, um sie vorüberzulassen, um sich nicht ihnen anzuschließen. Lolo ging zwischen ihrem Vater und Hans Grill einher; sie schienen von Malerei zu sprechen, denn der Baron Buttlär sagte: »Nein, die moderne Malerei läßt mich kalt. Es mag altmodisch sein, aber ich bin für Raffael.«

Ihnen folgten der Geheimrat und Fräulein Bork. Fräulein Borks Stimme klang sehr lyrisch in die Dämmerung hinaus. »Was ich an Ihnen, Exzellenz, am meisten bewundere, ist Ihr Humor, Ihr stets gleichbleibender Humor.«

»Meine Gnädige!« erwiderte Knospelius, »Trübsal blasen wir wohl alle mitunter, aber Konzerte damit zu geben, ist nicht empfehlenswert.«

Hilmar blieb zurück, Lolo hatte sich nach ihm umgeschaut, aber hatte nichts gesagt. Er wartete eine Weile, dann ging er ihnen langsam und sinnend nach. Unten im Wäldchen fand er die Birken voll bunter Papierlaternen, viel farbige sich sacht wiegende Lichter. Klaus reichte Sandwichs umher, trug eine Bowle auf und füllte die Gläser. Hilmar sah sich im Kreise um, ging gerade auf Doralice zu und setzte sich neben sie. Sein Gesicht hatte dabei einen düsteren, eigensinnigen Ausdruck. Knospelius rief nach seinen Kolombinen, dann saß er zwischen den beiden Mädchen, schüttelte behaglich seine Schultern wie ein Frierender, der sich eine warme Decke über die Knie zieht. »Meine lieben Gäste«, rief er und erhob sein Glas, »auf Ihr Wohl! Ich danke Ihnen, daß Sie gekommen sind, jetzt bitte ich, zu trinken, dann wollen wir noch die Lorelei singen und endlich eine Mondscheinquadrille tanzen.«

»Wie wissenschaftlich er uns behandelt«, sagte Hilmar zu Doralice. »Er kandiert uns nach allen Regeln.«

Doralice wollte etwas erwidern, aber der gespannte, fast zornige Ausdruck auf seinem Gesichte überraschte sie und sie schwieg. »Ach«, fuhr Hilmar fort, »bei mir hat er es leicht, ich bin gegen die Wirkungen einer Sommernacht wehrlos. Nun, Soldaten sind immer sentimental, aber bei mir war es von jeher so. Ich erinnere mich, daß, wenn ich als Kind aus der Sommernacht hereingeholt wurde, um zu Bett zu gehen, ich wie toll heulte. Wenn meine Mutter mich fragte, warum ich weine, wußte ich es nicht; ich konnte nur sagen, ich weine, weil Müller heute so häßlich ist. Müller war meine Kinderfrau, die ich sonst liebte.«

»Das verstehe ich«, meinte Doralice, »so geht es mir jetzt noch, wenn wir abends vom Spaziergange nach Hause kommen und Agnes steht da mit der Lampe, dann ist mir auch zuweilen so, als könnte ich weinen.« Hilmar lachte grimmig: »Ich begreife, daß man in solchen Augenblicken diese Agnes erwürgen könnte.«

»O nein«, wehrte Doralice, »Agnes ist eine gute alte Frau, aber in solchen Augenblicken steht deutlich auf ihrem Gesicht zu lesen: Was sind sie denn so glücklich, es wird gleich wieder alles unangenehm und widerwärtig sein.« Hilmar beugte sich vor, um Doralice in das Gesicht zu sehen mit Augen, auf deren pechschwarzem Grunde ganz winzig sich eine rote Laterne spiegelte, ein blutroter Punkt.

»Und diese Agnesen haben recht«, sagte er leise, »es wird gleich wieder alles unangenehm und widerwärtig, und daher ist es eine Dummheit, wenn wir wissen, daß da irgendwo ein kleiner glücklicher Augenblick zu haben ist und wir irgend etwas anderes tun, als diesem Augenblick nachzujagen.«

Doralice lehnte sich in den Schatten zurück, um aus dem Bereich der schwarzen Augen zu kommen, die ihr wehtaten, und fragte, um etwas zu sagen: »Sie waren als Kind allein?«

»Ja«, erwiderte Hilmar, »ich bin das einzige Kind meiner Eltern. Es hätte melancholisch sein können. Vor dem Schlosse ging ein Fluß vorüber, der immer sehr voll von einem trüben grünlichen Wasser war; dort schnalzten in der Dämmerung die Fische und sangen die Erdkrebse. Aber an Sommerabenden lief ich in die Dorfstraße hinunter und dort kamen dann meine Kameraden auf ihren nackten Füßen, mit ihren grauen Leinwandhosen und fliegenden blonden Haaren, kleine lustige Teufel der Sommerdämmerung, und dann war es köstlich.«

»Das muß köstlich gewesen sein«, wiederholte Doralice sinnend. »Ich war an Sommerabenden in unserem Garten immer allein.«

»Schade«, rief Hilmar, »daß ich damals nicht zu Ihnen kommen konnte, auch so als kleiner Dämmerungsteufel.«

– »Das wäre lustig gewesen«, meinte Doralice, »ich glaube, ich wartete damals immer auf so etwas.«

Jetzt stimmte Knospelius die Lorelei an. Er nahm das Tempo sehr getragen, als wollte er, daß die Seelen seiner Gäste ganz hinschmölzen in den klagenden Tönen. Kaum war das Lied zu Ende, trieb er zur Quadrille; die Harmonika und die Geige begannen zu spielen; Hilmar bot, als verstünde es sich von selbst, Doralice den Arm; der Tanz begann auf dem freien Platz unter den Bäumen. Die hellen Frauengestalten aus dem unsicheren Lichte der bunten Laternen in einen Streifen hellen Mondscheins hinein wurden plötzlich durch einen tiefen Schatten ausgelöscht, um dann wieder aufzutauchen. Knospelius hatte seinen Kneifer aufgesetzt und betrachtete aufmerksam, als säße er in seiner Theaterloge, das Schauspiel.

»Bitte, zu beachten«, sagte er zu der Generalin, »eine Mondscheinquadrille wird anders getanzt als eine Sonnenuntergangsquadrille. Die Bewegungen der Damen sind weicher; da ist so was von angenehmer Mattigkeit drin, ganz wie die Musselinkleider, die auch abends so eine angenehme Welkheit bekommen.«

»Ach, gehen Sie«, entgegnete die Generalin ärgerlich, »Sie sehen unsere Mädchen an, wie man Käfer ansieht, die man sammelt. Oder ist es besonders der eine fremde Käfer, der Sie interessiert?«

»Nein, nein, alle«, meinte Knospelius, »ich muß eben die Stimmung meiner Gäste studieren. Auf einem Feste darf nie der Augenblick kommen, in dem die Gäste fühlen: bei allem, was wir hier tun, ist doch nichts dahinter.«

»Was soll denn dahinter sein?« rief die Generalin; »das liebe ich gar nicht, wenn hinter allem etwas stecken soll, wozu? Ich hatte eine Tante, die war verrückt. Wenn man gemütlich beisammensaß, pflegte sie zu sagen: Es ist aber doch noch einer im Zimmer, von dem ihr nichts wißt; das war sehr unheimlich.«

»Nein, es steckt nichts dahinter«, sagte der Geheimrat beruhigend, »ich meine nur, es ist nicht sehr unterhaltend, gerade daran zu denken. Aber was ist denn das? Eine Stockung.«

Er sprang auf, um zum Tanzplatz zu eilen; dort drängten sich alle auf einem Fleck zusammen und am Boden, hell vom Monde beschienen, lag Lolo bleich mit geschlossenen Augen. Man rief nach Wasser, Fräulein Bork brachte Riechsalz. Was war geschehen? Eine Ohnmacht. Lolo hatte mit Hans Grill getanzt und war ganz still umgesunken. Als sie wieder ein wenig schwankend, sehr weiß im Gesicht, dastand, auf ihren Vater und Hilmar gestützt, organisierte die Generalin eilig den Rückzug, Lolo, von den beiden Herren geführt, voran, die anderen folgten, man nahm sich kaum Zeit, ein Abschiedswort an den Geheimrat zu richten, und die Baronin Buttlär konnte es nicht lassen, halblaut vor sich hin zu schelten: »Ich habe mir gleich gedacht, daß nichts Gutes dabei herauskommt. Wenn ein alter Herr sich amüsieren will, so soll er doch wo anders hingehen; wozu sind meine Kinder dazu nötig.«

»Fatal«, sagte der Geheimrat, als er mit Hans und Doralice allein war, »nun, es wird nichts zu bedeuten haben. Hübsch sah es übrigens aus, wie die Kleine da so weiß im Mondschein lag. Nerven. Eine Familienverlobung ist immer etwas Gewaltsames. Ein streng behütetes Mädchen, das nicht einmal einen Roman lesen darf, wird eines schönen Tages einem Leutnant ausgeliefert. Studiere die Liebe, heißt es. Ja, das richtet aber in der Seele solch einer kleinen Familienkolombine zuweilen merkwürdige Verwirrungen an. Na, gleichviel, *c'est la vie*. Ich danke Ihnen, meine Herrschaften, daß Sie gekommen sind, Sie waren die Königin des Festes, gnädige Frau, natürlich.« Er küßte Doralicens Hand und man trennte sich.

Auf dem Heimwege sprach Hans heiter und eifrig auf die schweigsame Doralice ein. Er freute sich, daß sie sich unterhalten hatte; denn sie hatte sich unterhalten, das hatte er wohl gesehen. »Schön, schön. Teufel, hatten die Herren um sie her Mondscheinaugen gemacht, alle, vom Familienvater bis zum Gymnasiasten. O bitte, bitte.« Sie blieben einen Augenblick stehen, um auf das mondbeschienene Meer hinauszublicken. Hans öffnete seinen Mund, atmete tief. »Weite einatmen«, meinte er, »dort unter den Bäumen war es ein wenig eng, auch die Leute dort ein wenig eng, nicht?«

Zu Hause ging Hans in sein Zimmer. Doralice hörte ihn hin und her gehen, den Kasten aufschließen, Stiefel werfen. Sie saß in ihrem Sessel und starrte in das Licht, lebte in Gedanken mechanisch das eben Erlebte weiter, die Glieder ein wenig matt von der Bewegung, der Luft und all den Männeraugen, die sie begehrend angesehen hatten. Endlich kam Hans heraus, in seinen Mantel gehüllt, den Filzhut auf dem Kopfe, die hohen Stiefel an den Füßen.

»Ich fahre noch mit Wardein auf den Fischfang hinaus«, sagte er, »für dich ist das nichts, du bist zu müde.« Er küßte Doralice auf die Stirn. »Gute Nacht.«

»Gute Nacht, Hans.« Doch als er schon an der Tür war, sagte Doralice: »Du, Hans!« Er wandte sich um: »Was gibt es?«

»Du, Hans, bist du eigentlich böse?«

»Nein, warum?« erwiderte er. Dann kam er wieder an den Tisch heran. Im Schein der Lampe sah Doralice, daß er errötete. »Nein, ich bin nicht böse. Warum sollte ich böse sein? Vielleicht, weil die da sich möglicherweise in dich verlieben? Das ist ihr Recht. Das ist erklärlich. Aber das kann doch an uns nicht heran.« Und er klopfte mit den Knöcheln seiner Hand auf den Tisch. »Nein, das wirst du nicht erleben, daß ich knurrend um dich herumgehe. Mir würde vor mir selber ekeln. Wenn du mein bist, weil ich jedem, der mir nahekommt, die Zähne zeige oder weil ein anderer mir nicht beizeiten die Zähne gezeigt hat, dann bist du überhaupt nicht mein – und ich will eine Frau, die mich liebt und nicht eine Beute – und – ich denke, wir gehorchen reineren Gesetzen – und es ist auch gar nichts geschehen, warum sollte ich böse sein?«

Doralice zog die Augenbrauen empor, sie machte, wie Hans Grill es nannte, ihr Damengesicht und sagte leichthin: »Oh, dann ist es gut, ich wollte nur wissen, gute Nacht also, Hans.«

»Gute Nacht«, erwiderte er und ging hinaus, stark mit den schweren Stiefeln auftretend.

Doralice schaute noch immer in das Licht. Also, er war doch böse, dachte sie, sonst wäre er nicht so beredt gewesen. Und es war gut so, es beruhigte sie. Wenn man geliebt wird, will man festgehalten, will man bewacht werden. Diese reinen Gesetze, was ist das? Wahrscheinlich wieder diese ewige Freiheit, von der Hans zu sprechen liebte. Jetzt wollte sie schlafen gehen, wollte in der Dunkelheit noch ein wenig von all dem träumen, was der heutige Abend in ihr aufgeregt hatte. Das war vielleicht etwas wie ein Verrat an Hans, aber warum ließ er sie mit ihren Träumen allein?

Zehntes Kapitel

Knospelius stand im Strandwächterhäuschen am Fenster, ein Opernglas vor den Augen, und schaute auf den Strand hinab. Er liebte es zu beobachten, wie dort auf dem gelben Sande die bunten Figürchen hin und her gingen, sich suchten, sich trafen, beieinander standen, sich wieder trennten. »Wo die Skorpionen gehen und die Feldteufel sich begegnen«, zitierte er den Propheten. Der Himmel hing voller Wolken, die das Morgenlicht dämpften und versilberten. Das graue Meer schillerte wie die Brust eines Täuberichs. Mitten in dem farbigen Wasser stand Ninis schmale rote Gestalt und die Baronin Buttlär ging am Strande auf und ab und beobachtete das Bad ihrer Tochter. »Ei, ei!« dachte Knospelius, »da erscheint ja die Generalin im weißen Pikeekleide, wie ein Schiff, das alle Segel aufgezogen hat, neben ihr die gute Bork, eine bescheidene, nichtssagende Schaluppe. Wedig, der Schlingel, treibt sich natürlich an der Wardeinschen Tür herum und wartet. Aber auch der Baron steht dort einsam herum und stochert im Sande, sollte er auch warten? Ah, das Brautpaar Arm in Arm. Die kleine Lolo noch etwas bleich, der Bräutigam sehr lebhaft, zu liebenswürdig, hat vielleicht ein schlechtes Gewissen wegen gestern. So, nun begegnen sie der Generalin. Man bleibt stehen, man spricht. Endlich, da ist unsre Doralice, sehr fein im Matrosenkostüm blau und weiß, den englischen Roman in der Hand. Natürlich, der Baron ist schon bei ihr. Wie kühl sie nickt. Wie grade und wohlerzogen sie dasteht, jede Linie höfliche Abweisung. Wie sie langsam weiter geht und ihn stehen läßt. Teufel! aber das ist stark. Der Leutnant läßt den Arm seiner Braut fahren und schießt auf Doralice zu, wie der Hecht auf die Angel. An Hemmungen leidet dieser junge Mann nicht. Wo ist denn der Maler? Dort steht er ja unten bei den Booten und spricht mit Stibbe. Warum ist er nicht auf seinem

Posten? Der dumme Kerl will den Grandseigneur in der Liebe spielen.«

Jetzt aber litt es Knospelius nicht mehr an seinem Fenster; er mußte hinunter, mußte mittun. Hinter ihm stand Klaus und hielt schon Hut und Stock. Als der Geheimrat seinen Hut nahm, schaute er zu Klaus' ernstem Gesicht hinauf und sagte: »Sie denken wohl, die da unten sind alles Sünder.«

»Wir sind alle Sünder, wenn Exzellenz gestatten«, erwiderte Klaus, ohne die Miene zu verziehen.

»Aber da sind doch Unterschiede«, warf Knospelius ein.

Klaus zuckte kaum merklich mit den Schultern: »Die einen fürchten sich nicht davor, Sünder zu sein, und wir anderen fürchten uns davor.«

»So, so, ich verstehe«, versetzte der Geheimrat und ging zum Strande hinab.

Unten machte er sich eifrig an das Begrüßen der Anwesenden, ging zu der Gruppe der Generalin, fragte, wie man geschlafen hatte, nannte Lolo »unsere tragische Kolombine«, wandte sich dann zu Hilmar und Doralice, die noch beieinander standen, rieb sich die Hände, tat, als sei er der Hausherr des Meeres und habe seine Gäste zu begrüßen. Er winkte Hans Grill zu, der langsam heranschlenderte. »Guten Morgen, Meister, was? heute nacht auf Fischfang und jetzt wieder bei den Booten, das heißt ja im Schweiße seines Angesichts leben.« Ja, Hans Grill wollte hinausrudern, er lachte: »Das Meer hat mich jetzt, wenn ich nicht was mit ihm zu tun habe, werde ich unruhig. So was wie Säuferdurst. Fährst du mit, Doralice?«

Nein, Doralice wollte nicht mitfahren, das Meer war ihr heute zu grau, sie wollte zu den Birken hinaufgehen und im Heidekraut Hegen.

»Aha«, meinte Knospelius, »ich verstehe, graues Meer ist für Ihre Seele heute sozusagen nicht die richtige Toilette. Nehmen Sie mich mit, Meister, meine Seele paßt zu jedem Meer.«

Aus den anderen Gruppen wurde nach Hilmar gerufen, Nini hatte ihr Bad beendet und man wollte nach Hause gehen. Aber

Lolo winkte ihm zu. »Bleibe nur, du willst segeln, auf Wiedersehen.« Etwas unschlüssig blieb Hilmar zurück, schaute der abziehenden Familie nach, sah, wie Doralice die Düne hinaufstieg zu den Birken und wie Hans und der Geheimrat zu den Booten hinabgingen. Nachdenklich nahm er Kieselsteine auf und begann sie über die Wellen springen zu lassen. Sein Gesicht hatte wieder den eigensinnig entschlossenen Ausdruck, der ihm eine finstere Schönheit gab. Plötzlich wandte er sich um und ging schnell mit leichtem, wiegendem Schritt die Düne hinan, mit jenem lustigen, unternehmungsvollen Schritt, den wohl der kleine Hilmar gehabt haben mochte, wenn er der Kinderstube entronnen in der Sommerdämmerung zu der Dorfstraße hinabflüchtete. Er schlug den graden Weg zum Birkenwäldchen ein.

Er fand Doralice im Heidekraute sitzend, den Rücken gegen den Stamm einer Birke gelehnt, das Buch lag aufgeschlagen auf ihrem Schoß, sie schaute nicht hinein, sondern bog den Kopf zurück und blinzelte mit halbgeschlossenen Augen zu den Wipfeln der Birken hinauf, das Gesicht ruhig wie das Gesicht eines Menschen, der einem Schlummerliede lauscht und daraufwartet, daß der Schlaf komme. Und rings um sie her klang das unablässige und eifrige Schrillen der Feldgrillen. Hilmar räusperte sich leise. Doralice schaute auf. Sie war nicht besonders überrascht, sie zog nur leicht die Augenbrauen empor und sagte: »Oh, Sie sind es. Sind Sie mir hierher nachgekommen? Sie wollten ja segeln.«

Hilmar war etwas befangen. »Ja, – hm, ich bin Ihnen hierher nachgekommen. Sie gestatten doch«, und er setzte sich auf einen Baumstumpf Doralice gegenüber. »Mit dem Segeln war es nichts. Da Sie nicht auf dem Meere waren, schien das Meer mir so sinnlos.«

»Ah«, sagte Doralice, die wieder in ihre ruhevolle Stellung zurückgesunken war. »Mir sagte einmal ein junger Attaché, er halte es für unhöflich, einen Augenblick mit einer jungen Frau allein zu sein, ohne ihr eine Liebeserklärung zu machen.«

Hilmar errötete. »Unsinn«, meinte er. »Mir ist gewiß nicht

höflich zumute, aber gleichviel, ich kam herauf, weil ich glaubte, daß Sie sich langweilen würden.«

»Ja, warum glaubten Sie, daß ich mich langweilen würde?« fragte Doralice.

»Nun, weil«, sagte Hilmar, »weil ich sah, daß Sie nur dieses Buch da mit hatten und ich annahm, daß an diesem schwülen, etwas traurigen Tage das Schicksal der Miß mit den zu rosa Wangen und zu goldenen Haaren, die sich einen ganzen Band darüber kränkt, daß sie sich in einem Park von einem Herrn hat küssen lassen, Sie auch traurig stimmen würde.«

Doralice lächelte matt.

»Sollen wir nicht eine Zigarette rauchen?« schlug Hilmar vor. Ja, Doralice nahm eine Zigarette an, ließ sich Feuer geben und dann rauchten beide und schwiegen und hörten dem Schrillen der Feldgrillen zu. Endlich bemerkte Doralice: »Sie wollten mich ja unterhalten?«

»Ja, ach ja«, erwiderte Hilmar zögend, als ließe er sich nur ungern im ruhigen Betrachten der hellen Gestalt vor sich stören. »Aber es gibt Lebenslagen, die so wohltuend sind, daß man sie mit Sprechen nur verdirbt. So hätte ich es als Knabe für eine Entweihung gehalten zu sprechen, während ich einen Kirschkuchen aß.«

Doralice lächelte nicht darüber. Eine seltsame Erregung machte plötzlich ihre Augen klar und bog die schmalen roten Linien ihrer Lippen und ihre Stimme wurde tiefer und zitterte ein wenig, als sie sagte: »Es ist wohl auch, weil es für Sie nicht leicht ist, mit mir zu sprechen. Wovon sollen Sie sprechen? Hinter mir sind alle Fäden abgerissen. Da können Sie nur entweder vom Wetter sprechen oder mir eine Liebeserklärung machen.«

Hilmar schlug sich mit der flachen Hand auf das Knie: »Ich sagte es gleich, an solch einem verdächtig grauen Tage allein im Heidekraut zu liegen, tut nicht gut. Zu sagen? Eine Welt habe ich Ihnen zu sagen, die unerhörtesten Dinge. Da brauchen wir nicht davon zu sprechen, wie es der Baronin Marowitz geht und welche Liaison die Gräfin Patky jetzt hat, aber, wenn Sie wollen, können wir auch davon sprechen.«

Doralice schien ihm nicht recht zuzuhören, sie blickte an ihm vorüber, lauschte ihrem eigenen quälenden Gedanken. »Und«, begann sie, »was sagen sie dort von mir – die anderen.«

»Nichts!« rief Hilmar ungeduldig. »Was sollen sie sagen? Sie sprechen nicht mehr davon.«

»Sie sprechen nicht mehr davon«, wiederholte Doralice. »Ich bin also wie eine, die gestorben ist und die vergessen wird.«

»Wie man das macht, Sie zu vergessen«, höhnte Hilmar.

Doralice sann einen Augenblick vor sich hin, bleich und kummervoll, dann fragte sie leise: »Kennen Sie den Friedhof am Meer?«

Nein, Hilmar kannte ihn nicht, er interessierte sich nicht besonders für Friedhöfe. »Der Geheimrat hat ihn mir gezeigt«, fuhr Doralice fort, »ein Friedhof, von dem das Meer große Stücke fortspült. Die Särge und die Toten ragen aus dem Sande heraus. Der Geheimrat sagt, in Sturmnächten holt das Meer die Särge ab. Die stillen Herren gehen auf die Reise, sagte er.«

»Das kleine Ungeheuer«, rief Hilmar, »warum zeigte er Ihnen das? Er will, daß Sie sich fürchten.«

»Vor dem Totsein würde ich mich sonst nicht fürchten«, meinte Doralice, »man braucht ja vielleicht nicht da zu sein. Nur daß das Totsein so furchtbar nach Alleinsein klingt, und – ich kann nicht allein sein.« Sie saß da, ein wenig aufgerichtet, die eine Hand in das Heidekraut gestützt, ihr Gesicht war ernst, obgleich die Lippen jetzt lächelten; ein unendlich einsames, frierendes Lächeln und die Augen füllten sich mit Tränen.

»Sie weinen«, stieß Hilmar hervor. Eine plötzliche Ergriffenheit würgte ihn wie ein Schmerz: »Sie dürfen nicht allein sein.« Er glitt von seinem Sitz in das Gras nieder, lag ausgestreckt da, wie einer am Bachrande sich ausstreckt, um zu trinken, und drückte seine Lippen auf Doralicens Hand, die im Heidekraut ruhte. Einen Augenblick blieb diese Hand unbeweglich, dann wurde sie fortgezogen, eine leichte Röte stieg in Doralicens Gesicht und ihre Stimme war wieder wach und lebensvoll, als sie sagte: »Was tun Sie da, stehen Sie doch auf. Ich bin ja gar nicht allein.«

Hilmar richtete sich auf, er kniete jetzt im Heidekraute, jede Linie seines Gesichts und seines Körpers schien gespannt von übergroßer Erregung. »Sie und allein sein. Jeder Augenblick, den Sie allein sind, ist eine furchtbare Verschwendung für einen – für einen von uns anderen. Das weiß ich jetzt. Aber das Leben ist ja reich an solch wahnsinniger Verschwendung. Was ist denn unser Leben anders, als ein beständig dummes Versäumen der ganz kostbaren Augenblicke.«

Doralice hörte ihm zu, sie hörte ihm wohlwollend zu, die Leidenschaft seiner Worte erwärmte sie angenehm. Dann sagte sie in einem mütterlichen Tone: »Stehen Sie auf, gehen Sie nach Hause. Ich muß auch gehen; Hans erwartet mich.« Hilmar gehorchte. Er stand einen Augenblick unschlüssig da, etwas arbeitete und kämpfte in ihm, dann wandte er sich kurz um und lief den Abhang hinab. Doralice lächelte, als sie ihm nachschaute. Sie erhob sich, fuhr sich mit der Hand über die Augen und trat den Heimweg an, jetzt wieder ruhig und getröstet.

Hans wartete schon ungeduldig auf Doralice. Mit großen Schritten ging er um den gedeckten Mittagstisch herum und schalt leise vor sich hin ... »Ich komme zu spät, bist du böse?« sagte sie, als sie eintrat. Er lächelte gutmütig: »Ja, ich war sehr böse, aber jetzt, wo du da bist, hat das keinen Sinn mehr. Agnes! die Suppe. Ich habe einen Hunger, komm, setzen wir uns.« Agnes brachte die Suppe, sehr ernst, denn sie hatte Doralicens Zuspätkommen nicht verziehen. Sie füllte die Teller und stellte sich dann wie jeden Tag neben dem Tische auf, um aufmerksam zuzusehen, wie Hans aß.

»Nun also«, begann Hans gut gelaunt die Unterhaltung, »wie war deine Einsamkeit oben im Heidekraute?«

»Hübsch war es dort«, antwortete Doralice, »der Baron Hamm kam vorüber und plauderte einen Augenblick.«

– »Ah!« Hans schien ganz von seiner Suppe hingenommen. »Was sagte er denn?«

»O nichts!« meinte Doralice, sie könnte ja erzählen, was sich dort droben zugetragen, dachte sie, aber wozu, Hans würde doch nur sagen, das reiche nicht an sie heran, und würde von reineren Gesetzen und von Freiheit sprechen. Hans lehnte sich in seinen Stuhl zurück und begann: »Ja, das verstehen diese Leute, zu sprechen und nichts zu sagen. Das ist mir auch gestern aufgefallen. Einmal ein guter Witz, eine gute Bemerkung, aber meist nur Füllnis, wie bei jungen Taubenbraten, wenig Fleisch und viel Farce.«

»Ja, belehrend sind sie natürlich nicht«, bemerkte Doralice ein wenig gereizt.

»Nein, das verlange ich auch nicht«, sagte Hans beruhigend. »Ich greife die Leute übrigens nicht an. In ihrer Art sind sie gewiß nette, kluge Leute, man muß sich vielleicht an ihre Art gewöhnen.«

Doralice erwiderte nichts; es ärgerte sie, daß er plötzlich den Abgeklärten und Gerechten spielte. Warum schalt er nicht drauf los wie früher? Agnes nahm die Teller und ging hinaus, um das Brathuhn zu holen.

»Muß Agnes hier stehen und bewachen, wie du ißt?« fragte Doralice.

»Stört dich das?« sagte Hans. »Ich müßte vielleicht sagen, daß sie es läßt, aber ich fürchte, es ist die größte Freude ihres Lebens, mich essen zu sehen.« – »O dann«, meinte Doralice und nachdenklich fügte sie hinzu: »Mich liebt sie nicht, sie sieht nie hin, wie ich esse.« Hans lachte: »Die arme Agnes braucht eben ihre ganze Liebesfähigkeit für mich auf, aber sie wird doch fest zu dir halten, wie zu allem, was mir gehört. Sie ist wie ein Hund, dem der Stock seines Herrn auch nicht sympathisch ist und der ihn doch bewacht und verteidigt.«

»Es ist nicht besonders angenehm, dein Stock zu sein«, bemerkte Doralice. Dann kam Agnes zurück und brachte das Huhn. Die Unterhaltung geriet ins Stocken. Doralice fragte nach der Bootfahrt und was der Geheimrat gesagt hatte. »Der Geheimrat sprach von mir«, erwiderte Hans. »Er sagte mir, wie ich bin.«

»Wie bist du denn?« Doralice schaute neugierig auf.

»Es scheint, ich bin sehr gut«, berichtete Hans, »aber wie alle sehr guten Menschen lebe ich von Mißverständnissen.«

»Ach was, der Knirps«, meinte Doralice ungeduldig. Als dann beim Kaffee Hans sich eine Zigarette anzündete, wurde er schläfrig. Er reckte sich, gähnte diskret, die Nacht auf dem Meere lag ihm doch noch in den Knochen. Endlich stand er auf. Es sei doch das beste, er lege sich noch ein wenig nieder, meinte er.

Doralice rückte ihren Sessel an das geöffnete Fenster. Draußen hatte es zu regnen begonnen, ein feiner, dichter Regen, der einen bleifarbenen Vorhang vor das Fenster zog. Das Zimmer füllte sich mit einem grauen nüchternen Lichte. Agnes räumte das Geschirr ab, stapfte ab und zu, schlug die Türen, dann war auch sie fort. Doralice bewegte ihren Kopf langsam auf der Rücklehne des Stuhles hin und her, wie es ihre Gewohnheit war, wenn sie sich einsam fühlte. Gewiß, dieser Regen, dieses graue Licht im engen Zimmer, dieses Mittagessen bewacht von Agnes' freudlosen Blicken, diese ganz aussichtslose Alltäglichkeit, all das war traurig und Doralice wußte, daß sie auch gleich traurig werden würde, noch aber fühlte sie sich von alledem seltsam losgelöst. Es war eine Traurigkeit und Alltäglichkeit, die nicht zu ihr gehörten, die an ihr vorübergingen. Sie kam sich vor wie ein Reisender, der auf irgendeiner kleinen verschollenen Station liegen bleibt und nun in dem häßlichen Stationszimmer sitzt und sich für eine Weile von der Melancholie eines Lebens eingefangen sieht, das nicht zu ihm gehört. Denn der Zug würde kommen und die kleine Station mit ihrer grauen Langeweile würde hinter ihm versinken und vergessen werden. Und doch, was sollte kommen! In Doralice klangen die Worte wieder, die sie heute morgen gehört: »Jeder Augenblick, den Sie allein sind, ist für einen von uns anderen eine wahnsinnige Verschwendung.« Hans fürchtete sich vor dieser Verschwendung nicht, er fürchtete nicht, etwas zu versäumen, er ging schlafen. Wie sicher er ihrer war!

Wie sicher, daß er ein ganzes Leben vor sich hatte, um mit ihr zusammen zu sein, ein ganzes Leben. Ein ganzes Leben! klang es eintönig in ihr wider nach dem Takte des Regens, der da draußen mit seinem flachen Plätschern eifrig in die große, schicksalsvolle Stimme des Meeres hineinplauderte. Wie er dort oben vor ihr gekniet hatte. Wie hatte er doch von seinem Reiten gesagt? »Man denkt nur eins, man will nur eins, so stark, daß man sich wundert, daß das Ziel einem nicht entgegenkommt.« Es war doch ein seltsam starkes Leben, wenn man fühlte, wie ein fremdes Begehren und Wollen wild an einem zog. Das hatte sie auch bei Hans dort auf dem Schlosse empfunden, damals, als er noch nicht abgeklärt war, als er über sie kam wie ein Sturm und wie ein unwahrscheinliches, köstliches Wagnis. Und jetzt war wieder so etwas nahe. Aber nein, das konnte sie nicht wollen, sie würde sich sehr wundern, wenn sie so wäre, daß sie das wollen konnte. Jetzt plötzlich quälte sie das Alleinsein, der graue Tag mit seiner Ereignislosigkeit und die fremden Möglichkeiten, die sie in sich empfand. Etwas tun, dachte sie, und dann sprang sie auf, sie wußte schon, was sie zu tun hatte. Sie ging in ihr Schlafzimmer hinüber, wo die großen Koffer standen, die Graf Köhne ihr nachgesandt hatte. Sie öffnete einen derselben, ein schwüler Jasminduft strömte ihr entgegen, das war das Parfüm gewesen, das der Graf Köhne an ihr geliebt hatte. »Je mehr ich in Jahren vorrücke«, pflegte er zu sagen, »um so mehr gehe ich in meiner Vorliebe für Düfte in den Jahreszeiten zurück. Jetzt bin ich beim Frühsommer angelangt.« Da lagen nun all die Kleider, an die Doralice seit einem Jahre nicht mehr gedacht hatte. Sie blätterte nachdenklich in ihnen, strich mit der Hand über den Samt, den Krepp, die Seide, und diese Berührung erregte so etwas wie ein festliches Gefühl in ihr. Da war das blaue Kleid, das sie so geliebt hatte. Sie nahm es heraus, weiche pfauenblaue Seide, eine alte Stickerei als Brusteinsatz, grünliche und rötliche Goldfäden auf rahmfarbenem Grunde. Doralice breitete es auf einem Stuhle aus, betrachtete es, dann begann sie langsam sich auszukleiden, legte das Kleid, das sie trug, ab und legte das pfauenblaue an.

Jetzt war sie fertig, stand da in dem grauen Lichte und das sanfte Schimmern der Seide, des Goldes an ihr gab ihr eine angenehme Erregung. Sie ging wieder in das Wohnzimmer hinüber, setzte sich auf ihren Sessel und wartete auf Hans. Das mußte auch auf ihn wirken, das mußte auch ihm etwas von früheren Tagen zurückgeben. Sie wartete lange, Hans nahm es gründlich mit seiner Nachmittagsruhe und es begann bereits zu dämmern, als Doralice hörte, daß er sich im Schlafzimmer regte. Endlich kam er. Er machte einige Schritte und fragte: »Warum duftet es hier so süß? so schwül nach Schlössern?« Als er sie dann anschaute, meinte er: »Oh! Du hast dich schön gemacht. Dieses Kleid kenne ich.« Das klang ein wenig trocken und Doralice wurde befangen. Sie entschuldigte sich: »Es war hier so grau und häßlich und da zog ich es an, ich dachte, es würde dir auch gefallen.«

Hans setzte sich auf einen Stuhl, zerrte an seinem Bart und schaute an Doralice vorüber zum Fenster hinaus. »O gewiß, sehr schön, sehr schön«, sagte er zerstreut. »Nur, sag' mal, willst du die Erinnerungen, von denen dieses Kleid voll ist?«

»Ich will überhaupt keine Erinnerungen«, erwiderte Doralice und das Weinen war ihr nahe. Hans sann noch vor sich hin: »Ja, ja«, murmelte er, »dir war es hier grau und häßlich, und du wolltest etwas Schönes haben, natürlich, ich verstehe. Schön, schön.«

Beide schwiegen nun eine Weile und Doralice empfand, daß das bißchen Festlichkeit, welche das Kleid ihr gegeben hatte, fort war. Hans erhob sich und ging nervös im Zimmer auf und ab, dann blieb er stehen und fragte:

»Wirst du das Kleid anbehalten?«

»Ich kann es ja wieder ausziehen«, erwiderte Doralice kleinlaut.

»Ja«, fuhr Hans fort, »es ist nämlich hier in diesem Zimmer etwas fremd. Ich habe das Gefühl, als ob ein Modell bei mir wäre.«

»Ein Modell«, wiederholte Doralice gekränkt.

»Nein, nein, nicht ein Modell«, beruhigte Hans sie, »es war dumm, daß ich das sagte. Höre, ich werde es dir erklären. Es war in München, ich wohnte im vierten Stock, in einem sehr häßlichen Zimmer natürlich. Da verliebe ich mich beim Kunsthändler in eine französische Glasschale, ein hübsches Ding wie aus rosa und grünem Eis, für mich viel zu teuer. Gut. Aber ich bin verliebt und als ich für ein Bild etwas Geld bekomme, kaufe ich sie und trage sie nach Hause. Ich stelle sie auf meinen Tisch. Der Tisch hat eine scheußlich gelbe Decke mit blauen Blumen. Nein, das geht nicht. Ich stelle sie auf den Kasten, einen plumpgebeizten gelben Kasten. Aber das geht noch weniger. Ich stelle sie auf den Waschtisch, auf das Fenster – na, was soll ich dir sagen, wo diese Schale auch steht, überall gibt es einen falschen Ton, quält mich wie Zahnweh. Ich bin glücklich, als das Ding wieder beim Kunsthändler ist. Siehst du, so.«

»Bin ich diese Schale?« fragte Doralice. – »Nicht du, dein Kleid, dein Kleid.« Hans stand vor Doralice und wartete gespannt, was sie sagen würde. Sie jedoch sagte nichts, erhob sich und ging in ihr Schlafzimmer hinüber, um sich umzukleiden. Er aber begann wieder im Zimmer auf- und abzurennen, er war wütend. Also er hatte sie wieder einmal gekränkt, aber das schien jetzt nicht anders sein zu können. Sah es nicht aus, als sei die Liebe eine Einrichtung, die zwei Menschen aneinander bindet, damit sie einander quälen? Wahrhaftig, so sah es aus. Aber es sollte anders werden, und als Doralice in ihrem dunklen Kleide zurückkehrte, um sich wieder still in ihren Sessel zu setzen, brach er los: »Du bist gekränkt, ich weiß, ich weiß. Aber du wirst sehen, ich werde dir einen Rahmen schaffen, in dem du dich anziehen kannst wie eine Königin.«

»Ah, das kleine Häuschen«, warf Doralice hin.

»Nun, etwas viel Schöneres«, fuhr Hans ungeduldig fort. »In München läßt sich jetzt viel machen. Ich werde eine Malschule gründen und dann werde ich arbeiten, ich bin voller Ideen, ich habe ja so viel in mir aufgespeichert, ich bin geladen wie eine Bombe, und wenn ich da einschlage in diese Welt abgelebter Großstadtleute, die werden Augen machen. Ich freue mich schon drauf. Wir wollen die Lampe anstecken und gleich zusammen einige Briefe nach München schreiben.« Er rieb sich die Hände und lachte, er war ganz Eifer, ganz Tatendurst. Aber Doralice sagte müde: »Ach nein, nur nicht die Lampe.«

Hans stand einen Augenblick da und sann, dann setzte er sich langsam auf einen Stuhl, zündete sich eine Zigarette an und rauchte. Beide schwiegen, es dunkelte immer mehr, die Dämmerung schien mit dem Regen auf das Land niederzufließen, der Wind verfing sich irgendwo im Hause und es gab einen Ton wie ein trauriges Lachen. Doralice fühlte wohl, daß Hans dort neben ihr in der Dämmerung mit sich kämpfte, das Bewußtsein dieser Erregung, die Erwartung, daß es vielleicht einen leidenschaftlichen Auftritt geben würde, tröstete sie in der Melancholie dieser Stunde. Da begann Hans wieder ruhig, freundlich: »Sieh, das kommt daher.«

»Was denn?« fragte Doralice. – »Daß wir hier so zusammensitzen und nicht zueinander sprechen, als seien wir verfeindet. Wir sind nicht miteinander verfeindet und wir haben uns sehr viel zu sagen, aber das kommt daher, daß etwas in unserer Liebe zu Ende ist und etwas Neues anfangen muß. Jetzt haben sich die feinsten, empfindlichsten Teile unserer Seelen auseinanderzusetzen, jetzt fängt die ganz komplizierte Rechnung an, so eine Art Ausziehen von Kubikwurzeln, das ist immer so, das muß so sein. Ich kann nicht immer wie damals ein Ereignis sein.«

»Ich habe gar nicht verlangt von dir, immer ein Ereignis zu sein«, meinte Doralice.

– »Ich weiß, ich weiß, und ich weiß auch, was wir zu tun haben, um jetzt dieser jämmerlichen Stunde ein Ende zu machen. Wir müssen hinausgehen ans Meer. Es ist dunkel und es regnet, das macht nichts, das Meer wird uns kurieren, das Meer kann immer ein Ereignis sein und da wollen wir uns anschließen und du wirst sehen, dort werden wir uns wieder einander befreundet fühlen und dann wirst du auch wieder die Lampe ertragen können.«

Er holte Doralicens Mantel, hüllte sie fest ein, nahm sie und zog sie mit sich hinaus.

Draußen mußten sie gegen einen starken Wind ankämpfen,

das Meer rauschte sehr laut, ein Durcheinander großer Stimmen, die sich überschrien und einander ins Wort fielen. Und in der Dämmerung hoben sich die Wellen wie große weiße Gestalten, die sich aufrecken, sich neigen, niederfallen. Zuweilen standen Hans und Doralice plötzlich wie auf einem weißen kalten Tuche, das war dann eine brandende Welle, die bis zu ihnen heraufgelaufen war. Beide lachten, drückten sich fest aneinander und Hans fragte laut in das Rauschen hinein: »Fühlst du es, fühlst du es schon, wie wir einander wieder befreundeter werden?«

»Ja, ja«, erwiderte Doralice atemlos von all der mächtig bewegten Luft, die sie atmen mußte. – – –

Im Bullenkrug drückte der Regennachmittag auch auf die Stimmung. Es lag ohnehin eine Spannung in der Luft, welche die Menschen mit einer gereizten und freudlosen Unruhe in den engen Räumen herumtrieb. »Meine Schar«, sagte die Generalin zu Fräulein Bork, »geht hier heute umher wie die Eisbären im Käfig. Lassen Sie alle Lampen anstecken, nur keine Dämmerung, die ist gefährlich. Und dann viel und gutes Essen. So kommen wir am leichtesten über die Schwierigkeiten hinweg.« Das Haus wurde sehr hell, die Generalin setzte sich mit Fräulein Bork auf das Sofa und legte Patience. Sie sprach mit ihrer lauten, beruhigenden Stimme, lachte über ihre Patience. Das Brautpaar zwang sie miteinander Pikett zu spielen. »Nichts Besseres für nervöse Liebe«, meinte sie, »als Karten.« Wedig und Nini spielten Dame und stritten sich, und Herr von Buttlär ging mit kleinen nervösen Schritten im Zimmer auf und ab und sah immer wieder nach dem Barometer. Da erschien seine Frau in der Eßzimmertür und sagte: »Bitte, Buttlär, auf ein Wort.«

»Gewiß, meine Liebe«, erwiderte er und richtete sich mit einem Ruck strammer auf, »was gibt es denn?« Er folgte seiner Frau ins Eßzimmer und die Tür fiel hinter ihnen ins Schloß. Die Generalin schüttelte unzufrieden den Kopf und bemerkte: »Bella überschätzt von jeher die Wirkung von Auseinandersetzungen.« Das Gespräch des Ehepaares dauerte ziemlich lange. Man hörte die Stimme des Barons, die pathetisch wurde, und

Wedig flüsterte Nini zu: »Hör', eben hat der Papa gesagt: poetisches Bedürfnis.«

Hilmar und Lolo wurden sehr zerstreut bei ihrem Spiel. Endlich ging die Eßzimmertür wieder auf, Frau von Buttlär kam in das Wohnzimmer, setzte sich schweigend an den Tisch und nahm ihre Häkelarbeit auf. Sie war blaß, man sah es ihr an, daß sie geweint hatte. Der Baron aber war in der Tür stehen geblieben und sagte feierlich: »Hilmar, bitte auf ein Wort.«

»Zu Befehl«, erwiderte Hilmar und sprang auf. Er zog dabei die Augenbrauen zusammen und sein Gesicht nahm einen Augenblick einen so zornigen Ausdruck an, daß Lolo ihn erschrokken anschaute. Dann verschwanden die beiden Herren hinter der Eßzimmertür. Die Generalin zog die Augenbrauen hinauf und sagte: »Wozu diese Konferenzen gut sind, weiß ich nicht, zur Gemütlichkeit tragen sie nicht bei.« – »Nein, liebe Mutter«, erwiderte die Baronin, indem sie eifrig forthäkelte, »ich bin ungemütlich und prosaisch, das habe ich eben gehört. Andere können gemütlich und poetisch sein, ich nicht. Ich bin wie der Gendarm, den jeder braucht und den keiner mag.«

»Aber Bella«, wandte die Generalin ein. Fräulein Bork jedoch fand das schön. Sie fand das schön, die Mutterliebe als die Polizei für das Glück der anderen.

»Sie haben gut reden, liebe Bork«, meinte die Baronin, und die Generalin wurde ärgerlich: »Ich sage nicht, daß einmal tüchtig dreinfahren nicht ganz nützlich sein kann, aber immer besser kurz und scharf, als lang und sauer.«

»Wer ist denn sauer?« fragte die Baronin, worauf die Generalin nichts erwiderte. Lolo ging währenddessen im Zimmer unruhig auf und ab, blieb an der Glastür stehen und schaute in die Dunkelheit hinein, dann öffnete sie die Tür und trat auf die Veranda hinaus. Der Wind, als hätte er auf sie gewartet, fiel sie sofort an, zerrte an ihrem Kleide, wühlte in ihrem Haar. Lautes Tönen flog durch die Finsternis wie Sausen großer, hastiger Flügel, ein hastiges, ausgelassenes Leben trieb hier in der Nacht sein Wesen und Lolo stand da und atmete tief und angestrengt.

Sie litt, aber da drinnen im Schein der Lampe war ihr Schmerz eine unerträglich nagende Qual gewesen, hier draußen konnte sie ihn als groß, fast als schön empfinden. Als sie dann hörte, daß die Eßzimmertür ging und die beiden Herren wieder in das Wohnzimmer gekommen waren, öffnete sie ein wenig die Glastür und rief Hilmar. Hilmar trat zu ihr auf die Veranda hinaus. Sie standen einen Augenblick im Dunkeln still beieinander, Lolo hatte Hilmars Arm genommen und lehnte sich fest an ihn. Endlich sagte sie leise: »Hat er dir meinetwegen Vorwürfe gemacht?«

»Ach, er hat ja recht«, erwiderte Hilmar und seine Stimme klang gepreßt und mutlos. »Alle haben sie recht, wenn du um meinetwillen leidest, dann bin ich ein gemeiner Hund. Ich durfte nicht zu dir kommen, du mußt sicher und glücklich sein.«

Lolo begann jetzt wieder zu sprechen, ganz sanft und tröstend: »Nein, du kannst nichts dafür, wir können beide nichts dafür. Es gibt manches in der Welt, das stärker ist als wir beide. Ich habe das jetzt verstanden. Oh, ich habe jetzt sehr viel verstanden. Früher glaubte ich, sich lieben ist Hand in Hand sitzen und sich lange Briefe schreiben. Aber jetzt weiß ich, sich lieben ist eine furchtbar große Sache und da muß man auch die ganz großen Dinge tun können und – warum soll ich nicht auch leiden? Du leidest auch und so viele, viele leiden. Nein, mein armer Hilmar, wenn ich auch keinen schicksalsvollen Mund habe, mit dem blauen Sonntagskittel ist es doch nichts. Aber sei ruhig, wir werden schon den richtigen Weg finden.« Und sie strich sanft mit der Hand über seinen Ärmel hin.

»Lolo! Lolo!« rief die Baronin, und der Baron klopfte an die Fensterscheiben. »Sie rufen, wir müssen hinein«, sagte Lolo.

»Da hinein kann ich jetzt nicht«, stöhnte Hilmar, »aber du, du mußt sicher und glücklich sein und ich – ich bin ein gemeiner Hund.« Dann beugte er sich über sie und drückte seine heißen, trockenen Lippen fest auf ihre Augen, schob sie dann von sich und lief in die Dunkelheit hinaus. Lolo stand noch einen Augenblick da, sie legte beide Hände auf ihre Brust und schaute mit heißen, fanatischen Augen in die Nacht hinein und berauschte sich an ihrem großen Schmerz.

Aus der Küchentür an der Schmalseite des Hauses schlichen drei in Mäntel gehüllte Gestalten dem Strande zu. Es waren Nini und Wedig, die sich aus dem Wohnzimmer fortgestohlen hatten und nun unter Ernestinens Führung ihrem Lieblingsabenteuer nachgingen, die Gräfin sehen. Dazu mußten sie die Düne hinaufsteigen, um auf der Rückseite des Wardeinschen Anwesens an das rechte Fenster zu gelangen. Es war ein Genuß, aus der dumpfen Luft der Wohnstube herauszukommen, die heute ohnehin schwer von Mißstimmung und Langeweile war, und sich mit dem Winde herumzuschlagen, die steilen Sandwände hinanzuklettern, mitten durch die nassen Wacholderbüsche hindurch und sich vor allem zu fürchten, was ihnen in der Dunkelheit begegnen könnte. Jetzt sahen sie schon das kleine helle Viereck des Fensters, sie brauchten nur noch vorsichtig die Sandlehne herunterzusteigen, um dann leise heranzuschleichen, als Ernestine Alarm zischte. Sofort duckten alle drei hinter einem Wacholderbusche nieder. Dort vor dem kleinen hellen Viereck stand schon einer, eine kleine, schiefe Gestalt und ein langes, regelmäßiges Profil hob sich scharf von den gelbbeleuchteten Fensterscheiben ab. »Exzellenz«, flüsterte Ernestine. Sie wagten sich nicht zu regen. Dieser kleine Mann dort, in der Dunkelheit vor dem Fenster stehend, erschien ihnen entsetzlich unheimlich. Dann plötzlich war er nicht mehr da, war in die Nacht untergetaucht. Aber die drei Kinder wagten sich noch nicht vor, sondern kauerten still hinter ihrem Wacholderbusch. Und wieder tauchte eine Gestalt aus der Nacht auf und stand vor dem Fenster, eine schmale Gestalt, ein dunkler Kopf, ein feines Profil, das wie ein Schattenriß gegen die helle Scheibe stand. »Hilmar«, erklärte Wedig. Es schien ihnen, daß sie dieses Mal lange warten mußten, bis auch diese Gestalt in der Dunkelheit verschwand. Da erst trauten sie sich aus ihrem Verstecke heraus, an das Fenster heran und sahen Hans Grill am Tische sitzen und einen Brief schreiben, sahen Doralice in ihrem Sessel, den Kopf zurückgelehnt, mit weit offenen Augen verträumt vor sich hinsehend. Als Nini später oben in ihrem Schlafzimmer im Bett Lolo ihre Erlebnisse erzählte, sagte sie: »Weißt du, sie sah aus, als machte es sie furchtbar müde, so schön zu sein.«

»Ja, weil es eine furchtbare Verantwortung ist, so schön zu sein«, klang es feierlich und weise aus Lolos Bett zurück.

Elftes Kapitel

Um Mitternacht war ein Gewitter niedergegangen und ein plötzlicher Sturm hatte sich erhoben, stoßweiße sich um sich selber drehend, als käme er von allen Seiten zugleich, so daß die Wellen sich hoch aufreckten und wie betrunken taumelten. Allein es dauerte nicht lange. So plötzlich wie er gekommen war, ließ der Sturm nach; von Westen her kam ein sanftes Wehen, das die Wellen streichelte und beruhigte. Ein wolkenloser Tag brach an, die Sonne schien auf ein prächtig grünes Meer nieder, der Strand war von dem ausgeworfenen Seetang überdeckt wie von schwarzer Seide und die Luft war ganz voll vom scharfen salzigen Dufte des Meeres.

Hans und Doralice waren schon zeitig am Vormittage zu ihrem Platz auf der Düne hinaufgezogen. Doralice lag dort auf ihrer Decke im Sande und sah auf das Meer hinaus. Hans malte, und zwar malte er die Großmutter Wardein, die regungslos auf einem Stuhle dasaß, die Hände im Schoß gefaltet. Die harte, runzelige Haut des Gesichtes glänzte in der Sonne, als sei noch eine Spur alter Vergoldung an ihr haften geblieben, und die trüben gelben Augen schauten in die Weite mit einem Blick, der starr auf eine sehr große gleichgültige Ferne hinaussieht. Hans sprach während des Malens über seine Kunst. Seit gestern sprach er viel und eifrig über seine Kunst und ihre praktischen Aussichten: »Es geht famos. Sie sind ein glänzendes Modell, Mutter Wardein. Einleuchtender kann ein Menschenschicksal nicht in Linien aufgehen, als in Ihrem Gesicht. Na ja, natürlich, ein Porträt muß in uns die Vorstellung eines individuellen Lebens hervorbringen. Deshalb muß man auch Menschen malen, die man nicht kennt, sonst will man da zu viel hineinlegen. So zum Beispiel ist es mir deshalb schwer, dich zu malen, weil ich zu gut in dir Bescheid weiß.«

»Du weißt in mir Bescheid?« fragte Doralice. – »Natürlich.« »Da weißt du mehr als ich«, meinte Doralice.

Hans legte seinen Pinsel fort und schaute Doralice verwundert an: »Sag' mal, seit einiger Zeit jetzt hast du zuweilen solche Aussprüche unangenehmer Lebensweisheit wie der Geheimrat.«

Doralice seufzte: »Ach ja, angenehm ist es nicht, die Ähnlichkeit mit dem Geheimrat in sich wachsen zu fühlen.«

Hans zuckte mit den Achseln und griff nach dem Pinsel. Jetzt schwiegen sie. Doralice spähte aufmerksam zum Strande hinunter, als könnte dort unten etwas sich ereignen, das sie anginge. Karren standen dort unten und kleine struppige Pferde und Fischer, die den Seetang aufluden, um ihn auf ihre Äcker zu führen. Und eine kleine graue Gestalt mit wehendem Kopftuche ging ruhelos am Meere hin und her, zuweilen stehenbleibend, um auf die See hinauszuschauen. »Unser Steege ist noch nicht zurück?« fragte Hans. »Ich sehe die Frau dort unten noch immer hin und her laufen.«

»Ob der nun auch kommen wird«, antwortete die Alte mit einer Stimme, die tief wie eine Männerstimme klang, »ob er nun mit dem Boot kommen wird oder ob er ohne Boot kommen wird, das kann man nicht wissen. Der Matthies, mein Mann, kam am zweiten Tage dort nicht weit vom Friedhofe ohne Boot heraus. Der Ernst, mein Sohn, kam gar nicht heraus. Na ja, so ist der Steege, wenn keiner fahren will, dann fährt er, dann glaubt er, daß er alle Fische allein haben wird. Häßlich blies es schon, als ich um Mitternacht nachsehen ging. Ich gehe immer um Mitternacht nachsehen, das ist noch von der Zeit, als ich auf Meine wartete.« Die tiefe heisere Stimme sprach ruhig vor sich hin, nicht, als spräche sie für die anderen, sondern als könnte sie, einmal in Schwung gebracht, nicht sogleich wieder verstummen. Doralice richtete sich ein wenig auf, um die Fischersfrau am Strande besser sehen zu können, die rastlos an dem Saum der brandenden Wellen entlang irrte und wartete, auf das Schreckliche wartete, und was die Mutter Wardein da erzählte, war es nicht auch ein endlos langes Leben, in dem sie immer wieder auf das Schreckliche gewartet hatte? Doralice zog die Augenbrauen zusammen, sie hätte weinen können, nicht aus Mitleid, sondern weil all dieses Dunkle plötzlich so nah an sie herankam. Der Morgen mit seinem Licht, seinem Duft, seinem Wehen hatte ihr voller Versprechungen geschienen. Das war vielleicht sinnlos, aber es tat wohl. Nun war all das vorüber. Mutlos warf sie sich zurück, sie mochte nicht mehr sehen und hören. Dennoch trieb es sie bald wieder, die Augen zu öffnen, um zu sehen, ob die graue Gestalt unten noch da sei. Sie war da. Aber etwas anderes kam noch durch den Sonnenschein, Hilmar, im blauen Flanellanzuge, die rote Krawatte leuchtete von weitem; er ging schnell mit wippendem Schritt, wiegte sich leicht in den Schultern, und jede Linie in der blauen Gestalt, die sich lustig gegen das grüne Meer abhob, war so voll unternehmenden Leichtsinns, daß Doralice lächeln mußte. Hilmar ging zu den Booten hinab, wo er den jungen Stibbe fand. Er befahl, ihm das Segelboot herzurichten, heute mußte gesegelt werden, solch ein Wetter kommt nicht wieder. Hilmar wollte segeln, aber es war noch ein anderer Wunsch, der heute mit ihm aufgestanden war, einer jener Wünsche, die wie ein Fieber in ihm brannten, er wollte mit Doralice segeln. Ganz gleich, ob das wahrscheinlich, ob das möglich war, er wußte nur das eine, er mußte mit Doralice segeln. So ging er denn geradewegs die Düne zum Ehepaar Grill hinauf.

Er kommt geradewegs zu uns, dachte Doralice, ein toller Junge. Auch Hans sah ihn kommen, und das Blut stieg ihm heiß in die Schläfen. Als jedoch Hilmar vor ihnen stand und grüßte, sagte Hans ruhig und freundlich: »Guten Morgen, Herr Baron, schöner Morgen.«

»Guten Morgen«, erwiderte Hilmar, ein wenig atemlos vor Erregung, »die Herrschaften sind schon fleißig. Ah, Mutter Wardein, ja, die würde ich auch malen, wenn ich könnte. Es muß sein, als ob man die Ewigkeit malt.«

»Gutes Segelwetter«, bemerkte Hans. –

»Glänzend!« beteuerte Hilmar, »das Meer ist heute wie eine Wiege. Ja, und da wollte ich fragen«, er wandte sich an Doralice,

»ob Sie, gnädige Frau, nicht mitfahren wollen? Für drei ist im Boote Platz und Stibbe und ich sind sichere Segler.«

Doralice schaute überrascht zu ihm auf und dann mußte sie über den eigensinnigen, entschlossenen Ausdruck seines Gesichts lächeln. »O, ich«, sagte sie, »ich glaube nicht, daß mein Mann das gestattet.«

Hans hatte mit dem Pinsel voll Zinnober einen so kräftigen Hieb gegen das Bild geführt, daß die Wange der Mutter Wardein eine breite rote Schramme erhielt, und es wunderte ihn, als er seine eigene Stimme ruhig und überredend sagen hörte: »Warum nicht? Heute ist wohl keine Gefahr dabei. Wenn es dir Vergnügen macht, der Baron ist ja ein sicherer Segler.«

Es war ein seltsam erstaunter und kalter Blick, mit dem Doralice Hans ansah: »Das ist etwas anderes«, sagte sie, »dann also wollen wir fahren. Kommen Sie, Baron.« Sie erhob sich, nickte Hans kurz zu, dann gingen sie die Dünen hinab.

Hans saß noch einige Augenblicke da und kratzte den roten Strich vom Gesicht der Mutter Wardein ab. Plötzlich warf er alles fort, stellte sich auf den Rand der Düne und schaute den beiden nach. Die waren schon bei den Booten, er sah Doralice einsteigen, sah Stibbe und Hilmar das Boot flott machen, nun saßen sie alle drei darin und wunderbar leicht klomm das Fahrzeug die ersten grünen Wellenberge hinauf. Ohne sich um die Mutter Wardein zu kümmern, stürmte Hans die Düne hinab an das Meer, dort begann er auf und ab zu gehen, zuweilen stehenbleibend, dem Segel nachzuschauen und, wenn er dastand und an seinem Barte zauste, sah er aus wie ein schöner gewalttätiger Bauernbursche. Am liebsten hätte er auf das Meer hinausgebrüllt, und ihn fror hier in der heißen Mittagsonne. Für wen spielte er denn diese dumme Komödie des Vertrauens und der großmütigen Gelassenheit? Vertrauen? Was wußte er denn von dieser Frau? Er wußte nur, daß gegen den Gedanken, sie zu verlieren, sich jeder Tropfen seines Blutes sträubte. Er war ja keine bucklige Exzellenz, um abgeklärt und skeptisch zu sein. Aber das war es, diese Eifersucht schmerzte ihn wie eine Schande, sie demütigte ihn, zerbrach den Stolz und die Selbständigkeit, ohne die er nicht leben zu können meinte. Nein, das mußte anders werden, sonst war es aus mit ihm, sonst war er sein ganzes Leben hindurch nichts weiter mehr, als der Herr, der die Gräfin Köhne entführt hat und sie nun bewacht. »Ich sehe immer noch nichts«, hörte er eine klagende Stimme neben sich. Die Frau des Fischers Steege stand neben ihm und schaute mit müden Augen in das Flimmern des Meeres. Weiter fort aber auf der Düne erschienen Frauengestalten, das weiße Pikeekleid der Generalin wehte im Winde, Fräulein Bork war dort und die Baronin Buttlär. Sie hielten sich Operngläser vor die Augen und schauten auf das Meer, dem weißen Segel nach, das lustig in das Mittagglitzern der Sonne hinausglitt. Dort aber bei dem weißen Segel saß Hilmar Doralice gegenüber und schaute sie an. Doralice war ernst, sie hatte die unklare Empfindung, als sei sie von Hans gekränkt worden; als sei es treulos von ihm, daß er sie so ruhig fahren ließ. Aber Hilmars Gesicht lachte ein so glückliches, so ausgelassenes Lachen, das Lachen eines Knaben, der der Schule entlaufen ist, um sich einen unerlaubten Feiertag zu machen, so daß sie mitlachen mußte und plötzlich auch die ausgelassene Ferienlustigkeit in sich aufsteigen fühlte. Und der junge Stibbe, der an der anderen Seite des Bootes saß, um das Segel zu bedienen, verzog auch sein braunes, mit weißblondem Flaum bedecktes Gesicht zu einem breiten Lachen. »Sehen Sie«, sagte Hilmar, »wenn Sie nicht gefahren wären, wenn Sie nicht hier säßen, ich weiß nicht, was ich getan hätte. Aber ich wußte, es muß geschehen.«

»Gut, gut, ich sitze ja hier«, antwortete Doralice, »aber sprechen Sie jetzt nicht solche – – solche heiße Sachen.«

»O nein! Gewiß nicht«, rief Hilmar begeistert, »es ist auch gar nicht nötig, es ist gar nichts mehr zu sagen. Sie sitzen da, Worte können da nicht mehr heran. Gespräche haben überhaupt für mich in letzter Zeit etwas Fatales. Miteinander sprechen, das kann jeder, miteinander sein, das ist die Kunst. Also, wenn Sie vielleicht müde sind, hier ist eine Decke, hier ist ein Polster, Sie können ein wenig schlafen. Es würde doch die unterhaltendste

Stunde meines Lebens sein. Sie wollen nicht? Nun, legen Sie sich dieses Polster in den Rücken und dieses hier unter die Füße, so – nun wäre nichts mehr zu bemerken, außer vielleicht, daß Sie noch ein wenig zufriedener aussehen könnten. Haben Sie bemerkt, wenn ein Kind etwas ganz Süßes ißt, dann wird es ernst und die Augen werden groß und füllen sich etwas mit Tränen. So sollten Sie aussehen.«

»Ach«, meinte Doralice ungeduldig, »wollen Sie mir auch sagen, wie ich bin?«

»Nein, nein«, versicherte Hilmar, »ich meine nur, in Ihren Augen ist noch ein ganz klein wenig von dem Blick von gestern abend zurückgeblieben.«

»Was ist das für ein Blick?« fragte Doralice.

– »Nun, als Sie gestern abend bei der Lampe auf Ihrem Sessel saßen und vor sich hinsahen«, erklärte Hilmar. »Ja, ich habe durch Ihr Fenster zu Ihnen hineingeschaut; ich tue das immer, natürlich, was soll ich anderes tun? Sie finden das unerhört. Es ist vielleicht unerhört, aber ich würde noch viel unerhörtere Dinge tun. Sind Sie böse?«

»Ach ja«, sagte Doralice langsam und träge, »gewiß bin ich böse, aber später, nicht jetzt.«

– »Gut, später«, schloß Hilmar die Unterhaltung. »Rauchen wir eine Zigarette.« Die Sonne schien heiß auf das Meer nieder, ihr gelber Glanz floß wie Öl an den Wellen herab, Möwen flogen ganz niedrig und langsam über das Wasser und wie leichtes Flügelschlagen klang das Segel in dem schwächer werdenden Winde.

Als die Fahrt zu Ende war, als Doralice und Hilmar am Strande niedergeschlagen einander gegenüberstanden, reichte Doralice Hilmar die Hand und sagte: »Danke.« Hilmar zog die Augenbrauen zusammen. »Das Land«, versetzte er grimmig, »das Land ist eine Gemeinheit.« Dann trennten sie sich. Doralice ging lässig und zögernd nach Hause. Der Gedanke an das Mittagessen, an den Dampf der großen Kartoffeln, an Agnes' strengen, wachsamen Blick und etwas anderes noch kam unerwartet, um sie zu quälen, ein Gefühl des Mitleids für Hans. Sie war die ganze Zeit über so weit fort von ihm gewesen, mit keinem Gedanken war sie zu ihm zurückgekehrt. Nun, wenn sie ihn jetzt zu Hause traurig oder böse oder unangenehm finden würde, so wollte sie liebenswürdig sein und diese gute Regung tat ihr wohl.

Zwölftes Kapitel

Hans saß am gedeckten Mittagstisch und las. Als Doralice eintrat, schaute er auf und sagte mit seiner gewöhnlichen ruhigen Stimme: »Nun, hast du dich gut unterhalten?«
— »Ja, sehr gut!« erwiderte sie.
»Das ist ja schön«, meinte Hans, »ich werde auch das Segeln lernen, damit du dieses Vergnügen auch ohne fremde Leutnants haben kannst. Aber jetzt wollen wir essen.«
Während der Mahlzeit schien Hans sich behaglich zu fühlen, er sprach wieder viel von seinen Plänen, er hatte einen Brief aus München bekommen, die Aussichten schienen gut. Es war dort der rechte Augenblick, um etwas zu unternehmen. Zuweilen sah er Doralice an und erwartete eine Antwort, und sie gab diese Antwort, allein sie klang abweisend und gereizt. Doralice glitt immer mehr in die Stimmung des Gekränktseins hinein. Hans schien das nicht zu bemerken, er war nur besonders rücksichtsvoll, stimmte ihr eifrig zu und behandelte sie wie jemand, der geschont werden muß. Der Nachmittag kam dann und füllte das Zimmer mit seinem gelben Sonnenschein. Hans sprach noch immer weiter von all diesen Dingen, die, wie es Doralice schien, nichts mit ihr zu tun hatten. Immer wieder hieß es: »Wenn wir in München sein werden«, so daß Doralice ungeduldig ihn unterbrach: »In München? Aber das wird noch lange nicht sein.« Hans blieb vor ihr stehen: »Nicht? So, hm. Gut also, dann bleiben wir hier.«
Nachdenklich zerrte er an seinem Barte und nahm wieder seinen Gang durch das Zimmer auf. »Das ist nur«, begann er endlich, »etwas muß der Mensch zu tun haben. Ich fürchte, wenn wir länger hierbleiben, werde ich noch ganz zum Fischer. Ich träume des Nachts schon von Fischen.«
»Das ist ja gut«, meinte Doralice.

– »Vielleicht!« fuhr Hans fort. »Fährst du heute nacht mit uns aufs Meer hinaus?«
Nein, sie mochte nicht. »Dann etwas anderes«, schlug Hans vor. »Es würde dich vielleicht unterhalten, bei Agnes ein wenig kochen zu lernen.«
– »Bei Agnes?« Nein, dazu hatte Doralice gar keine Lust. Nun ja, das fand er am Ende verständlich, aber da hatte dieses Fräulein Bork ihm von den Fischerkindern vorgesprochen. Sie hatte gemeint, so eine Art Unterricht könnte viel Segen stiften; man könnte sich liebevoll mit diesen Armen beschäftigen.
»Willst du mich beschäftigen?« fragte Doralice.
»Ich suche nach etwas, das dir gut tut«, erwiderte Hans, aber sie fuhr gereizt fort: »Soll das so etwas wie der Anfang einer Erziehung für mich sein?«
Hans errötete: »Nein, nein, gar nichts soll es sein.« Er wandte Doralice den Rücken und schaute zum Fenster hinaus. Draußen von der Düne her kamen ein Mann und eine Frau herauf, der Fischer Steege, der endlich doch heimgekommen war, und seine Frau. Er ging breitbeinig und gemächlich einher, als sei nichts geschehen, und die kleine Frau trottete hinter ihm her, alle Aufregung war von ihr gewichen und wie sonst schaute sie mit mürrischer Geduld vor sich nieder auf ihre nackten Füße, um die großen Kieselsteine zu vermeiden. Dieser Anblick gab Hans wieder ein wenig guter Laune zurück. »Der Steege ist doch wieder heimgekommen«, meldete er, »und die Frau, wie sie hinter ihm hergeht. Sie macht ein Gesicht wie ein verdrießlicher Gläubiger, dem ein säumiger Schuldner endlich doch seine Schuld bezahlt hat. Sie kassiert ihren Mann ein.« Dann wandte er sich zu Doralice um, lächelte gutmütig und sagte: »Ich denke, wir machen einen Spaziergang. Draußen werden wir vielleicht auch wieder so selbstverständlich nebeneinander hergehen, wie die Steeges da.«
Sie machten den Spaziergang landeinwärts an der Zibbel Waldhüterei vorüber zur Föhrenschonung hinauf. Die jungen Bäume standen dort in gleichen Abständen voneinander da, rosa

Stämme und blaugrüne Schöpfe, schnurgerade gelbe Wege durchschnitten den Bestand. Hier war die Luft heiß und schwer von Harzduft. Hans versuchte sich zu begeistern: »Wunderbar! Farbe, Farbe! Und was für eine! Daraus kann man hunderttausend Mäntel für venezianische Madonnen schneiden.«
– »Ich finde, es sieht hier aus wie in einer Schulstube während der Nachmittagstunde«, sagte Doralice abweisend. Hans lachte darüber sehr laut, denn er hoffte, Doralice würde mitlachen: »Schulstube! Sehr gut, aber was für eine. Grünblaue Wände und goldener Fußboden und der Duft. Wenn wir in solchen Schulstuben gesessen hätten, dann wären wir andere Kerle.« Doralice lachte nicht mit. Es fiel sie hier plötzlich ein unerträglich starkes Verlangen nach dem Meere im Mittagsonnenschein, nach dem Segelboot, nach Hilmar, nach dem jungen Stibbe an, wie es ja zuweilen geschieht, daß die Sehnsucht nach einer vergangenen glücklichen Stunde uns so stark anpackt, daß es schmerzt, und sie mußte davon sprechen: »Der Baron Hamm sagt«, begann sie, »das Meer sei heute grün, durchsichtig und süß wie russische Marmelade.«
»So, sagte er das?« meinte Hans wegwerfend. »Ja, so ein Leutnant hat immer was mit Süßigkeiten zu tun. Und dann ißt er sie, und dann schenkt er sie, und dann sagt er sie, und er ist nicht eher zufrieden, als bis er das ganze Meer zu Marmelade gemacht hat.«
Doralice erwiderte nichts, und schweigend gingen sie eine Weile nebeneinander die geraden Wege entlang. Als die Sonne rot durch die Birkenstämme schien, schlugen sie den Heimweg ein. Sie begegneten Arbeitern, vom Felde zurückkehrend, Männer in weißen Leinwandhosen, hinter ihnen her die Frauen mit dem Grützespann in der Hand. Hier und da blieb ein Paar an einer der kleinen Katen stehen; der Mann öffnete die Tür, bückte sich, um hindurchzugehen, die Frau folgte ihm; so verschwanden sie in dem schwarzen Loche und mit einem knarrenden Ton fiel die Tür ins Schloß. Und als Hans und Doralice an ihrer Wohnung angekommen waren und er voran durch die Tür ging,

sich ein wenig bückend, seufzte Doralice und dachte: »Das ist so wie bei den kleinen Katen; man verschwindet still in dem schwarzen Loch, die Tür knarrt, die Welt voll schöner, erregender Möglichkeiten bleibt draußen.«

Das Abendessen kam mit seinen Flundern und großen Kartoffeln, Hans aß eilig und viel, er sprach aufgeräumt mit Agnes und schien sich auf das Hinausfahren zum Fischfang zu freuen. Bald stand er vom Tische auf, um sich umzukleiden und ging dann fort. »Gute Nacht, schlafe wohl«, sagte er und küßte Doralice auf die Stirn. Agnes brummte etwas von »in der Nacht fortrennen« und daß das keine Manier sei.

Die Nacht brach herein, Agnes hatte die Lampe gebracht und sich mit einem mürrischen Gute Nacht entfernt. Doralice rückte den Sessel näher nach dem zum Meere geöffneten Fenster und streckte sich behaglich in ihm aus. Es schien ihr, daß da Bilder und Träume waren, die den ganzen Nachmittag über schon auf sie gewartet hatten, nun konnten sie kommen. Draußen war es sternhell, ein sanfter Landwind brachte von den Kleefeldern und Föhrenwäldern Düfte herüber. Das Meer hatte heute ein seltsam zögerndes, lässiges Rauschen. Zeitweise schien es zu schweigen, dann fuhr eine Welle auf und murmelte etwas und nach einer Weile erst erwachte eine andere und antwortete verträumt und auf den Kieseln des Strandes klapperten die schweren Schritte der stillen Liebespaare. Doralice hatte die Augen geschlossen und wollte ihren Gedanken nachhängen, allein aus den Gedanken wurde ein Traum und sie schlief ein. Sie träumte von dem Garten des Schlosses, sie ging mit Hilmar einen der geraden, endlosen Wege entlang und zu beiden Seiten auf den Beeten standen Gladiolen, ganz hohe feuerrote Gladiolen. Und plötzlich stand der alte Graf da mitten in einem der Beete, knietief in den Gladiolen. Sein Gesicht war klein, grau und kraus von Fältchen. Er stand da und schaute auf seine Uhr, die er in der Hand hielt. »Nun sieht er uns«, sagte Hilmar, »nun ist es gleich«, und er beugte sich über sie und küßte sie. Und dann wußte Doralice, daß sie nicht mehr schlief, daß Hilmar da war, daß sie die ganze

Zeit über auf ihn gewartet hatte und daß er sie küßte. Sie hielt die Augen noch geschlossen, erst als Hilmar ihre Hände nahm und sagte: »Wie kalt Ihre Hände sind, Sie frieren vor Einsamkeit«, da öffnete sie die Augen. Hilmar kniete neben ihr und seine Augen ruhten wieder auf ihr mit jenem eigensinnigen, gewaltsamen Begehren, das sie schwach machte, sie fast schmerzte. »Warum sind Sie hier?« fragte sie.

»Warum?« erwiderte Hilmar ungeduldig, »wo soll ich denn anders sein? Zu den anderen gehöre ich nicht mehr, das wissen Sie ganz gut, Doralice.«

– »Nein, das ist schlecht«, erwiderte Doralice.

»Schlecht, vielleicht«, erwiderte Hilmar, »aber *unsere* Schlechtigkeit, Ihre und meine. Und wenn die anderen verfluchen und verfemen, dann sind wir erst miteinander allein, so wie heute mittag auf dem Meer. Dann können wir uns ein Leben erfinden, das ganz unser Leben ist. Es ist ja zu dumm, immer das Leben zu leben, das die anderen sich für uns ausdenken. Nein, hören Sie, Sie können nicht das Leben des Herrn Grill leben, und ich kann nicht der Bräutigam meiner kleinen Heiligen sein, das ist doch verständlich. Also, morgen soll ich zu meinem Regiment zurück, um mich zu bessern. Aber Sie werden sagen, daß ich bleiben soll, und ich bleibe und das Regiment und die Uniform und alles, alles zählt nicht. Und Sie, Doralice, werden Herrn Grill entlassen.«

– »Sprechen Sie nicht so«, unterbrach ihn Doralice. »Er ist gut.«

»*Gut! Gut!*« rief Hilmar, »natürlich ist er gut, alle sind sie gut, die anderen, nur wir sind nicht gut, wir *können* nicht gut sein, daher sollen sie uns unseren eigenen Weg gehen lassen.«

Doralice seufzte, seufzte ganz tief und sagte dann leise: »Jetzt müssen Sie gehen.«

»Ja, jetzt, jetzt«, wiederholte Hilmar. Er schüttelte Doralices Hände, die er fest in den seinen hielt, und ein ausgelassener Triumph leuchtete aus seinen Augen: »Sie sagen jetzt, aber ich kann kommen und dann – dann –«

Am Fenster, das nach der Düne hinausging, stand einen Augenblick Lolo und das weiße Gesicht schaute ernst in das Zimmer hinein.

Lolo war, wie jeden Abend, mit Nini in ihre Giebelstube hinaufgestiegen und hatte sich zu Bett gelegt. Dort lag sie wach da und schaute mit weitoffenen Augen in das Dunkel hinein. Sie dachte ihren einen großen, unklaren Gedanken, den sie all diese Tage über mit sich herumgetragen hatte, der in ihr gewachsen und mächtig geworden war. Ein Opfer, ein Opfer wollte sie bringen. Die wirren Qualen und Enttäuschungen ihrer Liebesgeschichte ertrug sie nicht länger, so flüchtete sie sich denn in den Rausch, wie ihn so stark nur der Wille zum Opfer einem Frauenherzen gibt. Das war jetzt ihr Erlebnis und es erfüllte sie ganz mit Andacht vor der eigenen Seele. Sterben war leicht. Sie wollte in das Meer hinausschwimmen weit, weit über die Sandbank hinaus. Sie wollte schwimmen, bis diese Müdigkeit kam, die sie kannte, in der wir nichts anderes wünschen, als uns willenlos und untätig auf dem Wasser auszustrecken. Ja, und dann würde es sich vollziehen, das dunkle Ruhevolle, und all die furchtbare Spannung des Fühlens und Wollens würde sich lösen. Sobald es im Hause still war, stand Lolo auf. Sie kleidete sich in ihren Badeanzug, hüllte sich in ihren Mantel und schlich hinaus. Draußen die Nacht schwarz und warm, am Himmel große, sehr helle Sterne. So hatte sie es erwartet, das war in Ordnung. Als sie in Wardeins Anwesen noch Licht im Fenster sah, wollte sie herangehen und hineinschauen aus unklarem Verlangen nach noch mehr Bitterkeit und Schmerz. Sie sah Doralice im Sessel sitzen und Hilmar neben ihr knien, allein das erschütterte sie nicht stark, sie hatte das erwartet, auch das mußte so sein. Ruhig stieg sie zum Meere hinunter. Dort legte sie ihren Regenmantel, ihre Schuhe ab und ging in das Wasser. Kleine laue Wellen sprangen an ihr empor. Sie begann zu schwimmen, ein unendliches Wohlbehagen durchrieselte ihren Körper. Schwarze Wellenhügel, in denen die Sterne sich spiegelten wie rege goldene Pünktchen, hoben sie sanft empor und ließen sie wieder sanft in schwarze, goldbestirnte Wellentiefen gleiten. All das Heiße, Enge, Drükkende fiel von ihr ab, sie wußte nicht mehr, warum sie hier war, sie wußte nur, daß sie glücklich war und daß sie weiter hinaus mußte. Zuweilen legte sie sich auf den Rücken und schaute hinauf und es war ihr dann, als fiele sie in einen schwarzen Abgrund, in dem goldene Sterne durcheinander wirbelten. Und weiter ging es, einmal schien es ihr, als stünde dort schwarz in all dem Schwarzen wie eine Vision ein Boot regungslos auf dem Wasser. Ihr Schwimmen wurde eiliger, angestrengter, als gäbe es ein Ziel für sie, das sie zu erreichen hatte. Und dann plötzlich lähmend überkam sie das Bewußtsein der furchtbaren Weite um sie her, der furchtbaren Tiefe unter sich. Angst benahm ihr den Atem, alles wurde feindlich, alles war gegen sie und sie mußte kämpfen mit diesen Wellenhügeln, die ihr jetzt hart und kalt wie schwarzes Metall erschienen. Sie rief einige Male in die Nacht hinein und arbeitete dann weiter, schlug sich herum mit etwas, das sie niederdrücken und niederziehen wollte, und dann schien alles fort.

»Nu haben wir den kuriosen Nachtfisch«, sagte Stibbe und hob Lolo in sein Boot hinein; »dacht's mir, das ist die Marjell vom Bullenkruge. Wasser hat sie schon geschluckt. Nimm du sie, Andree, du weißt ja mit Marjellen umzugehen.«

Andree nahm Lolo in Empfang, die wie leblos dalag, hüllte sie in seinen Mantel, redete ihr zu: »Immer nur das Wasser ausspukken, Fräuleinchen, immer nur ausspucken.« Ärgerlich machte Stibbe sich ans Rudern: »Jetzt schnell nach Hause«, brummte er, »sonst verfriert sie uns. Das sind so die städtischen Dummheiten, ins Wasser zu gehen! Wen es will, den holt es sich schon selber. Wir wollen die Marjell zu Wardein bringen, dahin ist es näher. Laß die Städter dann ihre Dummheiten miteinander ausmachen.«

Doralice war wieder allein in ihrem Zimmer, als die Männer zu ihr eintraten. Sie verstand nicht gleich. Da stand der Fischer Stibbe und noch einer und Stibbe trug jemand, er trug Lolo, die ganz bleich war und die Augen geschlossen hielt, ihr Haar, schwer und feucht, hing lang über den Arm des Fischers herab.

»Die haben wir nun aufgefischt«, sagte Stibbe, »da weit draußen, die wollte nicht mehr zurück. Was ist denn das für ein Nachtfisch, sagte ich zu Andree, und wir sind ihr nachgefahren. Ach, die lebt schon, die lebt ganz gut. Nur Wasser hat sie geschluckt. Wo soll ich sie hinlegen? Aha, da drin auf s Bett. Andree ist zum Bullenkrug hinauf, es der Mamsell zu sagen, damit sie sie holt.«

Lolo wurde auf das Bett gelegt, Stibbe wiederholte noch einmal: »Die lebt ganz gut«, dann gingen die Männer. Der Lärm hatte Agnes herbeigerufen und sie übersah sofort die Lage, machte sich über Lolo her, entkleidete sie, hüllte sie in Decken, rieb sie, immer schweigsam und mürrisch, nur einmal bemerkte sie: »Sie macht die Augen nicht auf, nicht, weil sie nicht kann, sondern weil sie nicht will.« Endlich beschloß sie, einen heißen Tee zu kochen, Doralice sollte nur weiter reiben.

Doralice kniete am Bett und rieb die Glieder des regungslos daliegenden Mädchens. Lolo seufzte, schlug die Augen auf und schaute Doralice ernst an. Das schmale Gesicht hatte in seiner Ruhe etwas Strenges, Ältliches.

»Wie – wie ist Ihnen jetzt?« fragte Doralice.

– »Gut«, sagte Lolo mit einer Stimme, als antworte sie auf eine müßige, gleichgültige Frage. Aber Doralice beugte sich leidenschaftlich über sie, als wollte sie sie erwärmen und beschützen. »Wie konnten Sie das tun?« flüsterte sie.

Lolo zog ein wenig die Augenbrauen empor und sagte in demselben kühlen, überlegenen Tone: »Er kann nichts dafür. Das wußte ich, als ich Sie sah, er wird nicht anders können und Sie – Sie können nichts dafür, daß Sie so schön sind.«

»Nein, das will ich nicht«, rief Doralice fast zornig. »Er soll bei Ihnen bleiben, er soll Sie lieben, er soll, soll.«

Lolo wandte den Kopf zur Seite und schloß die Augen, als wollte sie Ruhe haben, und sagte kummervoll und müde: »Ja, jetzt, jetzt weiß ich nicht.«

Doralice wagte nicht mehr zu sprechen. Sie kniete dort vor dem Bett und ein unerträgliches Gefühl der Demütigung machte sie elend. Im Nebenzimmer wurde es wieder lebhaft. Die laute Stimme der Generalin ließ sich vernehmen: »Wo ist sie? Wo liegt sie? Heißen Tee haben Sie da, liebe Frau, das ist gut.« Dann erschien die Generalin in der Schlafzimmertür, sie hatte ihren Strohhut über ihre Nachthaube aufgesetzt und ihren Regenmantel über ihr Nachtkleid angezogen. Sie war rot und atemlos: »Kind! Kind!« rief sie, »was sind das für Geschichten! Hat man je so was gehört! Daß ich so was erleben muß. Wo ist der heiße Tee, liebe Frau?«

Fräulein Bork und Ernestine waren auch da mit Tüchern und Mänteln beladen, und nun begann ein Kommandieren und Hin- und Hergehen und dazwischen schalt die Generalin immer weiter: »Das ist die Buttlärsche Übertriebenheit, die dummen Buttlärschen Herzen. Von mir habt ihr das nicht. Liebe Köhne, geben Sie ein Handtuch her, wir müssen das Haar noch trocknen. Zu meiner Zeit verlobte man sich auch und verliebte sich auch und war eifersüchtig, denn die Männer taugten damals auch nicht viel, aber gestorben sind wir daran nicht. Aber die heutige Jugend, die ist ja wie betrunken!«

Lolo ließ alles willenlos wie eine Puppe mit sich geschehen. Endlich stand sie in Tücher und Mäntel gehüllt da, von Fräulein Bork und Ernestine gestützt. »Geht jetzt nach Hause«, befahl die Generalin, »aber leise, daß meine Tochter nicht aufwacht, es ist genug, wenn morgen das Gerede anfängt. Steckt das Kind ins Bett, eine Wärmflasche und Baldriantee, also vorwärts, ich bleibe noch einen Augenblick hier. Sie erlauben schon, meine Liebe«, wandte sie sich an Doralice.

So wurde Lolo fortgeführt.

»Kommen Sie, liebe Köhne«, sagte die Generalin, nahm Doralices Arm und führte sie in das Wohnzimmer; »setzen Sie sich, Sie sind ja weiß wie ein Tuch. Ich will mich auch ein bißchen hersetzen, so was fährt einem in die alten Knochen.« Seufzend nahm sie in einem Sessel Platz und sann eine Weile schweigend vor sich hin. Das große Gesicht war jetzt bleich und sah alt und kummervoll aus.

»Nein!« begann sie dann wieder, »das habe ich nicht vorausgesehen. Ich bin sonst nicht dumm, aber das habe ich nicht erwartet. Mit unserem Aufenthalte hier wird es wohl nun zu Ende sein. Schade. Sie, meine Liebe, habe ich immer verteidigt. Meine Tochter tat so, als seien Sie ein reißendes Tier, aber ich habe Sie verteidigt. Nun ja, Sie sind Ihrem alten Grafen davongelaufen. Das muß man nicht tun, schon wegen der Moral, aber es war eine dumme Heirat, und Sie haben sich von Ihrem Maler entführen lassen, nun gut. Aber jetzt, meine Liebe, ist es doch genug, man kann sich doch nicht immerfort entführen lassen. Vom Sichentführenlassen kann doch keiner leben. Und dann, die Kleine hat nun mal diesen Bräutigam, ich habe ihn ihr nicht ausgesucht, aber er ist ihr gegeben worden und sie hat sich in ihn verliebt. Die Buttlärs besorgen so etwas immer gründlich. Sie können ihn ihr doch lassen.« Die Generalin hielt einen Augenblick inne, um Atem zu schöpfen, Doralice saß regungslos da und über ihr bleiches Gesicht rannen unablässig Tränen herab.

»Sie sind bildhübsch, meine Liebe«, fuhr die Generalin fort, »aber was hilft das? Versuchen Sie doch mit Ihrem Maler ordentlich zu leben, er scheint ja ein ganz guter Mensch zu sein. Sich entführen lassen, das geht schnell. Mich hat zwar nie jemand entführt, ich hatte es auch nicht nötig, ich war mit meinem Palikow immer recht zufrieden, aber ich denke mir das so nach dem, was ich um mich sehe. Aber mit dem Herrn, der einen entführt, leben, das ist die Kunst. Glauben Sie mir, man kann sehr gut leben, auch ohne daß ein Mannsbild immer vor einem auf den Knien liegt. Und dann noch eins. Wenn der junge Mensch morgen zu Ihnen herrennt, sagen Sie ihm ein vernünftiges Wort. Sie haben ihn unvernünftig gemacht, machen Sie ihn auch wieder vernünftig. So, und nun will ich gehen. Sie, meine Liebe, müssen schlafen, sonst werden Sie krank und davon hat auch keiner was.«

Die Generalin erhob sich, streichelte mütterlich Doralices tränenfeuchte Wangen und ging hinaus. Doralice blieb auf ihrem Platze sitzen und starrte mit angstvollen Augen vor sich hin. Sie zog die Füße auf den Sessel hinauf, umschlang ihre Knie mit den Armen, kroch ganz in sich zusammen. War sie das, von der die alte Frau so gesprochen hatte? Sahen die Leute sie so? Sah sie so aus? Widerwille und Furcht stiegen in ihr auf, es war, als klebe etwas Unreines und Häßliches ihr an, das sie verzerrte und gespenstisch machte.

Agnes kam herein und brachte Tee: »Den müssen Sie jetzt trinken«, sagte sie barsch. Doralice gehorchte, Agnes stand dabei, schaute aufmerksam zu und murmelte: »Das kommt davon, Hans ist auch schuld. Ich habe es ihm gesagt, was rennt er immer fort. Man paßt doch auf, wenn man eine hat, die schon einmal einem fortgelaufen ist. Na, aber die alte Frau hat hier bei uns auch nichts zu predigen. Sie soll ihre Marjellen und Jungherren strammer halten. Und jetzt müssen wir schlafen gehen.«

Sie faßte Doralice an beide Arme, um sie aus dem Sessel zu heben, führte sie in das Schlafzimmer, kleidete sie aus, wie man ein Kind auskleidet, half ihr in das Bett hinein und deckte sie fest zu. »Jetzt schlafen«, sagte sie, »das kann nie schaden«, und löschte das Licht aus.

Dreizehntes Kapitel

Als Doralice erwachte, hörte sie, daß im Nebenzimmer gesprochen wurde. Hans mußte von seiner Nachtfahrt zurück sein und Agnes erzählte ihm etwas flüsternd, so daß es wie ein fortgesetztes Zischen klang. Nur selten warf Hansens tiefe Stimme Worte mit hinein. Das dauerte ziemlich lange, plötzlich brach das Gespräch ab, eine Tür ging und es wurde ganz still. Draußen war es sonnig und ein Wind schien zu gehen, denn die Netze, welche vor Doralices Fenster zum Trocknen aufgehängt waren, wiegten sich hin und her. Auf dem Zaun saßen zwei Kinder, trommelten mit den nackten Füßchen an die Bretter und sangen mit den schrillen Stimmen in den Wind hinein: »Henne, henne, helle, helle, ho, ho!« Doralice drückte sich fest in ihre Kissen. In ihren Gedanken begann die peinvolle Arbeit, den vergangenen Tag an den beginnenden zu knüpfen. Die Ereignisse der Nacht kamen, sie meldeten sich wie Gläubiger, die ihre Rechnung präsentieren. Vor allem aber meldete sich jene unheimliche, gespenstische Doralice, von der die Leute wie von einem reißenden Tiere sprachen, die davon lebte, sich entführen zu lassen, und die junge Mädchen in den Tod trieb. Zum ersten Male in ihrem Leben empfand Doralice sich selbst als eine Qual.

Agnes kam herein und brachte den Tee, Doralice sollte ihn heute im Bett trinken. Agnes stand dabei und berichtete, Hans war zurück, sie hatten viele Fische gefangen. Vom Bullenkruge war zum Strandwächter geschickt worden nach den Pferden, sie sollten das Gepäck zur Bahn bringen. Ja, und dann war der junge Herr vom Bullenkruge dagewesen, er wollte die Gnädige sprechen: »Was soll ich ihm sagen, wenn er wiederkommt?« schloß Agnes ihren Bericht und in den trüben Augen der alten Frau entzündeten sich grünliche Funken wie in den Augen böser Hunde. Doralice errötete unter diesem Blicke und es klang gequält und zornig, als sie hervorstieß: »Ich will ihn nicht sehen. Sag ihm, er soll abreisen. Ich will ihn nicht sehen, nie.«

»Werd' es ausrichten«, brummte Agnes und ging.

Eine Weile später, als Doralice gerade vor dem Spiegel saß, ihr Haar kämmte und ihr Gesicht im Spiegel aufmerksam betrachtete, als wäre es ihr neu, da wurden im Nebenzimmer Stimmen laut. Agnes sprach mit tiefer Stimme deutlich und langsam, wie sie am Sonntagmorgen sich selbst ihre Bibel vorzulesen pflegte: »Die Gnädige sagt, sie will den Herrn nicht sehen. Der Herr soll nur abreisen. Sie sagt, sie will ihn nicht sehen, nie. So sagte sie.«

Hilmars ein wenig schnarrende Stimme ließ sich vernehmen und Agnes begann wieder: »Die Gnädige sagt, sie will den Herrn nicht sehen, der Herr soll nur abreisen. Sie sagt, sie will ihn nicht sehen, nie, so sagte sie.«

Einen Augenblick wurde es ganz still, dann klirrten Sporen, eine Tür ward zugeschlagen. Doralice trat an das Fenster, sie sah Hilmar die Düne hinabsteigen. Er war in Uniform. Anfangs ging er langsam und zögernd, den Kopf ein wenig gebeugt. Unten am Strande jedoch kam in seinen Gang wieder das hübsche, leichtsinnige Sichwiegen. Die Sonne erweckte in den Sporen, in den Knöpfen und Schnüren der Uniform helle Funken, überstreute die ganze Gestalt mit kleinen unruhigen Lichtern: »O nein!« dachte Doralice, »es ergreift mich nicht, das zu sehen.« Allein eine ferne Kindererinnerung kam, Doralice konnte nichts dafür, die Erinnerung kam, wie Träume ohne unser Zutun kommen und uns rühren. Ein Frühlingsabend im alten Garten zu Hause, die kleine Doralice steht einsam auf dem breiten Kieswege und sieht trübselig in den gelben Abendhimmel hinein. Da kommt eine Schar wandernder Musikanten, Männer mit blanken Hörnern und Trompeten. Sie stellen sich vor der Treppe auf und beginnen zu blasen, und sofort erfüllt sich der ganze stille Garten mit so köstlich lustiger Ausgelassenheit, daß Doralice mitsingen möchte und auf dem Kieswege zu tanzen beginnt. Da erscheint Miß Plummers auf der Treppe und winkt den Musikanten ab, sie sollen nicht spielen, die gnädige Frau hat Migräne. Es wird still, die Männer packen ihre Hörner und Trompeten ein und ziehen ab, ziehen die Landstraße hinunter dem schwefelgelben Abendhimmel entgegen und die Strahlen der untergehenden Sonne funkeln in den großen Hörnern. Die kleine Doralice steht am Gartengitter und schaut ihnen mit schwerem Herzen nach. Ungeduldig wandte sich Doralice vom Fenster ab und kleidete sich an. Etwas Schweres und Wichtiges mußte sich heute noch begeben, sie mußte Hans begegnen. Unruhig schritt sie im Wohnzimmer auf und ab, allein es schien ihr, als sei es hier kalt. Sie wollte sich erwärmen. Sie ging hinaus und setzte sich auf die Bank, auf der die Wardeins am Abend zu sitzen pflegten. Jetzt saß nur die alte Mutter Wardein da, sonnte sich und schaute auf das Meer hinaus. Sie rückte ein wenig, um Doralice Platz zu machen, und murmelte nur ein »Warm«. So saßen sie nebeneinander und Doralice wartete. Sie tat nichts als warten, denn es gibt Ereignisse, die erst gekommen sein müssen, damit wir weiter denken können.

Endlich kam Hans die Landstraße herauf. Er ging langsam und sah müde und angegriffen aus, als hätte er einen weiten Weg gemacht. Als er an der Bank vorüberging, nickte er: »Guten Morgen, Mutter! Guten Morgen, Doralice!« und ging gerade in das Haus. Doralice folgte ihm. Im Wohnzimmer lehnte sie sich mit dem Rücken gegen die Wand, legte auch die Flächen der Hände an die Wand, als ob sie sie kühlen wollte. Hans war zu seinen Malgeräten gegangen und beschäftigte sich mit den Pinseln. Beide schwiegen eine Weile, bis es wie ein Stöhnen aus Doralice hervorbrach: »Mein Gott, so sprich! so sage doch etwas.«

Hans wandte sich ihr zu, er steckte beide Hände in die Rocktaschen, stand ein wenig gebeugt da. Wenn ihn etwas drückte oder stark hinnahm, dann konnte seine schöne Gestalt zuweilen das Schwere, Ungelenke eines Dorfburschen bekommen, der müde von der Feldarbeit ist. »Was kann ich sagen«, versetzte er, »was habe ich für ein Recht? Das Recht, das du mir gegeben hast, kannst du mir nehmen und dem anderen geben. Wie du es dem alten Herrn genommen und es mir gegeben hast, anders ist es nicht. Wir Bauern können gut rechnen.«

Doralice hob die Arme empor und legte die ineinandergerungenen Hände auf ihren Scheitel: »Du bist sehr gerecht«, stieß sie hervor, und es klang wie Zorn, »aber so ist es nicht. Da ist kein anderer. Er ist fort, ganz fort. Er hat kein Recht. Ich brauche keinen, der vor mir kniet«, sie brach ab und die aufsteigenden Tränen machten ihre Stimme unsicher und leise, als sie hinzufügte: »Was hilft das? Was soll ich jetzt tun?«

Hans wandte sich ab und sah zum Fenster hinaus. Einen Augenblick war es wieder ganz still im Zimmer. Draußen auf dem Zaune sangen noch immer die Kinder ihr: »henne, henne, helle, helle, ho, ho!« in den Wind hinein. Endlich wandte er sich um, ging langsam zu Doralice hin, strich vorsichtig mit der Hand über ihr Haar und sagte: »Was kannst du tun? jetzt wird es hier wohl einsam werden. Wir können ja eine Weile still nebeneinander hergehen. Hier tut keiner dir was. Und dann vielleicht besinnen wir uns wieder aufeinander.«

Doralice antwortete nicht, stumm und verschüchtert stand sie da. Das »stille Einhergehen« neben diesem starken, sanften Manne erschien ihr jetzt wie Geborgenheit und in der Angst ihrer Seele, in der Angst vor sich und den anderen glaubte sie, Geborgenheit sei es, was ihr nottat.

Vierzehntes Kapitel

Die Septembertage waren hell, dabei wehte ein frischer Nordost. Die Wolken ballten sich zu großen weißen Inseln zusammen und zogen schnell über den Himmel und ihre Schatten liefen dunkelgrün über das grüngraue Meer. Am Ufer war alles in beständiger Bewegung, die harten Halme auf den Dünen zitterten, die zum Trocknen aufgehängten Netze und Fische wiegten sich und die Röcke und Tücher der Fischersfrauen flatterten.

»Ich habe, wie Sie wissen, meinen Abschied genommen«, sagte der Geheimrat Knospelius zu Hans, während sie langsam dem Winde entgegen am Meere spaziergengingen, »ich habe genug gerechnet, und ich finde, daß meine Tage vollkommen befriedigend mit dem Kämpfen gegen den Wind ausgefüllt werden.«

»Mich ärgert dieser Wind«, meinte Hans. »Sie wissen, ich male das Meer, ich male es den ganzen Tag, wenn ich es nicht gerade studiere. Nun, bei diesem Winde sitzt das Meer schlecht, es hat alle fünf Minuten ein anderes Gesicht.«

»Das kann ich mir denken«, bemerkte Knospelius. »Die Mutter Wardein ist bequemer, die sitzt da wie eine aus Holz geschnittene heilige Anna.«

Hans, von seinen Gedanken hingenommen, fuhr eifrig fort: »Überhaupt eine verteufelte Geschichte mit diesem Meere, es läßt sich nicht fassen, ich kriege die Logik seiner Linien und Bewegungen nicht heraus, sein Durchschnittsgesicht, wissen Sie, denn bei dem Porträt muß ich mir in dem Modell ein Durchschnittsgesicht konstruieren, das die Möglichkeit aller Augenblicksgesichter in sich schließt. Nun, bei dem Meere bringe ich es nicht fertig, und ich studiere es doch in- und auswendig. Ich schwimme Stunden in ihm herum, ich fahre auf ihm bei Tag und bei Nacht, ich beschleiche es zu allen Tageszeiten. Wahrhaftig, es wird für mich zu einer Art Besessenheit.«

»So, so«, murmelte Knospelius und sah Hans schlau von der Seite an, »das also ist jetzt Ihre Besessenheit. Na ja, es ist ganz bequem, eine Besessenheit zu haben. Man braucht da nicht nachzudenken, was man tun soll, man muß etwas tun, ob man will oder nicht. Das ist so wie bei einer Staatsanstellung, man muß in das Bureau, ob man will oder nicht. Ich habe meiner Besessenheit jetzt den Abschied gegeben.«

Sie mußten stehenbleiben und nach ihren Hüten greifen, die ein Windstoß ihnen vom Kopfe reißen wollte. Dann wies Knospelius zur Düne hinüber und sagte: »Ihre Frau Gemahlin sitzt dort oben schon neben der Staffelei und näht, glaube ich.«

»Ja, sie näht Hemden für Fischerkinder«, erwiderte Hans zerstreut. Aber Knospelius' großes, bleiches Knabengesicht schaute forschend und aufmerksam zu ihm auf: »So, das ist neu.«

»Ja, das ist neu«, bestätigte Hans obenhin. »Übrigens gehe ich auch jetzt arbeiten; auf Wiedersehen«, und er stieg die Dünen hinauf.

Knospelius stand noch da, schaute zu Doralice hinüber und murmelte: »Ja, das ist neu.« –

Doralice saß da und nähte. Das tat sie jetzt gern, denn es sah beruhigt aus, sah aus, als sei alles in Ordnung. Nur hielt sie es nicht lange aus, das Säumen der Leinwand machte ihre Finger nervös. Bald warf sie die Arbeit fort und streckte sich auf ihrer Decke aus, um zu den Wolken hinaufzustarren. Sie hörte Hans zuweilen zu seiner Malerei sprechen. »Was ist denn das?« rief er plötzlich, »etwas ganz Neues.« – »Was denn?« fragte Doralice. – »Sehr merkwürdig«, sagte Hans, »mit einem Male auf jeder Welle ein kleiner Heiligenschein. Es sieht aus, als ob jeder Wellenkamm mit einem Lichtstifte übergangen worden wäre.«

»Ja, da kommt alles Mögliche vor«, bemerkte Doralice, ohne sich aufzurichten.

»Sehr merkwürdig«, fuhr Hans fort, »einmal habe ich schon etwas Ähnliches gesehen, als ich als Knabe einmal die Schafe hütete, da hatten all die kleinen Hügel plötzlich diese Heiligenscheine.«

Ach, dachte Doralice, jetzt hat er noch die Schafe gehütet. In letzter Zeit kamen in Hansens Bemerkungen immer wieder das Dorf und das Bauernblut und die Feldarbeit vor. Das klang fast wie ein Vorwurf gegen sie, und als Hans hinzufügte: »Ja, auf der Schafweide lernt man manches«, konnte sie sich nicht enthalten, gereizt zu antworten: »Ich kann doch nichts dafür, daß ich nicht die Schafe gehütet habe.«

Hans machte sofort sein förmlich freundliches Gesicht, mit dem er in letzter Zeit ihr zu begegnen pflegte, und sagte höflich: »Gewiß, das verlangt niemand von dir. Du hast auch sicherlich in deinen Verhältnissen manches Wertvolle gelernt, das man auf der Schafweide nicht lernen kann.«

Doralice seufzte, und es entstand wieder eines dieser langen Schweigen, das jetzt häufig zwischen ihnen herrschte. Sie hatte nicht gewußt, daß zwei Menschen so viel miteinander schweigen könnten, wie Hans und sie es taten. Plötzlich warf Hans seinen Pinsel fort und meinte, diese Erscheinung müsse er näher beobachten, er wolle auf das Meer hinausfahren. Dann lief er zum Meere hinab. Doralice blieb ruhig liegen, bei diesem Winde nahm er sie ja doch nicht mit. Das war also das stille Nebeneinanderhergehen. Anfangs war es Doralice wie Friede und Sicherheit erschienen. Sie war ja ganz verlassen inmitten einer feindlichen, unheimlichen Welt, nun aber wurde es zu einer sehr erregenden Sache. Wenn Hans da schweigend vor seiner Staffelei stand, dann wußte Doralice doch, daß er innerlich mit ihr sprach, daß er ihr Vorwürfe machte, daß seine stolze und verwundete Liebe sich mit der ganzen heißen Beredsamkeit über sie ergoß, die Hans eigen war. Sie war dessen so gewiß, als sähe sie, wie einer zu ihr sprach, nur daß er noch zu fern war, daß sie ihn hörte. Sie sprach ja auch beständig in Gedanken zu Hans, rechtfertigte sich, beschuldigte ihn, demütigte sich. Einmal jedoch mußte der Augenblick kommen, daß sie beide zu voll von dem, das sie einander zu sagen hatten, waren, und es heraussagten, dann kam die Stunde der großen Aussprache, der Versöhnung. Das gab es doch, das stand doch in allen Büchern, das sah man auf allen Theatern, das mußte kommen. Auf diese Stunde zu warten war Doralices Beschäftigung in den langen ereignislosen Tagen. Soviel sie konnte, war sie bei Hans, um den richtigen Augenblick nicht zu versäumen, bei jedem seiner Worte horchte sie auf, ob es nicht der Beginn der Aussprache sei. Genau wußte sie, was sie dann sagen würde, und fühlte schon im voraus den Schmerz und die Wonne des unendlich starken Empfindens. Aber auch Ungeduld quälte sie dann, warum kam es nicht? Wie lange sollte es noch dauern? Sie konnte nicht mehr ruhig auf der Düne liegen, sie wollte hinuntergehen und vor dem Hause sitzen, auf das Meer hinaussehen und sich vorstellen, was Hans dort in dem Boot zu ihr sprach.

Heiß schien die Sonne auf die Bank. Die Mutter Wardein nickte und rückte zur Seite, als Doralice sich zu ihr setzte. Vor ihnen auf dem Sande trieben sich magere Hennen umher und piepsten freudlos und ergeben. Durch das geöffnete Fenster hörte man das Klappern von Löffeln, die Familie Wardein saß dort schweigend bei ihrem Mittagsmahl. Auch aus den Schornsteinen der anderen kleinen Katen stieg der Rauch und auch dort wurde geschwiegen. Diese Häuschen standen ja meist schwarz und still da, höchstens daß sich einmal bei Steeges eine gellende Frauenstimme vernehmen ließ, wenn Steege betrunken nach Hause kam, oder daß oben beim Strandwächter Lärm entstand, wenn der Strandwächter seine Frau schlug. »Die schlagen sich«, hatte der Geheimrat gesagt, »weil sie ineinander verliebt sind.« Nun, dachte Doralice, das mochte ja eine bequeme Art sein, eine Aussprache herbeizuführen, allein Hans und sie verstanden das nicht. Doralice schaute auf das Meer hinaus, um Hansens Boot zu entdecken. Sie liebte das Meer nicht mit seinem stetigen, schläfrigen Glitzern. Immer war es da, von überall her sah man es, überall hörte man es, ein jeder sprach von ihm; die einsilbigen Fischer, wenn sie sprachen, sprachen sie vom Meere, der einsilbige Hans, wenn er sprach, sprach er vom Meere. Für sie aber schien es eine unendliche, erdrückende Einsamkeit auszuatmen. Und unten am Strande ging noch immer in seinem grauen Paletot mit seinem grauen Hut der Geheimrat Knospelius auf und ab wie das kleine Gespenst der Einsamkeit. Das alles war freudlos, schläfrig und alltäglich und dennoch, wenn Hans jetzt nach Hause käme, konnte es ja geschehen, konnte es plötzlich alles anders werden und das legte für Doralice in alle Schläfrigkeit und Alltäglichkeit etwas wie das geheime Fieber einer Erwartung.

Zum Mittagessen kehrte Hans nach Hause zurück. Bei Tische sprach er wieder vom Meere, sprach von Zibbe Waldhüter, der von einem Wilddiebe einen Schrotschuß in das Bein bekommen hatte, und vom Bilde der Mutter Wardein, das zu einer Ausstellung geschickt werden sollte. Sobald er mit dem Essen fertig war, stand er auf, er behauptete, viel zu tun zu haben, die Bilderkiste mußte zugenagelt werden und dann wollte er mit einer Anweisung zur Post gehen.

»Hast du Bilder verkauft?« fragte Doralice. Ja, er hatte Bilder verkauft, das Geschäft ging gut. In der Tür wandte er sich noch einmal um und fügte hinzu: »Wenn du etwas nötig hast, brauchst du es nur zu sagen, ich komme schon dafür auf.« Damit ging er.

Er kam dafür auf. Immer gerecht und billig, allein Doralice fand, daß mit dieser Gerechtigkeit und Billigkeit sie noch sehr weit vom großen Gespräche entfernt war, welches sie so sehnsüchtig erwartete. Jetzt hallte das Haus von lauten Hammerschlägen wider. Hans schien den Hammer mit rechter Begeisterung zu führen. Doralice glaubte aus diesen Schlägen etwas wie Zorn und Leidenschaft herauszuhören, sie sprachen mit ihr, sie machten ihr Vorwürfe, sie schienen ihr zu verraten, was in Hansens Seele vorging, und sie war enttäuscht, als es plötzlich stille wurde und Hans fort war. Sie nahm den englischen Roman und eine Zigarette und beschloß zu ruhen, wirklich zu ruhen, wie sie es einst im Schlosse konnte, wenn die Zimmerflucht still wurde, die Düfte des Gartens heiß und süß durchs Fenster hereinströmten und sie sich in dem großen Voltairesessel zusammenkauerte und gedankenlos und wunschlos dort verharrte. Glücklich war sie damals nicht gewesen, aber zu Hause. Warum kam dieses Gefühl nie mehr über sie? Vielleicht wenn alles klar zwischen ihr und Hans sein wird, wenn Hans gesprochen haben wird, vielleicht wird sie dann wieder zu Hause sein. Ungeduldig warf sie das Buch und die Zigarette fort und lief zum Meere hinab. Sie konnte Hans ja entgegengehen und im Gehen arbeiteten ihre Gedanken wieder an der großen Szene der Rechtfertigung, der Demütigung und der Versöhnung; ohne daß sie es wußte, sprach sie laut, redete die Wellen an, welche weiß und zischend den Strand hinaufliefen bis zu Doralicens Füßen: »Ich dachte, du wirst mir tragen helfen an der Verantwortung, aber du wolltest immer nur gerecht und abgeklärt sein. Ich war allein in meiner Not, und dann diese Freiheit, das mit der Freiheit klingt so schrecklich nach Alleinsein.« Im Sprechen war sie an die Stelle gelangt, wo die Düne in scharfer Spitze nah an das Meer heranrückt, hinter ihr führte der Weg zum Dorf hinauf und dort, vom Dünenvorsprung verdeckt, hörte Doralice eine Männerstimme, die laut und eifrig etwas sprach. Es war Hansens Stimme. Doralice blieb stehen und lauschte, da bog er schon um die Ecke. »Oh, du bist es«, sagte Hans. Doralice errötete: »Ja, ich wollte dir entgegengehen«, erwiderte sie, »mit wem sprachst du eben?«

Hans zuckte die Achseln: »Mit niemand; ich rezitierte nur so für mich den Homer.«

Das war natürlich gelogen, dachte Doralice, sie glaubte, wohl zu wissen, was und zu wem er da gesprochen hatte. »Machen wir noch einen Spaziergang?« fragte sie. Sie bogen um die Dünenspitze die Dorfstraße hinauf, gingen an den Kartoffelfeldern und Stoppelfeldern entlang und gelangten endlich auf die geraden Wege der Föhrenschonung. Hans sprach wieder von Farben und von Licht, behauptete, daß die jungen Föhren in den rötlichen Sonnenstrahlen violett würden. Das alles war Doralice unendlich gleichgültig, sie wünschte einen Gesprächsstoff, in dem sie vorkam, sie und Hans. Der beste Ausweg waren dann in letzter Zeit gemeinsame Reiseerinnerungen gewesen. »Erinnerst du dich«, fragte sie, »der Engländerin in den Uffizien, die zwei Kneifer auf der Nase hatte, einen hinter dem anderen?«

Ja, Hans erinnerte sich ihrer, »und«, meinte er, »war es nicht der Tag, an dem wir nach Fiesole hinaufstiegen, und auf den Ziegelstufen saßen, die zu dem antiken Theater hinabführten? Ich glaube, es war der heißeste Sitz, auf dem ich je gesessen habe.«

»O nein«, sagte Doralice, »wir haben einmal noch heißer gesessen. Das war in Padua auf dem Rasenplatz vor der Arena-Kirche; wir aßen Kirschen, der Rasen war heiß wie ein Bügeleisen, du fingst einen Zitronenfalter und behauptetest, seine Flügel seien warm wie frische Semmeln.«

Hans lachte, diese Erinnerungen erheiterten ihn stets. »Ach ja, und ich übte mich, ein Gesicht zu machen, wie Giottos Verzweiflung drinnen in der Kirche.«

Mit Sonnenuntergang traten sie den Rückweg an und an einem geschützten Plätzchen an der Düne erwarteten sie die Dunkelheit. Hans schwieg, und Doralice dachte über Hansens Schweigen nach. Dann tauchte wohl in der Finsternis der rote Punkt einer brennenden Zigarre nicht eben hoch über dem Erdboden auf und Knospelius' tiefe Stimme sagte: »Guten Abend.« Der Geheimrat setzte sich zu den beiden und sprach in seiner langsamen Weise von fernen, beruhigenden Dingen. Er sprach von alten Ministern, die lächerliche Angewohnheiten gehabt hatten, oder von einem stillen Café in Konstantinopel, in dem er mit schweigenden Türken gesessen hatte und geraucht, während sie durch die geöffnete Tür alle die weißen turbangeschmückten Grabsteine eines kleinen türkischen Friedhofes nachdenklich betrachteten. Oder er sprach von einer ganz rosa Wüste und von Arabern, die alle geistvolle, ernste Gesichter hatten und doch Dummköpfe waren. Wenn das Licht des fernen Leuchtturmes deutlich zu sehen war, trennte man sich.

Da der Nordostwind das Hinausfahren zum Fischfang verhinderte, mußte Hans zu Hause bleiben. Doralice und er saßen bei der Lampe, sie versuchte zu nähen, er las. »Willst du nicht laut lesen?« fragte Doralice.

»O gewiß, wenn dir das angenehm ist«, erwiderte Hans höflich, »aber es ist Homer.«

»Das tut nichts«, meinte Doralice.

Hans las die Beschreibung von Alkinoos' Garten:

»Birnen reifen auf Birnen, auf Äpfel röten sich Äpfel,
Trauben auf Trauben erdunkeln, und Feigen schrumpfen
auf Feigen.«

Er gab dem Klang der Verse ein eintöniges Rollen, ein wellenhaftes Auf- und Abschwellen, das Doralice in eine köstliche Ruhe wiegte. Sie warf ihre Arbeit fort, lehnte sich in den Sessel zurück und schloß die Augen. Sie erwachte davon, daß Hans ihr leicht über das Haar strich. »Du bist müde, Kind, du mußt schlafen«, sagte er. Seine Stimme klang seltsam weich und ergriff Doralice so stark, daß ihre Augen sich mit Tränen füllten. Hans bemerkte es nicht, er zündete die Kerzen an, löschte die Lampe aus und sagte gute Nacht.

Doralicens Nächte waren in letzter Zeit unruhig. Sie lag lange wach und horchte auf all die Töne, die durch das Haus liefen, und wenn dann eine Tür knarrte, wenn sie Schritte vernahm, dann wußte sie, daß Hans hinausging an das Meer. Er tat das jetzt öfters des Nachts, er wollte das Meer studieren, allein Doralice wußte es wohl, auch er konnte nicht schlafen, auch er litt, und darin lag etwas, das sie ganz heiß und unruhig vor Freude machte.

Fünfzehntes Kapitel

Am Morgen flaute der Nordostwind ab und um die Mittagzeit legte er sich ganz. Gegen Abend frischte ein leichter Westwind auf, der große weiße Wolken herantrieb.

Hans und Doralice kehrten von ihrem Abendspaziergange zurück und sahen am Horizonte riesige, kupferfarbene Wolkenberge sich aufbauen. Das Meer war voll roter und violetter Wellen. Hans und Doralice setzten sich auf ihren gewohnten Platz auf der Düne und starrten in das Flackern und Verlöschen der Farben hinein. Die bunten Wolkenberge wurden allmählich grau, über dem Lande dunkelte es und das Meer glich endlich nur noch einer bewegten Dämmerung. Am Himmel hing ein Stück Mond weiß und strahlenlos. Vor der Hütte des Fischers Stibbe saßen Frauen, reinigten Fische und sangen eine träg sich wiegende Melodie:

>»Sonnchen wollt im Meere schlafen,
>Schwarze Wasser sind die Decken,
>Hecht, du grüner Offizier,
>Laufe schnell, es aufzuwecken.
>Raderi, raderi, raderidira.«

Der Geheimrat Knospelius erschien auch wie gewöhnlich, klein und grau, die große Zigarre zwischen den Lippen. »Guten Abend«, sagte er, »also wir kriegen ein Gewitter.« Hans protestierte eifrig: »Nicht vor morgen früh. Stibbe weiß das ganz genau, er fährt daher heute nacht hinaus. Ich fahre mit Steege; weit da draußen soll es eine Stelle geben, an der bei solchem Wetter die Butten so fest liegen, daß man sie im Netz wie Kartoffeln aus dem Sande pflügen kann.«

»So, so«, meinte Knospelius, »also Tatendurst, Tatendurst.«

Sie schwiegen eine Weile und hörten dem klagenden Gesange der Fischerfrauen zu:

»Hecht, du grüner Offizier,
Laufe schnell, es aufzuwecken.«

»Wie diese Melodie sich Zeit nimmt«, bemerkte Doralice.

»Wer nimmt sich hier nicht Zeit?« sagte Knospelius. Er liebte es, langsam und sinnend in die Dunkelheit hineinzusprechen, mit seiner tiefen Stimme die Worte klingen zu lassen; »aber die Zeit ist hier auch sozusagen langsamer, die Tage und die Stunden und die Minuten sind hier länger. Wie fern erscheint es mir, daß ich heute morgen geweckt wurde von dem Gesangbuchvers, den mein Wiedertäufer jeden Morgen im Nebenzimmer zu singen pflegt.«

»Ach ja«, seufzte Doralice, »hier geht alles langsam, langsam.«

»Dafür werden wir gründlich, meine Gnädige«, meinte Knospelius. »In der Stadt, da lebte ich von zerhackten Erlebnissen, von zerhackten Geschichten und Gedanken, hier erzählt man jede Geschichte ganz bis zu Ende, denkt jeden Gedanken bis in seine letzten Tiefen.«

»Und wird nie mit ihm fertig«, warf Hans ein.

»Das kommt vor«, bestätigte Knospelius, »sehen Sie unsere Liebespaare, die da im Dunkeln so still nebeneinander hergehen; sie sprechen am Abend vielleicht drei Worte miteinander; sie haben eben Zeit, sich auszusprechen. Temposachen. Der Inhalt der Liebesgeschichten ist ja immer derselbe, sie verteilen ihn auf einige Jahre, andere müssen in wenig Tagen fertig werden. Temposache, nichts weiter. Da gibt es so ein indisches Märchen von einer seligen Insel; den Leuten dort geht es gut, wie das auf solchen Inseln zu sein pflegt; sie haben alles, was sie wünschen können. Charakteristisch für die Natur dieser schönen Insel ist, daß die Bäume Mädchen tragen, schöne Mädchen, die am Morgen erblühen und am Abend welken und sterben. Jetzt sage ich mir, pflückt ein Insulaner sich am Morgen solch eine schöne Frucht, so hat er für seine Liebesgeschichte bis zum Abend Zeit, und doch glaube ich, daß diese Liebesgeschichte ebenso reich sein wird, wie zum Beispiel die Liebesgeschichte des Zibbelsohnes mit der Stibbetochter, die bereits sieben Jahre jeden Abend am Strande schweigend nebeneinander hergehen. Und dabei wird mein Inselliebespaar kaum das Gefühl haben, als würde es zu besonderer Hast getrieben. Temposache.« Der Geheimrat hielt inne und sog stark an seiner Zigarre.

Da ließ Doralice sich vernehmen, klagend und zugleich gereizt, als stritte sie mit jemand: »Ach ja, die Mädchen, die werden es ja wohl verstehen, ihre ganze Liebe in einen Tag zu legen, aber die Männer verstehen so schrecklich langsam. Wenn da am Morgen etwas vorkommt zwischen ihnen, dann werden diese armen Mädchen sterben müssen, ohne daß die Männer sich ausgesprochen haben.«

Knospelius kicherte und Hans meinte: »Auf seligen Inseln kommt vielleicht nie etwas zwischen Liebenden vor.«

»Doch, doch«, widersprach Knospelius, »das ist unvermeidlich. Ich bin zwar in diesen Sachen keine Autorität, in mich hat sich nie jemand verliebt. Ich meine aber, das muß eine verantwortungsvolle Lebenslage sein. Jemand also verliebt sich in mich, sieht in mir sein Ideal und ich bin gleichsam das Depot für diesen idealen, herrlichen Knospelius, ich verwalte ihn. Da ist es dann natürlich, daß beständig Mißgriffe vorkommen. Ich würde ein Gefühl haben, als hätte mir jemand einen selten kostbaren Prachtband geliehen, und ich müßte in steter Sorge leben, daß dem wertvollen Buche nicht etwas passiert. Aber es ist immerhin möglich, daß die Männer auf der seligen Insel schneller von Begriff sind und die Mädchen weniger durstig nach Aussprachen. Das wäre dann, was man ein abgekürztes Verfahren nennt.«

Das Licht des Leuchtturms war in der Ferne schon deutlich zu sehen und Hans trieb zum Heimgehen, da er ja noch mit Steege hinausfahren wollte. Zu Hause hatte Agnes schon die Mahlzeit bereitgestellt. Hans nahm sich kaum die Zeit zum Essen und eilte in sein Zimmer, um sich umzukleiden. Doralice stand am Fenster und schaute in das weiße Aufdämmern des Mondes hinaus. Sie hörte, daß Hans wieder in das Zimmer kam; er trat an sie heran, umfaßte mit seinen Händen ihre beiden Schultern: »Verstehe ich so langsam?« fragte er. Das klang weich, fast schüchtern. Doralice bog ihren Kopf zurück, so daß er sich gegen Hansens Brust lehnte. Ihr Herz klopfte sehr stark und die Augen wurden ihr heiß von Tränen. »Du verstehst nicht«, sagte sie kummervoll, »du sprichst nicht, du sagst nicht.«

»Ach Kind«, erwiderte Hans, »mit dem Sprechen ist es so eine Sache, man spricht und es klingt hart und sauer und häßlich und ist ungerecht und rücksichtslos und ist doch nicht das, was man sagen wollte.«

»Es kann hart sein, es kann ungerecht und rücksichtslos sein«, rief Doralice leidenschaftlich, »nur nicht so, nur nicht so! An dieser Gerechtigkeit und an dieser Rücksicht stirbt man.«

Hans beugte sich über sie und küßte sie fest auf die Lippen: »Gut, gut«, sagte er in seinem gewohnten freundlichen, eifrigen Ton, »so wollen wir uns denn morgen alles sagen, was wir heute dem Meere zugeschrien haben. Für heute gute Nacht.«

Doralice stand noch lange am Fenster und die Tränen, die warm über ihre Wangen niederrannen, taten ihr wohl wie eine gütige Liebkosung. Endlich beschloß sie schlafen zu gehen; sie freute sich auf den Schlaf, sie war müde, als läge eine schwere, glücklich vollbrachte Arbeit hinter ihr.

Um Mitternacht erwachte Doralice von einem starken Geräusch, das im Zimmer um sie her sich vernehmen ließ. Das Meer rauschte stark, so stark, als stünde das Häuschen mitten in den Wellen. Dazu war es, als ob alle Gegenstände im Zimmer sich bewegten, die Sachen auf der Toilette klirrten, der Waschkrug schnurrte leise vor sich hin, die Tür klapperte. Draußen aber über dem Dache schienen schwere Gegenstände sausend durch die Luft zu fahren, zuweilen kam ein Pfeifen, ein ausgelassenes, höhnisches Pfeifen, als jagte dort irgendwo ein Gassenbube durch die Luft. Oder ein Klagelaut kam schrill und verzweifelt, und plötzlich wurde all das übertönt von dem mächtigen Rollen und Krachen des Donners. Doralice sprang aus dem Bett und lief an das Fenster des Wohnzimmers. Die Nacht war ganz schwarz und schien voll wilden Getümmels, ein Blitz zuckte auf und zeigte für einen Augenblick in einem blauen Lichte das seltsam veränderte Meer. Es erhob sich dort wie große schwarze Mauern, Mauern, die schwankten und stürzten, und überall lag es auf ihnen wie bläulicher Schnee. Doralice hatte Angst, nur das, keinen anderen Gedanken als nur diese Angst, die uns treibt, uns zu verbergen, zu verkriechen, nach Hilfe zu rufen. Das Zimmer wurde hell, Agnes stand da, die Lampe in der Hand, und die gelben Augen der alten Frau sahen Doralice starr und böse an. Da begriff Doralice. »Hans«, murmelte sie.

»Ja, bei diesem Wetter auf dem Wasser zu sein«, sagte Agnes scheltend, »hat man so was gehört, und mit diesem Saufaus von Steege, der zu faul ist, um sein Boot ordentlich zu halten.« Agnes wurde dann sehr geschäftig, leise fortscheltend ging sie ab und zu, holte einen Mantel, hüllte Doralice in ihn ein, zwang sie, sich in einen Sessel zu setzen, holte eine Decke, um sie damit zu bedecken, und als das getan war, setzte sie sich selbst auf einen Stuhl, faltete die Hände im Schoß, schaute starr und böse in das Licht der Lampe und wiegte den Oberkörper sachte hin und her. Zuweilen murmelte sie vor sich hin: »Nun muß er gleich kommen, der tolle Junge. Als ob wir nicht Fische genug hätten, und noch mit dem Steege.«

So still zu sitzen und hinauszuhorchen war furchtbar qualvoll, Doralice ertrug das nicht, sie mußte etwas tun. »Ich gehe zu Wardeins«, sagte sie. Agnes zuckte die Achseln. »Was können die tun?« meinte sie. Aber Doralice ging doch hinaus, schlich sich an der Mauer hin, um von dem Sturm nicht umgeworfen zu werden, und trat in die Stube der Wardeins. Die Wardeinin hatte eine kleine Lampe angesteckt und ging nur mit einem kurzen Rocke bekleidet im Zimmer umher, befestigte die Fensterläden, löschte die letzte Glut auf dem Herde, rückte an den klappernden und schnurrenden Geräten auf dem Bord. Als Doralice eintrat, schaute die Wardeinin sie ruhig und ernst an und wandte sich wieder schweigend ihrer Hantierung zu. Doralice stand da, atemlos von dem Gang durch den Sturm, und sagte leise: »Ach, Frau Wardein, dieser Wind.«

»Der ist nicht gut«, antwortete die Wardeinin, »aber was kann man machen?«

Doralice setzte sich auf einen Stuhl und wartete, daß die Frau noch etwas sagen würde, etwas, das wie Trost klang. Da ließ sich von dem großen Bett her Wardeins tiefe Stimme vernehmen: »Ich hab's gesagt, aber die wollen ja klüger als der Wardein sein. Nun, der Stibbe hat das neue große Boot, der schlägt sich wohl durch, und der Steege – naja, dem hat mit seinem alten Kasten von Boot der Teufel schon früher mal herausgeholfen.«

Diese rauhe Stimme, die grob und vertraulich von dem Furchtbaren da draußen sprach, tat Doralice wohl. Die Kinder begannen im Bett zu weinen und die Mutter mußte sie schelten und schlagen. Die Großmutter hatte sich in ihren Kissen aufgerichtet und starrte auf das Fenster, als könnten ihre Augen sehr weit in diese Dunkelheit hineinsehen. »Schlechter Wind, schlechter Wind«, murmelte sie. Doralice saß noch immer da, sie konnte sich nicht entschließen zu gehen. Die enge Stube mit ihrem alltäglichen Leben mitten in all dem Furchtbaren da draußen war etwas wie Geborgenheit. Allein die Wardeinin schien mit ihren Geschäften fertig zu sein, sie stand vor ihrem Bett, gähnte und sah Doralice an. Doralice mußte gehen, hier wollte man sie nicht mehr. Und sie ging wieder in das Wohnzimmer hinüber, wo Agnes vor der Lampe saß und den Oberkörper sachte hin und her wiegte.

Fröstelnd drückte sich Doralice wieder in den Sessel und hüllte sich in ihre Decken. Es war qualvoll und furchtbar anstrengend, beständig auf die wirren Töne da draußen zu hören, diese Töne, die, je länger sie ihnen lauschte, um so ausdrucksvoller wurden, sich in gespenstische Gestalten wandelten. Wenn das höhnische Gassenjungenpfeifen erscholl, sah sie deutlich ein kleines Ungetüm mit gelbem Gesicht voller Sommersprossen, mit rotem Haar, in grauen, zu weiten Kleidern, das die Hände in den Hosentaschen unendlich frech durch die dunkle Luft hinschlenderte. Die lauten Klagelaute gehörten einer großen Frau mit lang niederhängendem grauen Haar. Die Augen waren hellgelb wie Meersand, den Mund öffnete sie weit – ein großes schwarzes Loch in dem weißen Gesicht. Und mitten in allem diesen Spuk und Schrecken, in dieser Finsternis und diesem Geheul war Hans, dort mußten ihr Denken und ihr Warten ihn suchen. Doralice fuhr empor, als wollte sie eine unerträgliche Last von sich abschütteln. Auch Agnes wurde unruhig, sie begann auf dem Spirituskocher Tee zu kochen. Das interessierte beide. Und das Teetrinken dann, das Anzünden einer Zigarette gaben einen kleinen flüchtigen Augenblick des Vergessens und sehr durchdringenden Behagens. Aber die schwere Arbeit des Wartens und Bangens mußte gleich wieder aufgenommen werden. Wenn Doralicens Gedanken, der Spannung müde, kraftlos wurden, waren sofort Bilder da, farbige, belebte Traumbilder. Sie sah den Strand, gelb von Sonnenschein, die Generalin im weißen Pikeekleid kämpfte mit dem Winde, Lolo stand, ein schmaler roter Strich, in einem grünblauen Meere und Hans kam langsam durch den Sonnenschein auf Doralice zu. »Schön, schön«, sagte er in seiner herzlichen, eifrigen Weise, »du hast auf mich gewartet, schön, schön.« Und Doralice fühlte, daß nun alles wieder gut sei, fühlte das mit einer so starken und heißen Erschütterung der Freude, daß sie mit einem Ruck aus ihrem Sessel auffuhr und das bleiche, sich sachte hin und her wiegende Gesicht Agnes' verständnislos anschaute. Nein, diese Traumbilder waren Leben und dieses Zimmer mit der bleichen Agnes und der heulenden schwarzen Nacht draußen, das waren nur die Schrecken eines unbegreiflichen Traumes. Und sie flüchtete wieder zu den Traumbildern, lebte mit ihnen, bis die Freude, die sie brachten, sie wieder weckte.

Der Tag graute, zögernd und schäbig. Ein heftiger Gewitterregen ging nieder; er hüllte das Land und das Haus wie in undurchdringliche staubgraue Spinnweben ein. Da hatte das Licht einen schweren Stand. War das überhaupt ein Tag, dachte Doralice, dieses müde, kummervolle Hindämmern, unterbrochen von dem jähen Aufschrecken, wenn das deutliche Bewußtsein des jammervollen, unfaßbaren Wartens kam. Sie kleidete sich an wie sonst, Agnes kochte wieder Tee, später machte sie Spiegeleier, denn sie meinte, des Sturmes wegen würde man nicht so leicht Feuer auf dem Herde machen können. Leute kamen, die Wardeins und die Steege; sie standen da im Zimmer und sprachen laut miteinander. Die Steegin mit rotverweinten Augen, ungekämmtem Haar, bleich und übernächtig, weinte ganz laut: »Hu, hu, hu« und redete wie im Fieber. Natürlich, wenn man alles Geld ins Wirtshaus trägt, kann man sich kein neues Boot kaufen, dann kann man kaum das alte instand halten. Aber auf sie hörte er ja nicht. Noch gestern morgen hatte sie ihm gesagt, daß sie einen schlechten Traum gehabt hatte; ihr hatte geträumt, Steege stünde in seinem Boot, und das Boot war ganz voll mit Dorschen gewesen, bis zum Rande voll. Von Dorschen aber zu träumen ist schlecht, von Butten gut. Aber auf sie hörte er ja nicht.

»Von Dorschen zu träumen ist schlecht und von Butten gut«, wiederholte die Mutter Wardein ernst, »das ist richtig.« – Als die Frauen gegangen waren, kam der Geheimrat; er war steif und offiziell, dabei hatten seine Züge etwas Gekniffenes und Verzerrtes, als schmerze ihn sein Gesicht. Er sagte, Doralice könne sich auf ihn verlassen, alles Nötige würde geschehen. Sobald es möglich wäre, würden Leute hinausfahren. Einen Mann zu Pferde hatte er den Strand hinab, dem Leuchtturme zu, geschickt. Dann saß er da, trommelte mit den Fingern auf sein Knie, suchte nach etwas, das er sagen könnte, etwas, das zu Herzen geht, er fand jedoch nichts. So bemerkte er nur: »Sie sollten sich einen Pelzmantel umnehmen, in solchen Zeiten friert man.« Nachdem er schweigend eine Weile gesessen, ging er.

Gegen Abend verbreitete sich das Gerücht, der Fischer Stibbe sei zurück. Wieder war das Zimmer voller Frauen; die Stibbin erzählte, ihr Mann habe sich bald von Steege getrennt, da ihm das Wetter verdächtig erschienen sei. Unterwegs habe das Gewitter ihn noch erwischt, es sei dunkel geworden, daß er nicht die Hand vor Augen sah, und der Sturm! Es war noch gut gewesen, daß er bald in die Bucht hinter den Leuchtturm geraten war und dann – ein gutes Boot war eben ein gutes Boot. Wenn er das neue Boot nicht gehabt hätte, wer weiß, wie es ihm dann ergangen wäre. Von Steege und Hans wußte er nichts. Die Frauen sprachen alle zu gleicher Zeit, die Steegin weinte wieder: »Hu, hu, hu«, endlich schickte Agnes sie alle hinaus.

Der Abend brach herein; Doralice und Agnes saßen sich gegenüber; Agnes wiegte sich sachte und jammerte leise; Doralice versuchte es mit ihren Gedanken, sich in irgendwelche ferne, friedliche Erinnerungswinkel zu flüchten, oder sie hörte gedankenlos dem Sturm und dem Meere zu. Die Nacht kam, Agnes brachte Doralice zu Bett und Doralice versank in einen schweren Schlaf; durch den tiefen Schlaf ging zuweilen etwas, das zu schwer zu tragen war, und das Erwachen wurde dann zur einzigen Zuflucht. Doralice schlug die Augen auf. Das Zimmer war hell; auf dem Stuhl am Fußende des Bettes saß Agnes in Tücher gewickelt; das kleine gelbe Gesicht schaute seltsam friedlich, fast heiter drein, die weiche Linie des zahnlosen Mundes zuckte in einem verhaltenen Lächeln. Als Agnes sah, daß Doralice wach wurde, fing sie an zu sprechen. Sie sprach so, als fahre sie in einer begonnenen Erzählung fort: »Und damals, als wir die Hochzeit für die Base Anne ausrichteten, nein, dieser Schlingel! Also wir hatten eine schöne, große Gans, die war in das Rohr geschoben und briet dort. Unterdessen war vieles andere zu tun, und als wir nun denken, die Gans muß fertig sein, und nachschauen, da ist die Gans fort. Das war nun ein Geschrei und Suchen, aber fort war fort, wie ein Wunder kam es uns vor. Mir fiel es wohl einen Augenblick auf, daß der Hans und die anderen Jungen für eine Weile nicht zu sehen waren, reinzu verschwunden, wie der Jude zu Michaelis. Nun, aber ich dachte mir nichts dabei. Erst später, lange hernach, hat der Hans es mir gesagt, hat der verfluchte Schlingel die Gans aus dem Rohr gestohlen und zusammen mit den anderen Jungen oben auf dem Heuboden aufgefressen. Ich habe ihm versprechen müssen, es keinem zu sagen, und bis heute habe ich es keinem gesagt. Aber so was, die Gans aus dem Rohr zu stehlen und aufzufressen!«

Agnes' Lachen klang herzlich und behaglich in das Pfeifen und Stöhnen des Windes hinein. –

In der Nacht hatte sich der Sturm gelegt. Der Regen dauerte noch den ganzen Vormittag des nächsten Tages an, erst am Nachmittage hörte er auf. Doralice ging zum Strande hinab, eilig, als warte dort jemand auf sie, die Wellen hatten den Strand aufgepflügt, ihr Fuß sank tief in Algen und Seetang ein. Unter dem eisengrauen Himmel lag das Meer weiß von Schaum wie kochende Milch. Sehr aufgeregt waren die Möwen, sie schossen hin und her und stritten sich mit ihren schrillen, keifenden Stimmen. Das war wild und grausam, aber man konnte hier wenigstens atmen. Doralice hörte hinter sich eilige Schritte nackter Füße über den Seetang laufen. Die Steegin war es, die sie einholte und sich ihr anschloß. Sie sprach und klagte unausgesetzt: »Nein, die kommen nicht mehr heraus, die Mutter Wardein sagt das auch. Dort weit muß eine Stelle sein, von der sie nicht mehr zurückkommen. Dort unten müssen Spalten und Höhlen sein oder, was kann man wissen, was sie dort hält. Der Wardein Mathies kam auch nicht heraus.« Und während die beiden bleichen Frauen eilig am Strande hingingen, schauten sie mit weitoffenen Augen suchend und angstvoll auf das Meer hinaus. Mit einbrechender Dunkelheit mußte die Steegin heim zu ihren Kindern. Doralice entschloß sich nur schwer, ins Haus zu gehen, das Gewaltsame hier draußen erdrückte die Gedanken, dort drinnen wartete das Vermissen auf sie, die Enttäuschung jeden Augenblickes, wenn sie immer wieder aufhorchte und meinte, die bekannte Stimme, der bekannte Schritt müßten sich vernehmen lassen. Und immer wieder war es ihr, als griffe sie nach einer vertrauten warmen Hand und mußte es mit Entsetzen fühlen, daß diese Hand kalt und fremd geworden war.

Agnes trug das Essen auf, stand dabei und sah zu, wie Doralice aß, und beiden rannen dabei die Tränen über die Wangen.

Spät am Abend kam noch der Geheimrat, dessen Diener Klaus mit einer großen Stallaterne leuchtete. Knospelius saß Doralice gegenüber, er wußte nicht viel zu sagen. Von alten Ministern und türkischen Cafés durfte er hier nicht sprechen. Aber Doralice konnte dann klagen und weinen und das tat ihr wohl: »›Auf morgen also‹, sagte er mir, als er fortging, alles wollte er mir dann sagen, alles, was er mir die ganze Zeit über verschwiegen hatte – und nun –«

»Mein Gott«, sagte Knospelius und zog die Augenbrauen empor, »was wir auch sagen, wir nehmen unser Geheimnis ja doch mit.«

»Welches Geheimnis?« fragte Doralice und ihre Augen wurden groß und rund vor Erstaunen.

Knospelius verzog ärgerlich sein Gesicht: »Nichts, nichts, das war nur so ein Ausspruch, und Sie wissen, wenn man nichts Rechtes zu sagen weiß, so tut man einen Ausspruch. Übrigens«, fuhr er zögernd fort, er war es nicht gewohnt zu trösten und auch nicht gewohnt, so starkes Mitleid zu empfinden, »übrigens«, fuhr er fort, »von denen, die uns nahe stehen, wollen wir doch nichts Neues erfahren, sie sollen sich immer wieder so bestätigen, wie wir sie kennen. Wir wollen nichts bei ihnen entdecken, was wir nicht schon wissen.«

»Ich wollte wissen, ob er mich noch so liebt wie früher«, fragte Doralice einfach. Darauf fand der Geheimrat keine Antwort. Er bog den Kopf zurück und schloß die Augen, das schöne, tränenüberströmte Gesicht ihm gegenüber ergriff ihn zu stark.

Von der Küche her klang Klaus' laute, predigende Stimme herüber, er las Agnes aus der Bibel vor.

Am vierten Tage nach der Sturmnacht kam die Nachricht, bei dem Fischerdorf hinter dem Leuchtturm sei ein Boot an das Ufer gespült worden. Die Steegin zog ihr Sonntagskleid an und fuhr mit dem Strandwächter hin. Spät am Nachmittag kehrte sie zurück und berichtete, es sei ihr Boot gewesen, übel zugerichtet, sie habe es dort gleich an einen Fischer verkauft. Sie wischte sich mit dem Zeigefinger die Tränen aus den Augenwinkeln, war aber ruhig und sachlich. Da sie nun mal ihr gutes Kleid anhatte, wollte sie zum Schullehrer hinaufgehen, um die Glocke für ihren Mann läuten zu lassen und weil morgen Sonntag war, konnte der Schullehrer in der Kirche die Totenpredigt lesen, denn der Pastor war für eine Woche in die Stadt verreist. Agnes sagte, sie würde sie begleiten.

Der Sonntagmorgen war sonnig und der sandige Weg, der zur Kirche führte, belebt von Kirchengängern. Als Doralice und Agnes die kleine Kirche betraten, fanden sie alle Bänke dicht besetzt. An den teilnahmsvollen Blicken, die auf sie gerichtet waren, merkten sie, daß auf sie gewartet worden war, und auf der vordersten Bank neben der Steegin und ihren drei Kindern waren für sie Plätze frei gehalten worden. Der weißgetünchte Raum war voller Sonnenschein und das Altarbild, Christus, Petrus über das Wasser geleitend, mit seinen giftgrünen Wellen, seinen rot und gelben Gewändern schrie ordentlich in die weiße Helligkeit hinein. Ein Choral wurde gesungen von lauten, heiseren Frauenstimmen, dann las der Schullehrer eine Predigt vor, sein bleiches, gedunsenes Gesicht verzog sich zu einer traurigen Miene, sein Tonfall war singend und eintönig. Auf allen Bänken begannen die Frauen zu seufzen, die Steegin und ihre Kinder weinten laut, auch Agnes weinte. Doralice jedoch konnte nicht weinen, und weil sie fühlte, daß die Frauen sie deshalb verwundert und mißbilligend ansahen, zog sie sich ihren Schleier vor das Gesicht. Sie hatte nicht die Empfindung, daß diese singenden und seufzenden Frauen, daß die Worte, die dieser häßliche Mann dort auf der Kanzel vorlas, irgend etwas mit ihr und ihrem Schmerze zu tun haben könnten. Der Gottesdienst war zu Ende, die Fischerfrauen standen noch auf dem sonnigen Kirchenplatz beisammen und sprachen. Die Steegin war sehr umringt, man versprach, ihr bei der Kartoffelernte zu helfen, doch die Stibbin meinte, sie solle zum Fischreinigen zu ihr herüberkommen, dafür würde sie dann einige Fische kriegen. Der Steegin schien die allgemeine Teilnahme wohlzutun und sie machte fast ein zufriedenes Gesicht, als sie mit ihren drei Kindern durch die niedrige Tür in ihrer Kate verschwand. Ihr Unglück war von heute ab eine Einrichtung ihres Lebens geworden, mit der sie sich abzufinden hatte. Von nun ab irrte sie auch nicht mehr am Strande umher.

Doralice ging jetzt allein am Strande hin, sie ging täglich stundenlang, das war der Inhalt ihres Lebens. Sie wollte Hans dienen, wollte bei ihm sein, wollte ihm treu sein. Dort auch vermochte sie ihren Schmerz tief zu fühlen, konnte um ihre Liebe trauern, konnte unglücklich sein, denn, wenn sie das nicht konnte, was hatte sie dann, was war sie dann? Und dann war um sie und in ihr alles leer. Etwas anderes noch war es, was sie auf ihren Wanderungen begleitete. Wenn sie so an den Wellen entlang ging, die weiß mit leisem Prickeln über den Sand bis zu ihr hinaufliefen, da schien es ihr, als wollte das Meer sie zu etwas überreden, zu etwas, gegen das sie sich sträubte, gegen das sie stritt, zuweilen so heftig stritt, daß sie laut vor sich hin ein »nein, nein« in das Rauschen der Wellen hineinsprach. Allein dieser Streit mit dem Meere hatte für sie eine furchtbar erregende Anziehung. Zu Zeiten jedoch entglitt ihr all das, dann versank sie gedankenlos in die Betrachtung der feinen Linien, die das Wasser auf den Sand geschrieben hatte, in den Anblick der zitronengelben, hellblauen und hellrosa Muscheln, welche wie kleine Blumen über das Ufer gestreut waren. Oder sie folgte mit den Blicken den Wellen, die eilig hintereinander herliefen, ohne daß je eine die andere erreichte. Der zu Ende gehende September hatte sommerwarme Tage gebracht, Doralice ging weit, weit hinaus dem Leuchtturme zu, sie ging, bis ihr die Füße schwer vor Müdigkeit wurden. Dort weiter fort trat der Hochwald bis dicht an den Dünenrand heran, riesige rote Föhrenstämme mit wirren dunklen Schöpfen, hier und da stand eine Birke oder eine Espe zwischen ihnen, das Laub, schon herbstlich gelb, stand da wie ein goldenes Gerät in einer großen Säulenhalle. Die Moosdecke des Bodens war bunt von Herbstschwämmen und Preiselbeeren, Sonnenschein und die Schatten der Baumzweige trieben dort ihr stummes Spiel. Das mußte gut tun, dort auszuruhen, dachte Doralice. Sie stieg hinauf und streckte sich auf einem Mooshügel aus.

Wir können einen sehr großen Schmerz haben, wir können sehr unglücklich sein, und doch hält all das nicht stand vor der Wonne, nach einer langen ermüdenden Wanderung wohlig die Beine von sich zu strecken. Sie sah hinauf in die Wipfel der Föhren, hoch oben revierte ein Falke metallblank in all dem Blau. Neben ihr stand eine Espe und flüsterte unablässig. Wie war es hier gut, über alles Wünschen hinaus gut. Doralice fielen die Augen zu, das letzte, was sie mit halbgeschlossenen Lidern noch sah, war ein Sprung Rehe, der von der Höhe niederstieg. Vorsichtig hoben die Tiere ihre dünnen Läufe über das hohe Farnkraut. Sie gingen bis an den Rand der Düne vor, blieben dort stehen und äugten regungslos auf das Meer hinaus.

Doralice schlief so süß, daß, als der Schlaf vorüber, sie doch noch dalag, ohne sich zu bewegen, in der Hoffnung, noch ein wenig dieses gedankenlose Glück halten zu können. Allein dann war das Erwachen endlich unwiderruflich da, sie richtete sich auf, saß da und dachte nach. Wie wohl sie sich gefühlt hatte, wie wohl sie sich immer noch fühlte; wie war das? Sie hatte doch ihren großen Schmerz, ihr Unglück. Wo waren sie? Hatte sie sie verloren? Nein, nein, das nicht. Angstvoll sprang sie auf und eilte zum Meere hinab, dort ihren Schmerz wiederzufinden.

Die Nächte waren wieder mondhell. Knospelius und Doralice saßen an dem gewohnten Platz auf der Düne, ihnen zu Füßen schlief Karo, der Hühnerhund. Das Meer war tief beruhigt, sachte wiegte sich der Mondglanz auf dem Wasser, nur an der Brandung schnurrten kleine silberne Wellen behaglich vor sich hin. Vor Stibbes Hütte wurden wieder Fische gereinigt, und die Frauen sangen ihr altes klagendes Lied:

»Sonnchen wollt im Meere schlafen,
Schwarze Wasser sind die Decken,
Hecht, du grüner Offizier,
Laufe schnell, es aufzuwecken.
　Raderi, raderi, raderira!

Sonnchen wollt im Meere schlafen,
Wo mein Junge schlafen muß.
Butte, kleines braunes Frauchen,
Bringe beiden meinen Gruß.
　Raderi, raderi, raderira!«

»Karo schläft jetzt viel«, sagte der Geheimrat, »er ist verstimmt, das Meer interessiert ihn nicht, daher will er träumen, er jagt im Traum, seine Träume sind grün oder korngelb.«

»Ja«, meinte Doralice, »ich habe es bisher auch nicht gewußt, wie wichtig Träume werden können.«

Der Geheimrat zog eine Weile sinnend an seiner Zigarre: »Ich weiß, ich weiß«, begann er dann wieder, »hab' auch solche Zeiten gehabt, an der Wirklichkeit liegt einem dann nichts und die Träume werden einem dann wichtig. In solchen Zeiten muß man den Träumen entgegenkommen; man muß Orte aufsuchen, die den Träumen förderlich sind oder sie nicht stören. Solche Orte gibt es, dort unten in Italien oder auf den griechischen Inseln. Ich habe gedacht, wenn Sie von hier fortgehen ...«

– »Wohin soll ich gehen?« unterbrach ihn Doralice leidenschaftlich. »Sie wissen doch, der einzige Ort, an dem mein Leben einen Sinn hat, ist hier.«

»Natürlich, natürlich«, brummte Knospelius, »ich sage nur, *wenn* Sie fortgehen. Schließlich kommt der Winter, dann ist das Land hier auch nicht mehr dasselbe; dann wäre so eine stille südliche Bucht empfehlenswert, blau, Sonnenschein, die Luft weich wie eine Puderquaste; das Leben so selbstverständlich, daß man nicht darüber nachdenkt, ob man es leben soll oder nicht. Man denkt überhaupt nicht nach, oder wenn man denkt, so komponiert man an seiner Vergangenheit, denn unsere Gegenwart können wir wohl verachten, aber von seiner Vergangenheit will jeder etwas haben. Ich meine also, wenn Sie von hier fort können, so sollten wir an solch eine stille Bucht gehen.«

– »Wir?« fragte Doralice.

»Ja, ich sage *wir*«, erwiderte Knospelius, »denn Sie müssen einen haben, der Sie begleitet und beschützt, und, sehen Sie, ich bin der geborene Begleiter, der geborene Beschützer, sozusagen der geborene Vormund, ich kompromittiere niemand, mein Wiedertäufer von Diener sagte mir einmal: ›Exzellenz haben es leichter, der Welt zu entsagen, denn Gott gab Exzellenz ein Extrakreuz.‹« Knospelius kicherte leise in sich hinein. »Solch eine Zeit würde Ihnen gut tun«, fuhr er dann fort, »ruhig abwarten, wie das Leben weiter geht, denn bei Ihnen wird es weiter gehen. Sehen Sie die Wellchen dort, jetzt ist die eine oben im Licht, dann geht's herunter in den Schatten – gut, gut – ich bin der geborene Kamerad des Wellentals. Wenn es dann wieder aufwärts geht, können Sie mich stehen lassen, daraus mache ich mir nichts, das bin ich gewohnt. Man hat mich mein ganzes Leben hindurch stehen lassen. Ein netter, interessanter Herr, sagten die Menschen von mir und ließen mich stehen. Aber das ist ganz gleich. Es ist auch ganz gleich, daß das Zusammensein mit Ihnen für mich ein Erlebnis wäre; es hätte auch nicht das geringste zu bedeuten, wenn ich Ihnen eine Liebeserklärung machte; man kann ein gekrümmtes Rückgrat und doch seine Sentiments haben, aber die gehen einen dann ganz allein etwas an. Ich sage das nur, damit Sie nicht glauben, ich bin ein Opfer, im Gegenteil, – aber wie gesagt, das ist egal. Die Hauptsache ist, daß es für Sie das Richtige wäre.«

»Ich danke Ihnen«, sagte Doralice leise, »aber ich kann jetzt von hier nicht fort.«

»Freilich, freilich«, sagte Knospelius heiter, »wir haben Zeit, wir haben hier gelernt, Zeit zu haben, wir warten, wir warten ruhig ab, bis das Meer uns freigibt.« –

So kam es denn, daß, als der Oktoberwind die gelben Birkenblätter von der Zibbehöhe auf das Meer hinaustrieb und das blassere Gold der Oktobersonne über den Wellen lag, das wunderliche Paar noch immer Tag für Tag am Strande entlang ging, die schöne, bleiche Frau mit den wehenden Trauerschleiern und der kleine, verbogene Herr im langen grauen Paletot, gefolgt von seinem Hühnerhunde, der mißmutig und gelangweilt auf das Meer hinausgähnte. Sie warteten alle drei darauf, daß das Meer sie freigäbe.

Am Südhang

Karl Erdmann von West-Wallbaum war Leutnant geworden, und während er durch den Sommerabend dem elterlichen Landhause zufuhr, sagte er sich, daß all die klugen, hochmütigen Leute, welche schlecht vom Leben sprachen, ja daß seine eigenen weltschmerzlichen Stunden dem Leben unrecht taten. Es gab wirklich ganz einwandfreie Lebenslagen. Und mit wie geringen Mitteln baute das Leben oft solch ein Glück auf. Wie viele junge Leute wurden jedes Jahr Leutnant, und mit dem Leutnant war schließlich auch noch nicht allzuviel erreicht. Dennoch, und es war vielleicht lächerlich, aber dieser Leutnant machte ihn glücklich. Er hatte das Gefühl, als sei etwas Neues in ihm; das ihn zu einem andern machte, zu einem, der mehr Recht auf Liebe, Bewunderung und alles Gute der Welt hatte als der frühere Karl Erdmann. Das würden sie dort zu Hause wohl verstehen. Das war es ja, was das Leben zu Hause so weich und verwöhnend machte, daß man sich so mühelos einander verstand. Menschen, die einander leicht verstehen, wissen, daß sie einander leicht verwunden können. Daher kam vielleicht in das Leben dort zu Hause die köstliche Behutsamkeit des Umgangs, die Karl Erdmann stets die Empfindung gab, als sei er etwas sehr Kostbares, das zart angefaßt werden mußte. Nun lagen zwei Monate in dem Elternhause vor ihm, zwei ganz sorglose Monate, denn die Schulden hatte er schon gebeichtet. Er würde nichts anderes zu tun haben, als im alten Garten umherschlendern, auf den Wiesen liegen, von seiner Mutter und seinen Schwestern sich verwöhnen lassen, des Vaters gute Zigarren rauchen und ungestört dieses süße Gefühlvolle in sich gewähren lassen, wie es nur in den alten elterlichen Landhäusern gedieh. Seltsam war es, wie sich dort jedes kleine Ereignis mit einer Gefühlsatmosphäre umgab, die es groß und farbig erscheinen ließ wie der durch Abenddünste aufsteigende Mond. Karl Erdmann war häufig schon verliebt gewesen, als Kadett und als Fähnrich. Und draußen in der Garnison hatte manche Liebesaffäre gespielt. Allein das war ganz etwas anderes, als zu Hause in den Ferien verliebt zu sein. Da war es eine stille, stetige und erregende Beschäftigung. Man lag stundenlang im Grase und war verliebt, ließ sich von einem starken, süßen, ein wenig erschlaffenden Gefühle wiegen. Draußen konnte Karl Erdmann zynisch und schneidig sein, hier wurde er empfindlich und feinschalig wie eine Frucht, die auf dem Südhange gereift ist. Karl Erdmann war also in den Ferien immer verliebt gewesen, und zwar immer in Frau von Bardow. Das gehörte zu den Ferien wie das Glitzern des Weihnachtsschnees oder wie die gelben Augustbirnen. Eigentlich waren alle zu Hause in Frau von Bardow verliebt, selbst der Vater holte, wenn er mit ihr sprach, seine alten ritterlichen Gardedukorpsmanieren hervor, und Frau von Bardow schien das zu wollen. Sie sprach mit allen diesen Männern so, als wünschte sie, ihnen den Kopf zu verdrehen, oder als bestände zwischen einem jeden von ihnen und ihr ein einzigartiges Verhältnis. So war es mit Botho, dem Hauptmann, Karl Erdmanns älterem Bruder, so mit dem Legationsrat Grafen Ottomar von der Lynck, dem Verlobten von Karl Erdmanns Schwester Oda; ja sogar mit dem fünfzehnjährigen Leo und seinem Hauslehrer Herrn Aristides Dorn hatte Frau von Bardow eine besondere erregende Art zu verkehren. Nur mit ihm, Karl Erdmann, hatte sie stets eine schwesterliche, fast mütterliche Art des Verkehrs gehabt. Und doch hatte er schon als Knabe den Zauber dieser seltsamen, schönen Frau stärker als alle andern empfunden, so stark, daß er oft wehrlos gegen das eigene Gefühl auf die Wiese hinausrannte, sich auf einen Heuhaufen warf, das Gesicht in das Heu steckte und weinte. Frau von Bardow aber tat nie so, als merkte sie etwas davon, während sie doch bei allen andern Herren von vornherein so tat, als sei es kein Zweifel, daß sie ganz unter ihrem Zauber standen. Nun, der Leutnant würde auch hier alles verändern, und diese Überzeugung trug nicht wenig zu Karl Erdmanns augenblicklichem Glücke bei.

Daniela von Bardow war von ihrem Gemahl geschieden. Karl Erdmann erinnerte sich des seltsamen, geheimnisvollen Mitleidgefühls, das er als Knabe empfunden hatte, wenn die Erwachsenen andeutungsweise davon sprachen, daß Bardow ein schlechter Mensch sei, daß die arme Daniela viel gelitten habe und noch immer von der Welt verkannt und falsch beurteilt werde. Frau von West-Wallbaum liebte Daniela sehr und verteidigte sie stets leidenschaftlich. »Es tut immer weh«, pflegte sie zu sagen, »wenn jemand leidet, weil ihm Unrecht geschieht. Wenn aber Daniela beleidigt wird und leidet, dann empört das wie eine sinnlose Grausamkeit. Es ist so, als ob jemand eine Blume beleidigt.« Karl Erdmann verstand das wohl, und jetzt, da er für Daniela doch auch etwas bedeuten würde, jetzt sollte sie erfahren, wie tief er für sie fühlte. Er hob die Arme und streckte sich behaglich, so daß das Seidenfutter der neuen Uniform angenehm knisterte. Also für die nächsten zwei Monate stand lauter Gutes und Schönes in Aussicht, und Karl Erdmann wollte es sich schmecken lassen. Da war noch zwar dieses Duell, aber das sollte ihn nicht stören. An ein Duell dachte man wie an eine unvermeidliche Geschäftssache, die abgemacht werden müßte, nicht anders. Es war eine häßliche Szene gewesen drüben in der Garnison mit einem betrunkenen Referendar, der sich Redensarten gegen das Regiment erlaubt hatte. Übrigens hatten der Ehrenrat und die Kameraden anerkannt, daß Karl Erdmann sich gut benommen hatte. Natürlich bat der Referendar um Aufschub, weil er noch manches zu ordnen hatte, Zivilisten bitten immer um Aufschub und haben immer etwas zu ordnen. Aber in den nächsten Wochen sollte das Duell stattfinden. Gut, Karl Erdmann störte das nicht, im Gegenteil, es fiel ihm zwar nicht ein, gefühlvoll an dies Duell zu denken, allein die Tatsache, daß es zu den Ereignissen dieses Sommers gehören würde, gab dem Bilde dieses Sommers, gab der Gestalt Karl Erdmanns doch ein eigenes, ein wenig mystisches Licht. So störte denn nichts seine Freude.

Der Wagen bog in die lange Lindenallee ein. Hier war es dunkel und so still, daß das Rascheln des Taues in den Blättern hörbar war. Karl Erdmann wurde es ganz feierlich zumute. Hier erst schien es ihm, als ließe er endgültig die Welt der Garnisonen, der Kasinos, der Rekruten und der frechen, kleinen Mädchen hinter sich und fuhr durch diesen stillen, finsteren Korridor, in dem es erfrischend nach feuchtem Laub duftete, dem Erdflecken zu, auf dem es galt, nichts zu tun als tief zu fühlen, gut zu essen und sich verwöhnen zu lassen.

Da war schon das Landhaus mit der langen, weißen Front. Auf der Freitreppe hatte sich die ganze Familie versammelt, all die großen blonden Gestalten, aus der Sommerdämmerung schimmerten die weißen Kleider der Mädchen und die roten Pünktchen der brennenden Zigarren. Eine sich überschlagende Knabenstimme rief: »Hurra.« Karl Erdmann eilte sporenklirrend die Treppe hinan und suchte sich unter den großen Gestalten die kleinste heraus, um sie in seine Arme zu nehmen, seine Mutter. Dann begann das Begrüßen der andern. Niemand sprach. Es hatte etwas Sakramentales, so von einem zum andern zu gehen und sich küssen zu lassen. Zuerst die Schwestern Oda und Heida, dann der Bruder Hauptmann und der fünfzehnjährige Leo. Selbst der kühle Legationsrat, Odas Bräutigam, küßte Karl Erdmann auf beide Wangen. Fräulein Undamm, die Gouvernante, und Herr Dorn, der Hauslehrer, drückten Karl Erdmanns Hand so innig, wie man es sonst nur bei Begräbnissen oder Trauungen zu tun pflegt. In einer Ecke stand eine schmale, weiße Gestalt, in der Dämmerung erschien auch das Gesicht sehr weiß zwischen den schwarzen Scheiteln. Es war Frau von Bardow. Als Karl Erdmann ihr die Hand küßte, sagte sie mit ihrer hübschen, singenden Stimme: »Gut, daß Sie da sind, nun ist der Sommer komplett.«

»Na also!« rief Herr von West-Wallbaum laut, als wollte er dadurch den Schluß einer feierlichen Zeremonie ankündigen, und man ging in das Haus.

Die Zimmer waren voller Licht, voller Blumen und weißer Mullgardinen. Durch die geöffneten Fenster duftete der dunkle

Garten herein. Nach der stillen Fahrt machten die vielen Menschen, das Kommen und Gehen, all die Stimmen Karl Erdmann ein wenig schwindelig. Er unterhielt sich ernst mit seinem Vater, mit seinem Bruder über die Flotte und das Regiment, dabei bemerkte er, daß in dem Gespräch der beiden Herren mit ihm ein Ton achtungsvoller Gleichstellung durchklang, der ihm neu war. Neben ihm stand schweigend seine Mutter und hielt seinen Arm. Das kleine Gesicht mit den vielen Fältchen unter der großen Spitzenhaube war erhitzt, weiß und rosa wie das Gesicht eines Kindes.

Während der Abendmahlzeit dauerten die militärischen Gespräche fort, und alle an der langen Tafel hörten zu und sahen Karl Erdmann an, wie etwas, das sie sehr interessierte und das sie bewunderten. Alle, auch die Kinder, selbst Herr Aristides Dorn, der dabei zwar sein verhaltenes hochmütiges Lächeln lächelte und sich immer wieder eine schwarze Haarlocke aus der Stirn strich mit einer Bewegung, die wie ein Protest aussah. Nur Daniela war unaufmerksam, ordnete die Brotkrümchen auf dem Tischtuch zu kleinen Mustern, flüsterte ihrem Nachbar etwas zu, worüber gelacht wurde, und benahm sich wie jemand, der entschlossen ist, die Andacht einer Zeremonie nicht zu teilen. Das quälte Karl Erdmann; er fand sie wieder ergreifend schön, das schmale Gesicht mit der wunderbaren Klarheit der feinen Züge, dazu die schieferblauen Augen, die von den Wimpern so seltsam umschattet wurden, und der hellrote Mund, dessen Lächeln dem strengen Gesichte etwas Strahlendes und Blühendes verlieh. Bei Gott, diese Frau wirkte auf Karl Erdmann so stark, daß, wenn er sie ansah, er sich so wehrlos und schwach wie ein verliebter Schuljunge fühlte.

Nach dem Essen trank man zur Feier des Tages auf der Gartentreppe eine Bowle. Man saß da zusammen in der Dämmerung der nordischen Sommernacht, die schwer von Düften war, und Karl Erdmann, direkt von der Garnison hier hineingekommen, empfand alles als seltsam traumhaft und unwirklich, den so in der Finsternis getrunkenen Wein, die Zigarre, die Stimmen, die in die Dunkelheit hineinsprachen. Der Vater fragte noch immer nach dem Oberstleutnant von Treskow und dem General von Langen, und dann begann er die oft erzählten Geschichten aus seiner Militärzeit zu erzählen. Die andern hielten es nicht lange beim Wein aus, einer nach dem andern schlich sich in den Garten hinab. Der Graf Lynck legte seinen Arm um Odas Taille, um mit ihr die dunkle Kastanienallee entlang zu gehen. Karl Erdmann sah noch, wie Odas hohe üppige Gestalt sich fest an den Grafen anschmiegte, und er dachte ärgerlich, »was nur dieses herrliche Mädchen an dem schmalschulterigen, fischblütigen Diplomaten haben kann.« Die beiden Kinder suchten im feuchten Rasen nach den Frühbirnen, die man in der Dunkelheit vom Baum fallen hörte. Botho unterhielt sich mit Daniela. Er sprach halblaut und machte seine Stimme weich und musikalisch, wie die meisten Männer es taten, die mit Daniela sprachen. Daniela antwortete zögernd, als müßte sie über das, was Botho sagte, nachdenken. Und dann plötzlich erhob sie sich, stieg die Treppenstufen hinab und rief eine dunkle Gestalt an, die unten auf dem Gartenwege stand: »Ach, Herr Dorn, Sie haben mir da ein Buch gegeben, das ich nicht verstehe.« Sie lachte, sie blieb dort unten stehen und unterhielt sich mit Aristides Dorn. Ja, das war Daniela, Karl Erdmann kannte das, sie ruhte nicht eher, als bis der Zauber der Sommernacht für alle Männer um sie her voll von ihr war. Nur mit ihm hatte sie heute noch nicht gesprochen. Nun, er gehörte heute noch nicht dazu, er kam sich selber ein wenig wie ein fremder Besuch vor, aber das würde morgen vorüber sein.

Man trennte sich spät. Karl Erdmann schlief mit Leo in einem Zimmer. Der Knabe erwachte, als Karl Erdmann eintrat, und sagte schlaftrunken: »Ah, der Leutnant! man wird sehen, ob er weniger schnarcht als der Fähnrich.« Später kam noch Botho, um von Karl Erdmann noch Genaueres über die Affäre zu hören. Sie sprachen halblaut, um Leo nicht zu wecken, Botho ließ sich alles genau erzählen, äußerte sich sehr sachlich über den Fall und sagte, es freue ihn außerordentlich, daß alles so korrekt abgelaufen sei und daß Karl Erdmann sich so gut gemacht habe: »Also in nächster Zeit muß es zum Klappen kommen, schön, schön, gute Nacht«, und damit ging er anscheinend sehr befriedigt.

Karl Erdmann stand noch einen Augenblick am geöffneten Fenster und schaute in den Garten hinab. Das Lob des Bruders hatte ihm wohlgetan, auch er war zufrieden damit, daß alles korrekt verlaufen war, und dabei war er ein wenig stolz darauf, so einer auserwählten Klasse von Menschen zu gehören, die sich über so etwas freuen. Unten im Garten trieb sich noch eine einsame Gestalt umher, das war ja der unheimliche Hauslehrer, den ließ wohl die Liebe zu Daniela nicht schlafen. Wenn Daniela vom Duell wüßte, fuhr es Karl Erdmann durch den Kopf, würde er dann nicht für sie ein anderer sein? würde er ihr dann nicht wichtiger werden? Ach lächerlich. Die ungewohnte Stille der Nacht machte ihn sentimental, er wollte lieber schlafen gehen.

Den nächsten Tag begann Karl Erdmann damit, sich, wie er es nannte, systematisch zu akklimatisieren. Er ging durch das ganze Haus, hörte den bekannten Ton jeder Türklinke, roch den jedem Zimmer eigentümlichen Geruch. In einem Zimmer fand er Heide, die bei Fräulein Undamm Unterricht nahm. Die Gouvernante sah sehr klein und braun aus neben dem großen Mädchen mit dem honigblonden Haar. Fräulein Undamm errötete und sagte: »Ah, der Herr Leutnant gibt uns die Ehre.« Heida lachte über das ganze rosa Gesicht, es war ihr, als sei mit Karl Erdmann eine Flut von Ferienluft in das Zimmer gedrungen. »Ach«, meinte sie, »heute ist er gar nicht mehr imposant, ja, gestern in der Uniform.« – »Ich will nicht imponieren«, erwiderte Karl Erdmann, »ich will mich akklimatisieren. Entschuldigen Sie, ich gehe schon weiter.« Im anstoßenden Zimmer fand er Herrn Dorn, der Leo eine lateinische Stunde erteilte. Herr Dorn begrüßte Karl Erdmann sehr formell, lächelte ironisch und strich sich die schwarze Locke aus der Stirn.

»Der Herr Leutnant wollen vielleicht ein wenig prüfen?« Aber Leo zog die Augenbrauen hoch und äußerte: »Prüfen? bei der Kadettenbildung!«

»Nein, nein«, sagte Karl Erdmann, »ich wollte nur hier dringewesen sein; entschuldigen Sie.«

Er ging in den Hof hinunter, um die Hunde zu sehen, um im Stall den Pferden auf die blanken Hälse zu klopfen, um den Geruch von Heu, Teer, von in der Sonne heißgewordenen Steinen und Holz einzuatmen. Dann ging er wieder ins Haus, um seine Mutter zu begrüßen.

Frau von Wallbaums Zimmer, himmelblau und weiß, sah aus wie das Zimmer eines jungen Mädchens. Sie selbst im hellgeblümten Sommerkleide, blaue Bänder auf der weißen Morgenhaube, saß an ihrem Schreibtisch und schrieb ihr Tagebuch. Sie war die einzige der Familie, die ein Tagebuch schrieb. Als ihr Sohn eintrat, lächelte sie ihm entgegen, den Kopf ein wenig zurückgebogen, damit der Kneifer nicht von der Nase falle. »Ah, da bist du«, sagte sie. »Ich habe eben deine Ankunft ganz ausführlich beschrieben und jetzt wollen wir in den Garten gehen.« Sie hing sich in seinen Arm, und sie stiegen über die sonnenheißen Steinstufen der Gartentreppe in den Garten hinab. Es war ein altmodischer Garten mit langen Rabatten voll altmodischer Blumen, dicke Zentifolien an niedrigen Büschen, gebrochenes Herz und gelbe Immortellen, die in der Sonne wie Zwanzigmarkstücke glänzten. Unter den Fenstern aber stand die Reihe der Lilien weiß und feierlich.

»Ach Kind«, sagte Frau von Wallbaum, »ich habe die ganze Nacht nicht geschlafen vor Freude, daß du da bist. Es ist, glaube ich, mehr als die Freude darüber, daß ich mein Kind wieder habe; wenn du da bist, ist es mir, als hätte ich einen Verbündeten. Die andern sind ja alle so gut und lieb, aber sie sind doch alle vernünftiger als ich. Noch gestern sagte Heida, als ich etwas tun wollte: ›Ach, Mama, laß mich das machen, du kannst es ja doch nicht.‹ Und sie hat auch recht. Aber mit dir habe ich das Gefühl, daß ich so unvernünftig, wie ich will, sein kann, daß du mich doch verstehst. Ja, mit dir und mit Daniela habe ich dies Gefühl, wie es vielleicht Kinder haben, wenn die Erwachsenen fortgehen und die Kinder ungestört miteinander ihre Sprache sprechen können. Aber was ich nicht für Zeug zusammenspreche.« Sie bog ihren Kopf zurück, um zu Karl Erdmann hinaufzusehen, und lächelte. Als jedoch Karl Erdmann sagte: »Daniela, wie geht es ihr? gestern schien sie heiter«, da machte Frau von Wallbaum gleich wieder ein besorgtes Gesicht: »Heiter! mein Gott, die arme Frau hat auch ihre Kämpfe, sie hat ihre Feinde, die alles falsch deuten, was sie tut. Daniela erträgt es nun einmal nicht, daß es um sie her traurig oder alltäglich ist, sie kann nichts dafür. Lilien können auch nichts dafür, daß es um sie her süß und ein wenig schwül duftet, nicht wahr? Nun, bei uns wird sie immer

Schutz finden, und für mich ist sie eine große Freude. Mit Daniela fühle ich mich so jung. Wenn wir abends zusammen bis zur Wiese gehen, um den Sonnenuntergang zu sehen, dann habe ich zuweilen das Gefühl wie an Festtagen in meiner Jugend. Und dann – mit Daniela kann ich so lachen wie sonst nur noch mit dir.« Plötzlich wurde Frau von Wallbaum zerstreut und hielt inne. Sie hatte auf dem Rasenplatz zwei gelbe Löwenzahnblüten entdeckt. Der Löwenzahn war ihr Feind, sie trug stets kleine Werkzeuge bei sich, um ihn auszurotten. »Da sind wieder zwei«, rief sie und ließ den Arm ihres Sohnes los, »geh nur weiter, geh zu Daniela, sie sitzt in der Bohnenlaube, ich muß die beiden dort haben.« Und geschäftig eilte sie zum Rasenplatz.

Karl Erdmann schlenderte langsam den Kiesweg entlang. In der Bohnenlaube fand er Daniela. Sie trug ein erdbeerfarbenes Sommerkleid, ein Buch lag vor ihr aufgeschlagen, aber sie lehnte den kleinen Kopf mit den schwarzen Scheiteln zurück in das Laub und die roten Blüten der Bohnen. Als Karl Erdmann in die Laube trat, nickte sie freundlich, »freundlich, ja«, dachte Karl Erdmann, »aber ihr strahlendes Lächeln, das sie für die andern hat, hat sie für mich nicht.« Er setzte sich zu ihr und fragte: »Störe ich?« – »O nein«, erwiderte Daniela. »Heute sind Sie schon ganz Hausgenosse. Gestern ja, da waren Sie ein wenig imposant wie – wie die Puppen, die man zu Weihnachten bekam und die noch zu blank waren, um damit zu spielen.«

»Können Sie heute mit mir spielen?« fragte Karl Erdmann schnell. Daniela lachte: »Es ist sehr hübsch, ein Leutnant muß ja wohl Damen hübsche Sachen sagen, aber dieses war ungewöhnlich hübsch.«

Karl Erdmann lachte nicht mit. Er zog die Augenbrauen ein wenig zusammen und meinte: »Ich glaube, für Sie ist ein Leutnant an sich etwas Lächerliches.«

»O nein«, erwiderte Daniela ernst, »und jetzt am wenigsten, da Ihre Mutter um Ihretwillen um den Leutnant etwas wie einen Heiligenschein gelegt hat. Wenn Ihre Mutter jetzt von Leutnants spricht, dann scheint mir ein Leutnant etwas sehr Schönes, und Sie wissen, ich schaue alles am liebsten mit den Augen Ihrer Mutter an, das macht mich glücklich.«

»Hm, recht schön«, brummte Karl Erdmann, »nur würde ich gern wissen, wie ich ausschaue, wenn Sie mich mit Ihren eigenen Augen ansehen.«

Daniela zog die Augenbrauen ein wenig empor: »Warum wollen Sie das, seien Sie zufrieden, daß Sie mit den gütigsten Augen der Welt angesehen werden.« Das klang hübsch und schwesterlich und kränkte Karl Erdmann doch. Beide schwiegen jetzt und schauten auf einen Trauermantel nieder, der vor ihnen auf dem besonnten Kies lag wie ein kleines Stück Samt. Über Danielas Stirn hingen rote Bohnenblüten wie Blutstropfen, und all das Laub ringsum mischte viel Grün in das Schieferblaue ihrer Augen, daß sie zu schimmern begannen wie die Brust eines Pfaues.

Plötzlich stand Botho vor ihnen in seinem hellen Sommeranzuge, den Strohhut im Nacken, der Schnurrbart sehr blank, die Augen sehr blau. Er lächelte ein zärtliches Lächeln zu Daniela hinüber. Karl Erdmann sah ihn mit Abneigung an. Ihm mißfiel dies Prachtexemplar von Mann. Er hatte stets das Gefühl gehabt, daß Botho ihn verachte, weil er schmalschulterig und braun und nicht groß und blond wie die andern der Familie war. Und jetzt noch dieses süße Lächeln.

»Nun, Daniela«, sagte Botho, »das ist ja Ihre Stunde. Soll ich Sie nicht wieder unter den Weiden hinrudern?«

Daniela schien sich wirklich darüber zu freuen. »Ach ja, das wird schön sein. Mit Karl Erdmann sind wir im Gespräch sowieso bis zu einem Absatz gekommen.«

Sie stand eilig auf und griff nach ihrem Sonnenschirm. Karl Erdmann schaute den beiden nach, wie sie nebeneinander den Kiesweg hinabgingen, bis Danielas roter Sonnenschirm unter den Parkbäumen verschwand. Plötzlich war Karl Erdmanns froherregte Stimmung verflogen. Was sollte er denn jetzt tun? Was tat man denn überhaupt hier in dieser Zeit, wenn – wenn man nicht bei Daniela war? Er erhob sich und ging langsam, leise vor sich hinpfeifend, auch den Kiesweg hinab und auch dem Parke zu.

Dort setzte er sich auf eine Bank, die im Schatten der großen Ulmen stand. Er konnte ein Stück des Teiches sehen, der mit einer grellgrünen Pflanzendecke überdeckt war, er sah das Boot und Danielas roten Sonnenschirm, die langsam unter den Weiden dahinfuhren. Gut, das war es also, was man hier tat. Man sitzt auf einer schattigen Bank, sieht einen roten Sonnenschirm durch all das Grün fahren und denkt an nichts. Nur daß, wenn man von da draußen kommt, so was immer wieder gelernt werden will.

»Guten Morgen«, sagte eine hohe, schnarrende Stimme, der Legationsrat war die Allee herabgekommen und stand vor Karl Erdmann, im weißen Pikeeanzug, das Gesicht mit den scharfen, ein wenig gespannten Zügen war bleich und müde, das Monokel war ganz grün von dem Laub, das sich in ihm spiegelte. »Du sitzest hier ja sehr schön«, fuhr er fort. »Erlaube, daß ich mich zu dir setze.« Er setzte sich auf die Bank und betrachtete eine Weile schweigend seine polierten Nägel: »Ich sitze nämlich«, begann er in seiner nachlässigen und schnarrenden Weise, »ich sitze nämlich sehr gern neben dir, denn ich vermute, daß du heute derjenige im Hause bist, der die beste Laune hat. Ich weiß, in deiner Situation fühlt man sich immer sehr glücklich, und neben einem solchen zu sitzen ist recht zuträglich.«

Karl Erdmann lachte. »Du gefällst mir. Ich denke, du bist hier der Glückliche. Wenn man verlobt ist, ist man doch glücklich.«

»O gewiß«, erwiderte der Graf höflich, »besonders wenn man mit deiner Schwester verlobt ist. Aber in der Technik des Glücklichseins kann man von euch jungen Leuten immer etwas lernen.« Jetzt schwiegen sie beide und schauten dem roten Sonnenschirm unter den Weiden nach. Endlich sagte Karl Erdmann halblaut: »Und das da drüben? Was geht da vor?«

Der Graf zuckte die Achseln: »O nichts, gar nichts. Frau von Bardow schafft sich ihre Atmosphäre. Eine charmante Frau. In Petersburg kannte ich einen alten Fürsten. Er besaß ein Gut in Südrußland und verbrachte im Sommer einige Wochen auf diesem Gute. Da wurde nun erzählt, daß er eines Tages spazieren fährt und eine Windmühle sieht, die still steht. Er ruft einen Bauern heran und fragt: ›Warum dreht sich die Windmühle nicht?‹ ›Weil wir keinen Wind haben, Exzellenz‹, sagt der Bauer. Da fährt ihn der Fürst an: ›Sage dem Inspektor, ich befehle, daß, wo hier bei mir Windmühlen stehen, sie sich auch drehen sollen.‹ ›Zu Befehl, Exzellenz‹, sagte der Bauer ... Nun ja, Frau von Bardow will eben auch, daß, wenn Windmühlen um sie her sind, sie sich drehen. Ah, da kommt Oda.«

Er stand auf und ging Oda entgegen, die ohne Hut im weißen Kleide unter den Bäumen in dem grünen zitternden Lichte stand. Als er den Arm um ihre Taille legte, bog Oda sich wieder mit der hübschen, leidenschaftlich hingebenden Bewegung zurück. Karl Erdmann wandte sich ab, er wollte das nicht sehen, Oda tat ihm leid. »Dieser Herr«, dachte er, »braucht noch irgendeine Technik des Glückes bei andern zu lernen mit solch einem Mädchen. Und dann die dumme Windmühlengeschichte.« Der Platz war ihm verleidet. Er erhob sich. Es hatte um diese Stunde ja doch niemand Zeit für ihn, so wollte er denn auf der Hofestreppe sitzen, dem Treiben dort zusehen und auf das zweite Frühstück warten. Das gehörte ohnehin zum Urlaubsleben auf dem Lande, daß man immer auf eine Mahlzeit wartete. So saß er denn auf der Hofestreppe und sah, wie der Koch ganz weiß, das blanke Küchenmesser in der Hand, zum Eiskeller ging, Milchmädchen mit ihren Eimern ab und zu liefen. Am Stall longierte der Kutscher den Braunen und im Stallteich wurden Arbeitspferde geschwemmt. Dem zuzuschauen war heimatlich und interessant, aber plötzlich ging Karl Erdmann ein unerwarteter Gedanke durch den Kopf. Das Bewußtsein, daß dieses Treiben hier ruhig fortging, wenn er drüben in der Garnison war, das war beruhigend und angenehm, aber zu denken, daß, wenn er überhaupt nicht mehr wäre – nach dem Duell vielleicht – alles hier so weiter ginge, dieser Gedanke war unerträglich, fast demütigend. Ärgerlich fuhr er auf. Was war es denn heute mit ihm? So etwas denkt man doch nicht.

In den Nachmittagsstunden dieser langen Sommertage pflegte es im Hause, Hof und Garten stille zu werden. Frau von Wallbaum nahm Daniela in ihr Zimmer, die Herren zogen sich zurück. Botho behauptete, in der Bibliothek lesen zu wollen, und schlief in dem großen Sessel ein. Den Grafen Lynck machten die Nachmittagsstunden nervös, und er mußte in seinem Zimmer still auf der Couchette liegen. Nur den beiden Kindern ließ der Sommer keine Ruhe. Sie trieben sich draußen unter den Obstbäumen umher, und über den einsamen Hof hastete nur die Kammerjungfer Lina sehr erhitzt, die Stirn voll nasser Haarsträhne. Sie kam von einem Stelldichein hinter den Jasminbüschen, denn Lina hatte zu jeder Tageszeit Stelldicheins hinter den Jasminbüschen.

Karl Erdmann hatte es früher auch nicht anders gekannt, als daß man sich um diese Zeit faul hinstreckte. Er wunderte sich daher über sich selbst, über die seltsame Unruhe, die ihm jetzt im Blute saß, als könnte er etwas versäumen, als müßte etwas geschehen, etwas getan werden. Es war ihm, als hätte er die Aufgabe, etwas sehr Wichtiges seines Lebens zu erleben und sei ungeduldig, daß die Sache nicht schnell genug vorwärts ginge. Nein, so etwas hatte er noch nie empfunden. Er hoffte sehr, daß dieses nicht mit sentimentalen Kommißgedanken an Tod und solche Geschichten zusammenhing. Aber da es nun einmal so war, so konnte er ja in den Garten zu den Kindern gehen.

Als er aus dem Hause trat, fand er unter zwei großen Linden Oda in der Hängematte liegen. Sie hielt ein Buch in der Hand, aber sie hielt die Augen geschlossen. Er ging zu ihr hinüber und sah, daß ihr Gesicht feucht von Tränen war. »Warum weinst du, Oda?« fragte er, »quält er dich?«

Oda schlug die Augen auf und errötete: »Es ist nichts«, sagte sie, »nein, warum soll er mich quälen. Komm, Karl Erdmann, es ist gut, daß du da bist, es ist so beruhigend, mit dir zu sprechen, du bist, wie sagt man doch, so neutral.«

»O, bin ich neutral?« fragte Karl Erdmann und zog die Augenbrauen hinauf.

Oda schaute in die Baumzweige und sprach langsam vor sich hin, als setzte sie ein Gespräch fort: »Ich glaube, es liegt daran, daß wir hier in unserm stillen Winkel ein wenig einfältig werden. So stellte ich mir immer vor, Sich-lieben und Sich-verloben, das sei eine einfache Sache. Nun sehe ich aber, daß Sich-lieben etwas ganz Kompliziertes ist. Zuweilen kommt es mir vor wie eine sehr schwierige Rechnung so mit Klammern und Xen. Ottomar sagt wohl, das sei so ein sentimentaler Unsinn, daß Menschen, die sich lieben, sich verstehen müssen. Menschen können sich wohl lieben, aber verstehen werden sie sich doch nicht. Wozu auch? Lieben ist doch genug. Das ist gewiß schön und mag so sein, aber, ich weiß nicht, wenn man nicht versteht, wird es leicht unheimlich, und du erinnerst dich, ich fürchtete mich von jeher im Dunkeln.«

»Warum er dich mit seiner Rätselhaftigkeit einängstigt, verstehe ich nicht«, fuhr Karl Erdmann auf.

»Nein, sag nichts gegen ihn«, sagte Oda und schloß wieder die Augen. Sie schwieg jetzt und lag regungslos da. Karl Erdmann saß noch eine Weile auf der Bank und schaute das stille Mädchen an. »Also sie fürchtet sich vor ihrer Liebe, wie Mädchen sich vor dem Dunkeln fürchten. Na wirklich, der Herr Legationsrat, unser Herr Graf, müßte sich wirklich eine andere Technik anlegen.« Dann erhob er sich und ging tiefer in den Garten hinein.

Leo stand unter einem Birnbaum und warf mit Steinen nach Birnen. Heida saß auf dem Aste eines alten, schiefen Pflaumenbaumes, aß wachsgelbe Eierpflaumen und spie die Kerne weit von sich. Als sie Karl Erdmann erblickte, sprang sie herunter. »Gott sei Dank, daß du kommst«, sagte sie, »dann brauche ich nicht mehr diese Pflaumen zu essen, man denkt, sie sind gleich vorüber und man muß sie essen, aber es ist nicht immer leicht.«

»Ach ja«, meinte Karl Erdmann, »ich erinnere mich der Zeit, wo man solche Pflichten hatte.« Heida nahm Karl Erdmanns Arm. »Wollen wir in den Schatten gehen«, schlug sie vor, »heute kann man ja mit dir sprechen, heute bist du nicht mehr der fremde Herr von gestern, heute bist du *reçu*.«

»So, so, sehr gütig«, sagte Karl Erdmann, »aber ganz eingeweiht bin ich doch noch nicht. Warum liegt nämlich Oda in der Hängematte und weint?«

»Das kann ich dir sagen«, berichtete Heida eifrig. »Weil sie eifersüchtig auf Daniela ist. Das ist auch natürlich. Zuweilen macht Ottomar Daniela so feurig den Hof, als ob es keine Oda gäbe. Noch vorgestern ging er mit Daniela bis elf Uhr abends den Gartenweg auf und ab, und Oda saß in ihrem Zimmer und hatte rotgeweinte Augen. Das ist auch etwas Angenehmes an dir, daß du, glaube ich, noch nicht in Daniela verliebt bist. Sonst alle, auch Leo. Er will, wenn sie reitet, Kletten unter den Sattel legen, damit, wenn das Pferd durchgeht, er sie retten kann. Solch ein Unsinn. Und dann Herr Dorn. Fräulein Undamm weint sich deshalb die Augen aus. Und Botho. Daniela ist gewiß reizend, aber ich wundere mich, daß alle in eine und dieselbe verliebt sind, das hat doch keinen Sinn.«

»Das ist ja recht interessant«, bemerkte Karl Erdmann, »nur wundert es mich, daß ein kleines Mädchen wie du den Kopf so voller Liebesgeschichten hat.« Heida zuckte die Achseln: »Was kann ich dafür, das liegt hier in der Luft. Das atmet man ein. Selbst Lina, wenn sie mich abends frisiert, fragt mich: ›Haben Fräuleinchen den neuen Gärtner gesehen?‹ Und dann sieht sie zur Decke hinauf und sagt: ›Der ist ein Mann!‹«

Dann plötzlich wurde ihr Gesicht ganz ernst, und sie schaute zu Karl Erdmann auf mit weit offenen, erschreckten Augen, die feucht glänzten: »Und ist es wahr, daß du ein – ein Duell haben wirst? Ach, du brauchst nicht so böse auszusehen, ich weiß, ich weiß, es ist ein Geheimnis und niemand darf es wissen. Aber Leo hat gehört, wie du mit Botho sprachst.«

Karl Erdmann wurde blaß vor Zorn. »Leo hat geträumt«,

sagte er, »und es ist sehr unrecht von euch, solche Dinge zu erzählen, die ihr nicht versteht. Ihr könnt großes Unheil anrichten.«

Heida nickte bekümmert: »Natürlich, wir durften es nicht wissen, wir sagen es auch niemand. Aber gestern abend im Bett habe ich darüber weinen müssen. Fräulein Undamm sagte, als sie es hörte –«

»Fräulein Undamm«, fuhr Karl Erdmann auf.

»Ja, ihr haben wir es gesagt«, meinte Heida. »Sie schweigt schon, aber sie sagte, als sie das hörte: ›Er so jung und hoffnungsreich.‹ Daran mußte ich immer denken.«

»Das ist ja aber alles nicht wahr«, rief Karl Erdmann. »Nur du und Leo seid ungezogene Kinder, und ich verbitte mir das.« – »Das mag sein«, sagte Heida ruhig, »aber ergreifend ist es doch«, und jetzt rannen wirklich Tränen über die Wangen des Mädchens. Karl Erdmann wandte sich ab und ging. Er war sehr ärgerlich über das, was er gehört hatte, und ärgerlich darüber, daß dieses kleine Mädchen, das über ihn weinte, ihn mit einer Rührung erfüllte, die ihm die Kehle zusammenschnürte.

Gegen Abend, als die Jalousien aufgezogen und die Fenster geöffnet wurden, erwachte das Leben wieder, und Karl Erdmann empfand es deutlich, daß er jetzt wieder ganz zu diesem Leben gehörte, er fand sogar, daß er hier besonders beliebt war. Ein jeder hatte ihn nötig, wollte bei ihm sein und mit ihm sprechen. Er kannte die Scherze, über die gelacht wurde, und konnte mitlachen. Er verstand wieder so leicht und wurde wieder so leicht verstanden, wie er es hier gewohnt war. Aber ein Vorfall überraschte ihn doch. Es war nach dem Abendessen. Man saß wieder auf der Gartentreppe in der Sommernacht oder ging langsam die dunklen Gartenwege entlang. Karl Erdmann brauchte nicht mehr wie ein Herr, der zum Besuch da ist, neben seinem Vater zu sitzen und von alten Garnisonsgeschichten zu sprechen. Er stieg die Treppe hinab, um zu seinen Schwestern zu gehen, die er drüben bei den Lilien lachen hörte. Mitten auf dem Gartenwege stand Daniela. Der Graf Lynck kam auf sie zu, er blieb vor ihr stehen, und sich ein wenig vorbeugend, sagte er leise etwas zu ihr. Daniela lachte, wandte sich dann kurz ab und ging Karl Erdmann entgegen: »Kommen Sie, Karl Erdmann«, sagte sie und nahm seinen Arm, »gehen wir sehen, wie es über dem Walde wetterleuchtet.« Während sie zusammen den Weg hinabgingen, dachte Karl Erdmann darüber nach, was er sagen sollte. Es sollte nichts Gewöhnliches sein, jetzt mußte ein Erlebnis beginnen, allein er war so erregt, daß ihm nichts einfiel. Unterdessen begann Daniela unbefangen zu plaudern: »Mit Ihnen ist es so gemütlich. Was man mit Ihnen unternimmt, ist ganz einfach und selbstverständlich, wir gehen sehen, wie es wetterleuchtet, das ist ganz einfach, nicht wahr? Sie wollen nicht, daß das ein Symbol sei oder irgendwie tief.« Karl Erdmann versuchte zu lachen, aber es klang gezwungen. »Also«, meinte er, »Sie halten mich für gemütlich, harmlos und sehr einfach.« Daniela schüttelte ein wenig seinen Arm. »Nein, nein«, sagte sie, »Sie sollen nicht auch kompliziert sein wollen, alle wollen jetzt kompliziert und geheimnisvoll sein, sie glauben, dann gefallen sie uns. Was heißt denn dies ›Interessantsein‹ anders, als ich leide an mir selber und bin bereit, dich an diesem Leiden teilnehmen zu lassen. Ach Gott, wenn die Männer doch wüßten, wie angenehm sie sind, wenn sie glücklich und verständlich sind.«

»Dazu gehört«, begann Karl Erdmann mit Anstrengung, denn jetzt glaubte er es gefunden zu haben, das Bedeutungsvolle, »dazu gehört, daß einer einen glücklich macht und versteht.«

Daniela antwortete nicht darauf, sie standen jetzt am Ende des Weges und schauten über die Wiese zum Walde hinüber, der drüben wie eine stille schwarze Mauer stand. Über ihm hing eine schwere, graublaue Wolke, in der sich beständig ein grelles Gold regte. So zu stehen in dem Duft der Abendnebel und neben sich diese Frau atmen zu hören, ergriff Karl Erdmann so stark, daß er sein eigenes Herz klopfen hörte. »Heute sprach ich mit Ihrer Mutter«, begann Daniela wieder, und er wunderte sich, daß ihre Stimme so ruhig in seine Erregung hineinklang, »ich sprach heute mit Ihrer Mutter von Ihrer künftigen Frau. Wir waren uns darüber einig, daß sie eines jener entzückenden, kleinen, rundlichen, blonden Wesen sein muß. Ein rundes rosa Gesicht und einen sehr roten Mund.«

»O, ich kenne diese runden Apfelgesichter«, sagte Karl Erdmann bitter. »Zu denen gehört dann gewöhnlich ein Paar dummer fayenceblauer Augen.«

»Durchaus nicht«, widersprach Daniela, »sie wird hellbraune Augen haben. Die lassen sich so hübsch vom Licht durchleuchten. Und dumm, das wird sie nicht sein, sie wird sehr gescheit sein, sie wird sofort verstehen, daß es Sie schmerzt, wenn Sie nicht für kompliziert und geheimnisvoll gehalten werden und, obgleich sie Sie deshalb lieben wird, weil Sie frisch und klar sind, so wird sie doch tun, als müsse sie irgendein geheimnisvolles Leiden, eine geheimnisvolle Zerrissenheit an Ihnen heilen und trösten.«

»Was für ein lächerliches Paar das geben wird«, warf Karl Erdmann verächtlich hin.

»Nein, ein glückliches«, sagte Daniela, »gehen wir jetzt.« Während sie wieder dem Hause zuschritten, schwieg Karl Erdmann, aber es war, als schnürte etwas Böses, etwas, das Daniela erschrecken und erschüttern sollte, das er sagen wollte, ihm die Kehle zusammen. Er brachte es jedoch nur zu einem kleinlauten: »Daniela, Sie sagen das alles, um mich zu kränken.« – »Kränkt Sie das, armer Karl Erdmann?« erwiderte sie, und im Schein eines Wetterleuchtens sah er, wie das schmale weiße Gesicht zu ihm aufblickte und mitleidig lächelte. Dann sprachen sie nichts mehr und gingen in das Haus hinein.

Die Nacht war schwül, und Karl Erdmann konnte sich nicht entschließen, sich niederzulegen. Er stand am geöffneten Fenster seines Schlafzimmers und schaute in den Garten hinab, und in das tiefe Dunkel fuhr zuweilen das Wetterleuchten wie eine plötzliche Erregung. Karl Erdmann fühlte in sich eine quälende Lebensungeduld, ein zorniges Verlangen, als würde ihm versagt, worauf er doch ein Recht hatte, und allerhand seltsame waghalsige Pläne gingen ihm durch den Kopf. Diese Gewitternacht regte ihn auf wie eine Nacht am Spieltische. Unten auf den Gartenwegen irrte die einsame Gestalt Aristides Dorns umher. »Den läßt wieder die Liebe zu Daniela nicht schlafen«, dachte Karl Erdmann. Nun, der Gedanke, dort unten umherzuirren, war nicht schlecht, und dann mit jemandem zu sprechen, der jetzt gewiß auch nur an Daniela dachte, konnte wohltuend sein. So beschloß er auch hinunterzugehen.

Als er unten zwischen den Levkojenbeeten Aristides Dorn begegnete, schrak dieser ein wenig zusammen, dann lachte er leise und sagte: »O, der Herr Leutnant ist es, Sie können wohl auch nicht schlafen?«

»Ja, die Gewitternacht macht es«, erwiderte Karl Erdmann. – »Vielleicht ja«, erwiderte Dorn zögernd, »ich finde, man schläft hier überhaupt nicht gut.« – Karl Erdmann lachte. »Ich habe hier schon viele Jahre vortrefflich geschlafen.« Die beiden jungen Leute hatten begonnen langsam nebeneinander herzugehen. Aristides Dorn hielt den Kopf gesenkt; nur wenn ein Wetterleuchten den Garten erhellte, schaute er auf und strich sich die Locke aus der Stirn. Er begann wieder zu sprechen, leise und versonnen: »Natürlich, Sie sind hier in dieser Luft aufgewachsen, ich meine die ganze Lebensatmosphäre, aber wenn einer von außen kommt, aus einer ganz andern Atmosphäre, dann wirkt das seltsam stark auf ihn.«

»Gefällt Ihnen das Leben hier nicht?« fragte Karl Erdmann leichthin. Der schwere, gedrückte Ton, in dem Dorn sprach, war ihm unbehaglich. »So etwas gefällt immer«, erwiderte Dorn, »es ist ja hier alles zusammengetragen, was gefallen muß, und nach Möglichkeit alles ausgeschaltet, was verletzen könnte. Das ist alles sehr schön, natürlich sollte es solch ein Leben nicht geben.«

»Erlauben Sie«, fuhr Karl Erdmann auf, »warum darf es das nicht geben? Es ist doch genug Häßliches auf der Welt, warum soll es nicht solche stille Reservoirs geben, in denen sich das Hübsche und Vornehme und Kultivierte ansammelt, so Musterwirtschaften des Lebens?« Aristides Dorn schwieg eine Weile, ehe er wieder begann: »Es ist sehr hübsch gesagt, ein Reservoir für das Schöne, Vornehme und Kultivierte. Im Mai, glaube ich, war es, daß der Geburtstag von Fräulein Oda gefeiert wurde. Für das Diner waren Birnen aus der Stadt geholt worden. Es waren die größten Birnen, die ich je gegessen habe, und auch wohl die süßesten und die saftigsten, wundervolle Birnen, aber genau genommen, sind solche wundervolle Birnen kranke Birnen. Es sollte vielleicht solche Birnen nicht geben.«

Der Herr erlaubt sich etwas, ging es Karl Erdmann durch den Sinn, deshalb nahm er seinen Ton etwas hochmütig, als er sagte: »Das Bild ist originell, aber ich finde, daß wir hier alle recht kräftig und gesund gediehen sind.«

»Gewiß!« gab Dorn höflich zu, »hier gedeiht und blüht ja alles prächtig. Ich spreche ja natürlich nur von meinen eigenen persönlichen Erfahrungen. Da scheint es mir denn, daß hier das Lebensbild einigermaßen gefälscht wird. Das Leben ist doch eine gefährliche, drohende Sache, in die einiges Hübsche hineingestreut ist und sehr viel Hinwegdenken über alles Schlimme. Hier soll es nur weich und hübsch sein und ganz aus dem Hinwegdenken über das Schlimme bestehen. Ich habe gefunden, daß uns das ein wenig widerstandslos, ein wenig feige gegen uns selbst macht. Es ist natürlich lächerlich, wenn ich wieder auf die großen Birnen zurückkomme, aber wirklich, ich habe daran gedacht, daß ich einige Ähnlichkeit mit solch einer Birne bekomme, so weich und innerlich ganz süß. Wenn man nicht geboren ist, um in Seidenpapier gewickelt zu werden, so ist das gefährlich.« Dorn schwieg, sah in das Wetterleuchten und lächelte sein hochmütiges ironisches Lächeln. Das ärgerte Karl Erdmann, und er schnarrte im Leutnantstone: »Sehr unangenehm allerdings, eine Duchessebirne zu werden, und Sie sind recht streng mit uns hier, aber vielleicht sind es Ihre politischen Ansichten, die Zustände hier zu hassen.«

»Politische Ansichten? O nein«, erwiderte Dorn lebhafter als früher, und jetzt klang es, als mache es ihm Vergnügen zu sprechen. »Wir, das heißt ich und meine Freunde, wollen keine politischen Überzeugungen haben, wir wollen Weltanschauungen haben. Es ist ja sehr gut, zu versuchen, den Besitz gleichmäßig zu verteilen, so daß jeder genug zu essen und zu leben hat, aber ist das auch erreicht, dann sind die Daseinsfragen, die uns quälen, damit um keinen Schritt ihrer Lösung näher gerückt. Hassen, sagen Sie, nun ja, vielleicht hasse ich das Leben hier, ich lehne es ab. Natürlich, das muß ich, das ist meine Art, mich zu verteidigen, so etwas wie eine Schutzimpfung. Denn sonst könnte es mir passieren, daß ich nicht mehr hinaus könnte. Solche Erfahrungen sind ja sehr interessant, aber manche gehen dabei zugrunde. Nun schließlich, irgendeine Erfahrung bringt uns immer um.« Er wartete einen Augenblick, ob Karl Erdmann etwas sagen würde, da dieser jedoch schwieg und nicht wußte, was er mit diesen Geständnissen machen sollte, so fuhr Aristides Dorn fort: »Ja, ich habe eigentümliche Züge an mir beobachtet, die neu sind. So war ich früher sehr schnell, ja hastig von Entschluß. Jetzt passiert es mir, daß ich etwas tun will und Abend für Abend umhergehe und mich nicht dazu entschließen kann. Und jetzt, daß ich Ihnen alles das sage, das hätte ich früher nicht getan, ich war immer sehr verschlossen gegen Fremde, und nun schwatze ich und schwatze ich.«

»Machen Sie sich nichts daraus, Herr Dorn«, sagte Karl Erdmann gutmütig, »in solch einer elektrisch geladenen Nacht wird man mitteilsam, morgen bei Tage sieht das alles anders aus.«

Im Gespräch waren sie durch den ganzen Garten gegangen, aus den Düften der Rosen waren sie in den Duft der reifen Pflaumen gekommen und von da in den Gemüsegarten mit den scharfen Gerüchen der Sellerie- und der Zwiebelpflanzen. Dann gingen sie den Weg zurück und standen wieder vor dem Hause. Die lange Front war dunkel bis auf ein Fenster, aus dem ein Lichtschein durch die Vorhänge fiel. »In der Bibliothek ist noch Licht«, bemerkte Karl Erdmann. – »Ja«, erwiderte Dorn, »dort ist gewöhnlich noch Licht. Frau von Bardow pflegt dort noch zu lesen. Sie ist es gewohnt, spät zu Bette zu gehen.«

Schweigend standen die beiden jungen Leute eine Weile da

und schauten den Lichtschein an. Plötzlich sagte Karl Erdmann: »Gute Nacht, Herr Dorn, es hat mich sehr interessiert, Sie bleiben wohl noch draußen.« – »Ich gehe hier noch ein wenig umher«, antwortete Dorn, »gute Nacht, Sie – Sie gehen wohl noch in die Bibliothek?« – »Ja, vielleicht«, sagte Karl Erdmann leichthin. Er reichte Dorn die Hand und ging. »Das ist es, lieber Freund«, dachte er, »wozu du dich nicht entschließen kannst.«

Mit leichten hastigen Schritten eilte er durch die dunkle Zimmerflucht. Die Tür zur Bibliothek stand offen. Es wurde dort gesprochen, Ottomar Lyncks Stimme war es, die Worte konnte Karl Erdmann nicht verstehen, aber die Stimme erschien ihm ungewöhnlich wach und eindringlich. Jetzt sprach Daniela, langsam und eintönig, wie wir sprechen, wenn wir ein wenig schläfrig sind: »Wenn das nun alles so ist, so vergessen Sie eins, lieber Graf, daß Sie von Ihren Gefühlen sprechen, nicht von meinen Gefühlen.« Nun bemerkte sie Karl Erdmann, der in der Türe stand. »Karl Erdmann ist auch da«, sagte sie, »können Sie auch nicht schlafen?« Sie saß in einem der großen Sessel, hatte den Kopf zurückgebogen, und ihr Gesicht trug den Ausdruck von jemand, der sich etwas müde von einer Musik einschläfern läßt. Am Kamin stand der Graf Lynck, zwei rote Flecken brannten auf seinen Wangen, die ihn hübscher und jünger machten. Auch er lächelte Karl Erdmann entgegen und meinte, »in solchen Gewitternächten gespenstern wir alle umher.« Brillante Haltung! dachte Karl Erdmann, denn er ist doch wütend, daß ich komme, und dann berichtete er, daß er noch unten im Garten spazierengegangen sei, und da er hier oben Stimmen gehört habe, sei er gekommen, um auch dabei zu sein. »Ja«, sagte Daniela, »der Graf Lynck erzählte mir hier seltsame und interessante Dinge, nur fürchte ich, daß ich nicht recht imstande war, ihm zu folgen.«

»Es ist ja auch spät«, meinte der Graf höflich und schaute nach der Uhr. »So werde ich denn gute Nacht wünschen. Karl Erdmann gelingt es vielleicht, verständlicher zu sein.« Er verbeugte sich freundlich und unbefangen und ging. Karl Erdmann hatte sich auf einen Stuhl gesetzt, saß gerade da wie gespannt auf etwas, das da kommen sollte. Daniela lag noch immer regungslos in ihrem Sessel. Eine Weile schwiegen beide. Endlich begann Karl Erdmann: »Ottomar Lynck hat Ihnen ganz einfach eine Liebeserklärung gemacht, ich hab es seiner Stimme angehört.«

»Konnte man ihr das anhören?« erwiderte Daniela noch immer in dem ruhigen, müden Tone. »Ach ja, es kam vielleicht auf so etwas hinaus, aber sehr auf Umwegen. Durch was für Gefühlslabyrinthe sind wir nicht geirrt. Eine Liebeserklärung? Natürlich. Diese Herren der großen Welt sind alle Pedanten, weil sich in ihrem Leben so oft die gleichen Lebenslagen wiederholen. Man ist eben nicht erfinderisch in der großen Welt, deshalb tun sie in der gleichen Lebenslage immer das gleiche. Eine gewitterschwüle Sommernacht, es ist spät in der Nacht, eine Dame ist allein in einer Bibliothek, da nicht eine Liebeserklärung zu machen ist für diese Herren ebenso unmöglich, wie zum Frack eine schwarze Krawatte umzulegen.«

Karl Erdmann lachte nicht, er sah böse zu Daniela hinüber und sagte: »Ich hörte seiner Stimme aber auch an, daß er litt.« Daniela zog die Augenbrauen ein wenig empor: »Gott, wer leidet nicht zuweilen, und wenn ein Herr, der von einem Mädchen wie Oda geliebt wird, leidet, wer kann ihm da helfen?«

Das Gewitter war heraufgezogen, der Birnbaum vor den Fenstern begann plötzlich eifrig zu rauschen und streute seine Birnen auf den Rasenplatz. Der Donner ließ sich vernehmen, aber ganz fern ein tiefes, weiches Rollen. Karl Erdmann schwieg eine Weile, als warte er, bis der Donner ausgesprochen hatte, dann begann er wieder zu sprechen und es klang eigensinnig und ungeduldig: »Es ist mir auch ganz gleichgültig, ob Ottomar Lynck leidet oder nicht. Ich bin gerade viel zu sehr damit beschäftigt, selbst zu leiden.«

»Sie?« fragte Daniela und richtete sich in ihrem Stuhle auf, um Karl Erdmann anzusehen, »ach nein, das sollen Sie nicht.«

»Warum soll ich das nicht«, fuhr er böse fort, »wahrscheinlich weil ich ein so guter, gemütlicher, einfacher Junge bin und weil ich so furchtbar glücklich bin und so neutral, wie Oda sagt, das ist doch die Rolle, die Sie mir zugedacht haben. Aber Sie wissen sehr gut, daß ich all das nicht bin. Warum lassen Sie es denn zu, daß Ottomar und Botho und der Hauslehrer in Sie verliebt sind, und wenn Sie den Arm um Leos Schulter legen, so macht es Ihnen Spaß, daß der Junge ganz rot wird und wie hypnotisiert ist. Aber ich, nein, ich soll der Harmlose sein, der Kameradschaftliche. Ich kann das nicht, ich kann das weniger als all die andern. Bei Ottomar Lynck ist die Liebe eine Gemütskomplikation und bei Botho ein Urlaubsflirt und bei dem Hauslehrer eine Krankheit, aber bei mir ist es Ernst. Sie halten mich ja für einen einfachen, harmlosen Menschen, nun, bei denen wird so was immer Ernst. Es hilft ja nichts, daß ich Ihnen das sage, aber ich will, daß Sie es wissen. Ich will nicht mehr den harmlosen Kameraden spielen, das ertrage ich nicht mehr.«

Daniela ließ ihn sprechen und schaute ihn dabei teilnehmend und ein wenig ratlos an, als ob sie einen Kranken anblickte und über das Mittel nachsänne, das ihm Linderung verschaffen könnte. Als er zu Ende gesprochen hatte, errötete sie, zog die Augenbrauen zusammen und schlug mit der Hand auf die Stuhllehne: »Nein, das will ich nicht, das habe ich nie gewollt und das ist auch nicht, Sie täuschen sich, Karl Erdmann, es kommt Ihnen heute vielleicht so vor, aber morgen wird das ganz anders sein. Was würde Ihre Mutter sagen, wenn sie das hörte, sie will Sie doch ruhig und glücklich sehen. Es käme mir vor, als ob ich irgendein Heiligtum Ihrer Mutter zerstörte, etwas ihren geliebten Rasenplätzen antun würde oder so was.«

Karl Erdmann lachte schmerzhaft: »Oder als ob Sie die Meißener Zuckerdose zerschlügen. Es tut mir leid, ich bin aber nicht mehr in der Lage, die Rolle einer friedlichen Lieblingssache zu spielen. Sie verstehen es wohl zu machen, daß die Männer Sie lieben, aber wenn Sie wollen, daß einer Sie nicht liebt, dann sind Sie machtlos.«

Daniela hatte sich erhoben und war zu Karl Erdmann hinübergegangen. Sie blieb vor ihm stehen und schaute ihm sorgenvoll in das bleiche erregte Gesicht: »Sie sehen schlecht aus«, sagte sie, »Sie müssen krank sein. Legen Sie sich jetzt zu Bette, morgen, wenn es nicht mehr so schwül ist, dann wird alles anders sein.« Sie redete ihm zu wie einem Kinde, streichelte seinen Rockärmel, legte die Hand auf seine Stirn: »Ja, Ihre Stirn ist heiß, warten Sie, ich habe Brom bei mir, ich hole Ihnen etwas, trinken Sie das, Sie werden sehen, es tut Ihnen gut.« Geschäftig eilte sie aus dem Zimmer. Karl Erdmann blieb sitzen, er fühlte sich kraftlos vor Rührung, vor Mitleid mit sich selber und schämte sich dessen. Dann sprang er plötzlich auf, er durfte hier nicht warten. Wenn er hier noch ihre Medizin nahm, dann war er unrettbar lächerlich, und hastig ging er auf sein Zimmer.

Herr von Wallbaum kam von seinen Feldern zurück, wo er dem Roggenmähen zugesehen hatte, sein Gesicht war rot und erhitzt unter dem weißen Leinwandhelm, der lange Backenbart glänzte wie Silber. Als ihm Karl Erdmann im Hofe begegnete, stieß er seinen Stock auf die Erde und schmunzelte: »Nun, mein Junge, was tust du, was treibst du? Du willst wohl Enten schießen. Na ja, du weißt, ich liebe es nicht, wenn man so früh auf den See geht, aber dies Jahr können wir mal eine Ausnahme machen, schieß' meinetwegen deine Enten.«

Gewiß, Karl Erdmann wollte gern Enten schießen, er fragte sich jedoch, warum dieses Jahr diese Ausnahme. Er fand, daß er in letzter Zeit von kleinen Rücksichten umgeben war, die ihn verwirrten. Da war der Nauentaler, der beim Mittagessen öfters erschien als sonst, die große Bockzigarre, welche der Vater sonst nur nachmittags herumreichte und die Karl Erdmann auch jetzt zuweilen abends bekam. Unerträglich waren die beiden Kinder. Sie sahen ihn mit erstaunten, erschreckten Augen an und erwiesen ihm kleine, gerührte Aufmerksamkeiten. Fräulein Undamm, wenn sie ihm ihr »Gute Nacht, Herr Leutnant« sagte, nahm einen Ton an, als sei es ein Abschied fürs Leben. Das alles kam natürlich von dem albernen Gerede der Kinder, aber es war ihm unangenehm, die Atmosphäre um ihn wurde so weich, und er wurde, ohne es zu wollen, in eine feierliche Ausnahmestimmung hineingetrieben. Und zu all dem war doch gewiß kein Grund vorhanden. Nur seine Mutter war ganz unbefangen und Daniela, ja, trotz des Gespräches in der Bibliothek war Daniela ganz unbefangen, vielleicht noch schwesterlicher und kameradschaftlicher als sonst. Als sie abends mit Frau von Wallbaum zur Wiese gingen, nahm sie seinen Arm und sagte: »Karl Erdmann, kommen Sie mit, Sie sind ja auch eine Art Freundin.« Das Gespräch in der Bibliothek hatte ihn nicht befriedigt, dennoch gab es ihm eine Art Ruhe. Jetzt wußte sie alles, und wenn sie tat, als sei nichts geschehen, so verstellte sie sich. Jeden Augenblick konnte er das Gespräch jener Nacht wiederaufnehmen; jede Andeutung, jeden Blick mußte sie verstehen, und nun galt es nur etwas zu tun, etwas zu sagen, das sie von dem furchtbaren Ernst seiner Liebe überzeugte. Was war das? Daran zu denken, das war die Grundbeschäftigung dieser Tage. Ein jeder hatte hier ja solch einen stetigen Gedanken, den er immer wieder hervorholte, der in der heißen Mittagstille anders aussah als abends unter dem Dunkel der Parkbäume oder als in den heißen, schlaflosen Nächten. Oda riet an ihrer Liebe herum, Aristides Dorn fühlte sich in seiner Verliebtheit weich und süß werden wie eine Birne, Leo hatte die Aufregungen seiner Knabenjahre, und Ottomar Lynck träumte von dem Labyrinth seiner Seele, in das sich alle schönen Frauen verirren sollten. Das gehörte zu diesen goldenen, schwülen Tagen.

Er ging auf die Landstraße hinaus, die gelb und heiß in der Mittagsonne dalag. Die Blätter des Huflattichs, die Disteln und Wegwarte standen am Rain graubestaubt, als kämen sie von der Reise. Karl Erdmann bog in den kleinen Pfad ein, der zwischen den Feldern hinführte, und ging die blanken gelben Wände des reifenden Korns entlang. Unter einer Eiche waren Schnitter versammelt, die ihre Mahlzeit einnahmen. Die Männer hatten sich auf den Erdboden hingestreckt und schnitten sich große Stücke vom schwarzen Brote ab, um sie langsam in den Mund zu schieben und träge zu kauen, während die Augen starr und ruhig über das Land hinschauten. Vor ihnen hockten ihre Frauen, die Hände um die Knie geschlungen, und sahen regungslos zu, wie ihre Männer aßen. Die tun so, dachte Karl Erdmann, als würde dieser Tag ewig dauern. Mitten in einem Kornfelde fast bis zur Brust in dem blonden Glanz der Halme standen ein Bursch und ein Mädchen, sie standen da und blickten sich mit blauen, ausdruckslosen Augen unverwandt an. Auch das machte Karl Erdmann ungeduldig. Warum standen sie da? warum nahmen sie sich, warum faßten sie sich nicht? Gott, hatten alle diese Menschen Zeit! Das Land war um diese Mittagsstunde sehr still, überall der seidige Glanz der Felder, über dem fernen Walde lag blauer Duft, und zwischen den grünen Schilfinseln des Sees dort unten funkelte das Wasser hart und grell wie Metall. Nur die Feldgrillen waren allerort dabei, ihr endloses Lied abzuschnurren. Man sitzt auf seinem Halme, dachte Karl Erdmann, und schnurrt sein Lied ab, das ist dann Leben. Er hatte auch sein Lied abzuschnurren, seinen stetigen Gedanken zu denken. Wenn er nicht aß, nicht mit den andern plauderte, nicht Tennis spielte oder in den Stall zu den Pferden ging, dann dachte er an den Brief, den er sich entschlossen hatte an Daniela zu schreiben. Das sollte ein Brief werden, der mit einem Male die schöne, spielerische Sicherheit dieser grausamen kleinen Frau in Stücke riß und ein Menschenschicksal schwer und furchtbar in ihre Hände legte. So ungefähr lauteten die Sätze, bei denen er jetzt angelangt war: »Ihnen, Daniela, ist die Liebe der Männer, welche Sie umgeben, eine angenehme Gewohnheit, aber Sie vergessen, daß es auch eine Liebe gibt, die –« ja, jetzt mußte etwas kommen, das erschüttert, das erschreckt, fast verwundet. Drüben vom See erscholl plötzlich der Schrei eines Tauchers; laut, unendlich klagend wie der Aufschrei einer furchtbaren Not klang er in die Mittagsstille hinein. Es war, als machte dieser Schrei einen Riß in die schläfrige Ruhe, die über dem Lande brütete. Ja, so mußte es sein, das, was er Daniela zu sagen hatte, so ein Schrei aus tiefster Not. Aber wo das finden? Hier in der Mittagsschwüle, in der alle so viel Zeit hatten, fiel ihm nichts ein, das so verzweifelt ungeduldig und böse klang wie der Schrei des Tauchers dort drüben.

Den Brief schrieb Karl Erdmann in der Nacht in seinem Schlafzimmer. Wenn er sich zum offenen Fenster hinausbeugte, konnte er den Lichtschein von dem Bibliothekfenster auf den Lilien vor dem Hause liegen sehen, und in der Dunkelheit hörte er Aristides Dorns rastlose Schritte auf den Kieswegen. Karl Erdmann hatte diesen Brief all diese Tage hindurch unaufhörlich überdacht und redigiert, allein jetzt wurde er doch ganz anders, ganz neu für ihn. Die leidenschaftlichen Worte, die er hinschrieb, überraschten ihn selbst, sie erschütterten ihn. Er hatte an der Kraft seiner Liebe nie gezweifelt, aber daß sie so gewaltsam und drohend sein konnte, das erfuhr er erst aus diesem Brief, den er schrieb. Da war eine Stelle, die ihm ganz Neues über sein eigenes Leben offenbarte. Sie sprach davon, wie öde und leer das Soldatenleben war, dem er von Jugend auf angehörte, und wie das einzig Reine, Schöne und Starke in ihm von Jugend auf die Liebe zu Daniela gewesen sei. »Dieses Reine, Schöne und Starke«, hieß es weiter, »können Sie mit Ihrem Spott und Ihrer spielerischen Verachtung totschlagen, aber dann liegt auch an mir nichts mehr.« Zuweilen mußte er im Schreiben innehalten. Er lehnte sich in seinen Stuhl zurück, schloß die Augen und ließ die Musik der großen Worte in sich nachklingen, ließ sich von ihr das Blut erwärmen, und sie brachte ihm Daniela so nahe, als stünde sie dort hinter seinem Stuhle und beugte sich auf ihn nieder, besiegt und gebrochen von all seiner Leidenschaft.

Es war spät geworden, als er den Brief beendete. Aristides Dorns Schritte auf dem Kies waren nicht mehr hörbar, aber der Lichtschein aus dem Bibliotheksfenster lag noch immer auf den Lilien.

Karl Erdmann beschloß leise in den Garten hinabzugehen und seinen Brief durch das geöffnete Fenster in das Bibliothekszimmer zu werfen. Da sollte er denn plötzlich und geheimnisvoll wie ein Schicksal vor Danielas Füßen liegen. Diese Unternehmung erregte in Karl Erdmann den angenehmen Kitzel, den er als Knabe bei gewagten Streichen empfunden hatte. Behutsam schlich er die Treppe hinab, näherte sich vorsichtig dem Fenster, stand dort einen Augenblick mitten unter den feuchten Lilien und horchte. Deutlich hörte er das leise Knistern der Blätter eines Buches, die umgeschlagen wurden. Nun warf er den Brief durch die halbgeöffneten Vorhänge geschickt ins Zimmer. Dann wartete er noch so erregt, daß er mit seinen heißen Händen in die kühlen Lilien hineingriff. Als sich drinnen nichts regte, schlich er davon. Oben in seinem Zimmer atmete er tief auf, als sei ihm eine gefahrvolle Aufgabe gelungen, sein Herz klopfte noch heftig, seine Hände waren voller Lilienblätter, und er lächelte stolz und zufrieden, als hätte er einen großen Sieg errungen.

Daniela saß, wie jeden Morgen, in der Bohnenlaube und schrieb einen Brief. Zuweilen hob sie den Kopf und blinzelte aus ihrem Schattenversteck in die gelbe Welt des Sonnenscheins hinaus, in der die Farben so grell und heiß auf den Blumenbeeten standen. Sie schaute zur Spiräahecke hinüber, wo schon geraume Zeit Karl Erdmann tief in Gedanken versunken auf und ab schritt. Wenn sie sich überzeugt hatte, daß er immer noch dort auf und ab ging und sich noch nicht anschickte, zur Bohnenlaube herüberzukommen, dann beugte sie sich wieder auf ihren Briefbogen nieder und schrieb ruhig und gleichmäßig weiter. Einmal jedoch, als sie aufblickte, fand sie, daß er schon auf halbem Wege zu ihr war. Sie beendete den angefangenen Satz ihres Briefes, legte die Feder nieder, lehnte sich in die Bohnenranken zurück und sah ihm nachdenklich entgegen. Karl Erdmann schien sehr ernst, verbeugte sich förmlich und fragte: »Störe ich?« Daniela schüttelte den Kopf. Da setzte er sich und schaute schweigend vor sich nieder. »Ach, geben Sie mir eine Zigarette«, sagte Daniela. Karl Erdmann reichte ihr die Zigarette und ein brennendes Zündholz. »Rauchen Sie nicht?« fragte Daniela, »schade, es plaudert sich gemütlicher, wenn beide rauchen.« Karl Erdmann zuckte mit den Schultern und sagte ein wenig feierlich: »Ich bedauere, aber ich sagte es Ihnen schon, Gemütlichkeit ist nicht meine Spezialität.« Daniela hatte sich wieder zurückgelegt, der Genuß der ersten Züge ihrer Zigarette machte sie zerstreut; sie ließ den Rauch sich langsam zwischen den halbgeöffneten Lippen hervorkräuseln und schauerte wohlig in sich zusammen, als fühlte sie all die grünlichen Schatten, welche über sie hinrannen, wie ein angenehmes, kühles Bad. Dann dachte sie wieder an Karl Erdmann. »Sie haben mir einen Brief geschrieben«, sagte sie, »davon wollen wir jetzt sprechen.

Natürlich sollten Sie lieber nicht solche Briefe schreiben. Das Zusammenleben ist doch ohne solche Briefe viel einfacher und angenehmer.« Karl Erdmann antwortete nicht, er zuckte wieder die Achseln und lächelte, ein mattes, ironisches Lächeln. »Da nun aber Ihr Brief einmal geschrieben ist«, fuhr Daniela fort, »so muß ich sagen, daß er mich beruhigt hat. Vorige Nacht in der Bibliothek haben Sie mich ein wenig erschreckt, aber dieser Brief beruhigt mich. Er ist so hübsch lang und so hübsch in jeder Hinsicht. Sie pflegen Ihren Stil, da sind schöne Gedanken und schöne Worte drin, es muß Ihnen Vergnügen gemacht haben, ihn zu schreiben, und es muß Sie beruhigt haben, nicht wahr?« Da Daniela innehielt und eine Antwort zu erwarten schien, schaute Karl Erdmann auf, er war sehr bleich geworden, und es klang feindselig, als er sagte: »O, bitte, sprechen Sie nur, ich höre.«

Daniela schwieg eine Weile, rauchte und sann. Einen Augenblick nur ruhten ihre Augen auf Karl Erdmann mit dem scharfen forschenden Blick, der zuweilen in Frauenaugen kommt und goldene Funken in ihnen erweckt wie in den Augen eines sichernden Wildes. »Ach ja«, begann sie dann, »Sie können den Rat einer älteren und erfahrenen Frau wohl anhören, er kann Ihnen für Ihr späteres Leben nutzen, für eine Gelegenheit, in der für Sie wirklich etwas auf dem Spiele steht.«

»Bitte«, sagte Karl Erdmann und bemühte sich, das kalt und höhnisch zu sagen.

»Also«, fuhr Daniela fort, »solche Briefe dürfen Sie nicht schreiben, wenn es einmal Ernst wird. Wenn Sie ihn schreiben, fühlen Sie vielleicht stark und wird Ihnen warm ums Herz, aber glauben Sie mir, solch ein hübscher Brief macht keinen Eindruck. Wir lesen darüber hinweg wie über eine Romanseite. Ich weiß nicht, Männer, die in einem Brief einen so schönen Stil schreiben, kommen mir immer verheiratet vor, und dann, nur Näherinnen und Konfektionsfräulein lieben lange, hübsche Liebesbriefe, über die sie dann weinen.«

»Sehr interessant«, warf Karl Erdmann ein, seine Stimme war heiser und zitterte ein wenig, »wie muß denn so ein Brief sein?«

»Kurz muß er sein«, erwiderte Daniela. »Wenn ein Mann einer Frau sagt, daß er sie liebt, so ist das doch bald gesagt, darüber läßt sich doch nicht viel herumreden, alles andere ist für die beiden doch uninteressant, und für jeden andern als die beiden muß wieder dieser Brief uninteressant sein. Liebe ist doch nur für die beiden, die es angeht, nicht trivial. Ich kann mir denken, daß ein Telegramm, zur rechten Zeit abgeschickt und in dem nichts weiter steht als: ›Ich liebe Dich‹, die stärkste Wirkung tut. Da haben wir also Ihren Brief.« Daniela entnahm ihrer Mappe Karl Erdmanns Brief, entfaltete ihn und beugte sich darüber. Karl Erdmann bemerkte, daß einige Worte und Sätze des Briefes mit Rotstift angestrichen waren.

»Sie hat also den Brief korrigiert«, dachte er, »und die Fehler angestrichen.« Daniela las halblaut einige Sätze des Briefes: »Also hier, den Ernst eines Menschenschicksals in Ihre kleine Hände legen usw., das ist so hübsche Literatur, daß, wer das geschrieben hat, schon ganz befriedigt ist, er ist verliebt in seinen Stil und die Geliebte ist ihm treu. Und dann hier dies von Ihrer Liebe, die das einzige Wertvolle in Ihnen ist. Was soll denn die Frau an Ihnen lieben? Nein, wenn Sie einer Frau Ihre Liebe erklären, müssen Sie immer tun, als machten Sie ihr ein längsterwartetes großes Geschenk. So, nun habe ich Ihnen einen Vortrag gehalten, hier ist Ihr Brief.« Sie steckte den Brief in den Umschlag und legte ihn vor Karl Erdmann hin. Sie lächelte ihm dabei freundlich zu und schaute ihn an, als sei er ein Kind, das sie gescholten und dem sie nun verziehen hatte. »Ich sehe dort Herrn Dorn mit seinen Büchern aus dem Hause kommen«, fügte sie hinzu, »ich nehme nämlich jetzt griechische Stunden bei Herrn Dorn.«

»Dann muß ich wohl gehen«, bemerkte Karl Erdmann. Er erhob sich, nahm den Brief, der auf dem Tisch lag, und begann ihn langsam zu zerreißen. Er schien dabei angestrengt nachzudenken. Plötzlich erhellte ein heiteres, wirklich ausgelassenes Lächeln sein Gesicht. »Sehen Sie, Daniela«, sagte er, »was Sie da tun, beruhigt mich wieder. Sie geben sich kolossal Mühe für mich.

Wenn Ottomar Lynck Ihnen eine Liebeserklärung macht, dann hören Sie zu, als ob er Ihnen Klarinette vorspielte. Bei Herrn Aristides Dorn nehmen Sie griechische Stunden. Für mich aber verstellen Sie sich. Sie versuchen, anders zu sein, als Sie wirklich sind, Sie spielen Rollen, die Ihnen gar nicht gut stehen, die Rolle der Schwester und der erfahrenen Frau und der Gouvernante der Liebe, und das ist mehr, als Sie für die andern tun, und das beruhigt mich ein wenig.«

Daniela hatte erstaunt aufgeblickt, und dann schauten ihre Augen vor sich hin, ohne zu sehen, wie es Frauen tun, die in sich hineinhorchen, weil ein starkes Gefühl in ihnen erwacht ist. »Ich mache also Herrn Aristides Dorn Platz«, schloß Karl Erdmann, »Herrn Aristides Dorn, auf den ich natürlich nicht eifersüchtig bin, denn er ist nur, wie Ottomar Lynck sagt, eine Windmühle, die sich drehen muß.« Damit verbeugte er sich, grüßte und ging. Er spürte es an seinen Beinen, daß sein Gang nicht natürlich war, aber das kam daher, daß sein Abgang ihn so außerordentlich befriedigte.

Frühmorgens brach man zur Entenjagd auf. Auf der großen Bankdroschke sollte zum See gefahren werden, und die ganze Familie nahm an der Jagd teil. Nur Frau von Wallbaum blieb zu Hause. Sie stand bei der Abfahrt auf der Treppe in ihrem hellen Morgenkleide, das Gesicht ganz rosa von der Teilnahme an der Jagderregung der andern. »Unterhaltet euch gut, vertragt euch gut«, rief sie hinab. Sie hob dabei die Hände und winkte wie eine kleine Priesterin der Heiterkeit, die ihre Gläubigen segnet.

Der Morgen war hell und der Tag versprach heiß zu werden. Jetzt sandten noch die tauigen Felder eine leichte, starkduftende Kühle herüber, die sich köstlich atmete und das Blut erregte. Überall auf dem Lande, an dem sie vorüberfuhren, fing das Licht sich in Tropfen und feuchten Spinnweben. Auf dem Felde waren die Schnitter bei der Arbeit, weiße Gestalten, die in lauter Glanz zu waten schienen. Wenn der Wagen an ihnen vorüberfuhr, hielten die Männer an ihrer Arbeit inne, schauten blinzelnd auf, zogen die Mützen und lachten über das ganze Gesicht.

»Wie gutmütig dieses Volk ist«, sagte Aristides Dorn, »sie müssen arbeiten, und wir fahren müßig in den Morgen hinein, und doch lachen sie und zeigen keine Spur von Neid.« Dorn fühlte sich heute angeregt und sicher, daher wollte er mit einer hübschen Bemerkung die Unterhaltung beleben, da gerade keiner sprach. Der Graf Lynck zog die Augenbrauen ein wenig empor und meinte: »Gott, Neid! man kann doch nicht vom Morgen bis zum Abend beneiden, und an einem Sommermorgen bei gutem Wetter denkt man nicht an die soziale Frage. Das kommt abends, wenn der Rücken schmerzt.«

»Die Leute lachen, weil das hübsch ist, was an ihnen vorüberfährt, das ist doch natürlich«, bemerkte Oda, und es klang ein wenig gereizt. Dorn lächelte hochmütig und griff nach seiner

Stirnlocke. Er empfand jedoch, daß seine Bemerkung der Gesellschaft nicht sympathisch war. Er schaute zu Daniela hinüber, diese schien nichts gehört zu haben, sie blickte vor sich hin mit glitzernden Augen, die Lippen halb geöffnet, ganz versunken in ein starkes körperliches Genießen.

»Überhaupt Neid«, nahm Herr von Wallbaum jetzt das Wort, der heute ganz wohlwollendes und gut gelauntes Familienoberhaupt war, »was fehlt denn den Kerls mit solchen Gliedern? Um die könnte ich sie jetzt beneiden. Na ja, früher, meine Generation, die war nicht so feingliedrig wie ihr Heutigen. Damals eine Entenjagd war doch eine andere Sache. Man band sich Bastschuhe an die Füße, ging am Seeufer entlang und sank jeden Augenblick bis zur Brust in den Sumpf ein. Da war noch was von Gefahr, ein bißchen Wildheit dabei, so was von Urinstinkten. Heute gehen Damen und Kinder auf die Jagd.« Herr von Wallbaum lachte und beugte sich vor, um seinen langen Backenbart im Winde flattern zu lassen, was ihm besonders wohlzutun schien.

»Wildheit und Urinstinkte«, meinte Graf Lynck, »müssen etwas Berauschendes haben, denn diejenigen, die sie verspürt zu haben meinen, sprechen davon, wie man von einem ganz hohen Bordeaux spricht.«

»Ich liebe wilde Männer«, erklang Heidas Stimme, und als sie das laute Lachen der andern hörte, wurde sie dunkelrot. Leo aber meinte: »Für Legationssekretäre also bei Heida keine Aussicht.« – »Still!« befahl Herr von Wallbaum, »bei Kindern wünsche ich weniger Urinstinkt und mehr Haltung.«

»Freuen Sie sich?« fragte Karl Erdmann Daniela leise.

»Ja«, antwortete sie ebenso leise, ohne ihn anzusehen, als wollte sie sich im Genuß von Licht und Luft nicht stören lassen. »Ich freue mich sehr auf diesen Tag. Und Sie, freuen Sie sich? Oder sind Sie heute auch düster und geheimnisvoll?«

»Nein, nein«, sagte Karl Erdmann, »ich freue mich kolossal.« Das leise Zwiegespräch machte ihn glücklich, es schien ihm, als verbände es ihn mit Daniela und rückte sie beide zusammen, von den andern ab. – »Still!« kommandierte Herr von Wallbaum jetzt, »sonst fliegen die Enten auf.« In der Nähe des Sees hielt der Wagen, die Gesellschaft stieg aus und ging schweigend zum Seeufer, wo die Kähne bereitlagen. Herr von Wallbaum hielt streng darauf, daß das Besteigen der Kähne ganz geräuschlos vor sich gehe. Daniela fuhr mit Karl Erdmann und Leo, sie war die einzige Dame, die schießen wollte. Ein Waldhüter stieß mit einer langen Stange den Kahn vorsichtig in das Schilf hinein.

Der See glich einem großen Felde voll hellgrüner Halme, das hie und da von breiten Wasserstraßen durchkreuzt wurde. Kein Luftzug regte sich, unbeweglich stand das Schilf da, und das Zittern des Lichtes auf dem Wasser und auf den feuchten Spitzen der Schachtelhalme schien die einzige Bewegung. Große Stille lag über der Fläche, nur zuweilen erklang schläfrig und klagend der Ruf eines Bläshuhns, oder ein Fisch schnalzte, oder es raschelte leise wie von Wesen, die heimlich durch das Schilf schritten. »Köstlich!« flüsterte Daniela, »ist das nicht wie ein großes, vornehmes Haus, in dem die Herrschaft noch schläft und in dem nur die Dienstboten schon leise bei der Arbeit sind.« – »Und wir sind die Einbrecher«, ergänzte Leo. – »Ach ja«, meinte Daniela, »wer weiß, ob Einbrecher, wenn sie in ein Haus schleichen, auch so angenehmes Herzklopfen haben wie ich jetzt.« – »Ganz gewiß«, versicherte Leo. Dann plötzlich rauschte und klatschte es von allen Seiten, und schwerfällig stiegen die Enten auf. Daniela war aufgesprungen, sie stützte das eine Knie auf das Sitzbrett des Bootes und schoß. Karl Erdmann vergaß zu schießen, weil es ihn so interessierte, Daniela anzusehen, wie die schlanke Gestalt im grauen Leinwandkleide, einen Knabenhut aus weißem Stroh auf dem Kopfe, die Wangen heiß, sich in der Erregung aufrichtete und straffte. Und wenn sie geschossen hatte und der große Vogel dort in der Luft schlaff wurde wie ein abgespannter Bogen und schwer in das Wasser fiel, dann ließ sie das Gewehr ein wenig sinken, und es zuckte um ihre Lippen ein seltsames, fast leidenschaftliches Lächeln. Dann aber regte sie sich sofort auf, sie fürchtete, die Ente könnte verloren gehen, sie rief dem Waldhüter zu, hinzusteuern, beugte sich weit aus dem Kahn, faßte die Ente an den Ständern und hob sie triumphierend empor. Allmählich wurde auch Karl Erdmann von der Jagdleidenschaft erfaßt, wurde ganz Auge und Ohr, und alles um ihn her, das Schilf und die Blätter wurden zur Partei, wurden zu Dingen, die entweder auf Seite der Jäger oder auf Seite der Enten waren. Lange und hitzig war die Verfolgung eines alten mausernden Erpels, der ihnen immer wieder entwischte und immer wieder neue Listen erfand, um sich zu verstecken und zu entkommen. Daniela war so erregt, daß sie zitterte und kleine schrille Schreie ausstieß. Endlich hatten sie ihn, Daniela faßte ihn, warf ihn in das Boot und lachte. Und da überkam Karl Erdmann plötzlich ein wunderliches und unerwartetes Gefühl. Er sah auf den Haufen toter Vögel nieder, die im Boote lagen, auf die schlaff wie müde gebogenen Hälse, auf das geronnene Blut, er sah, wie der eben geschossene Vogel noch matt und hilflos die Ständer bewegte und ein Zucken wie eine plötzliche Angst seinen Körper schüttelte, wie er sich streckte und dann schlaff und regungslos liegen blieb. Das empfand Karl Erdmann als furchtbar traurig, ja es wurde ihm so unerträglich, daß es ihm die Kehle zusammenschnürte und er merkte, daß er sein Gesicht verzog. Schnell blickte er auf, besorgt, jemand könne es gesehen haben. Daniela saß auf ihrem Sitzbrett und schaute ihn so angstvoll an, daß es ihm schien, als ahmte sie unwillkürlich den Ausdruck seines Gesichtes nach. »Sie weiß alles«, dachte Karl Erdmann sofort. Er errötete und wandte sein Gesicht ab, er schämte sich wie nach einer schlechten Tat. Da hörte er Daniela mit einer Stimme, die sehr heiter und unbefangen zu klingen sich bemühte, ausrufen: »Sehen Sie, wie da etwas durch die Schachtelhalme fortschießt, ein Hecht wohl. Möchten Sie auch so dahinschießen können? Das muß doch gut sein.«

»Für einen Krieger wohl kein passender Wunsch«, bemerkte Leo. Darüber begannen sie nun alle drei zu lachen, sie lachten sehr laut und sehr lange, als könnte das Lachen sie vor etwas schützen, das für einen Augenblick unheimlich und hinterrücks sie überfallen hatte.

Die Sonne stand schon hoch am Himmel, und zwischen dem Schilf und dem Kolbenrohr wurde es schwül. Enten wollten auch nicht mehr steigen. Eine große Schläfrigkeit legte sich über den See, regungslos standen die Fische im Wasser, und die Frösche saßen schweigend auf den Blättern der Wasserrosen und schienen zu schlafen. »Fühlen Sie, wie die Mittagstunde einem in die Glieder fährt?« fragte Karl Erdmann. Ja, Daniela fühlte es und war müde. Alle drei setzten sich auf die Sitzbretter des Kahns und legten die Gewehre beiseite. »Fahr' ans Land zum Frühstück«, befahl Karl Erdmann dem Waldhüter. – »Wir haben gute Arbeit getan«, meinte Daniela. – »Ja«, sagte Karl Erdmann, »zusammen eine Arbeit tun und dann zusammen müde sein, das ist sehr gemütlich, das verstehen die wenigsten.« – »Wie muß man das machen?« fragte Daniela. – »So«, Karl Erdmann legte beide Hände mit gespreizten Fingern auf seine Knie, »und dann starrt man einander an mit ganz leeren friedlichen Augen. Das habe ich bei den Bauern gesehen, wenn sie sich um die Mittagzeit unter die Eiche setzen und nach dem Essen noch ein wenig warten, ehe sie sich ausstrecken, um zu schlafen.«

Gehorsam legte Daniela ihre Hände auf die Knie und sah vor sich hin. »Wirklich«, meinte sie, »es ist sehr angenehm.« So saßen sie nun alle drei da und schwiegen. Endlich schloß Daniela die Augen. »Seltsam«, rief sie, »wenn Sie die Augen schließen, hören Sie einen einzigen Ton, einen Ton, als ob jemand schläft und leise zu schnarchen beginnt.« – »Ich behalte die Augen lieber offen«, sagte Karl Erdmann, »wenn ich die Augen schließe, dann bin ich allein, und wir wollen doch zusammen müde sein.« Daniela schlug die Augen auf: »Gewiß«, versetzte sie schnell, »wir wollen beisammen sein.« Ihre Stimme klang bei diesen Worten freundlich und mitleidig, als spräche sie zu einem Kranken. Daß ihn das plötzlich rührte, fand Karl Erdmann albern genug.

Sie näherten sich jetzt einer schmalen mit Erlen bestandenen Landzunge, dort sollte das Frühstück eingenommen werden. Die andern waren schon da, die Herren hatten sich um ein weißes Tischtuch auf den Rasen hingestreckt, Heida und Oda packten die Vorräte aus.

»Kommen Sie«, sagte Daniela, als sie ans Land stiegen, und legte einen Arm in Leos, den andern in Karl Erdmanns Arm. »Jetzt wollen wir essen wie Ihre Bauern, ganz still, lange kauen und dabei zum Horizont hinabsehen und vor allem uns um die andern gar nicht kümmern.« Auf dem Frühstücksplatz setzten sie sich ein wenig abseits von den andern. »Ist das eine Demonstration?« fragte Botho. – »Wir sind eine Gruppe für uns«, erwiderte Daniela, »und ich werde meine Herren bedienen.« – »Bitte!« meinte Heida ein wenig gereizt, »wir sind hier auch exklusiv.« – »Gruppe, Gruppe!« begann Herr von Wallbaum und lächelte. Er wollte etwas Hübsches sagen, denn er fühlte sich jugendlich und galant. »Eigen, daß Damen, schöne Damen, immer Parteibildungen begünstigen. Das kommt wohl daher, daß Damen, schöne Damen, geborene Parteihäupter sind.« Er sah die andern an, um Beifall für seine Bemerkung zu ernten, allein nur Aristides Dorn lächelte ironisch. »Die Sache ist die«, erklärte Leo, »wir sind zusammen müde, das ist Karl Erdmanns neueste Erfindung, das soll ein großer Genuß sein.«

Graf Lynck klemmte ein Glas in sein linkes Auge und schaute zu Daniela hinüber: »Ah«, meinte er, »das scheint allerdings eine gute Erfindung zu sein, ziemlich raffiniert, zu der kann man Karl Erdmann Glück wünschen.« Oda lehnte ihren blonden Kopf an die Schulter ihres Bräutigams und sagte klagend: »Ach Lieber, das haben wir doch schon längst erfunden.«

Die Gesellschaft wurde jetzt einsilbig, jeder aß und trank schweigend, Botho schien verstimmt, die andern Herren waren nachdenklich, Graf Lynck gähnte diskret, und um sie her standen die sonnenwarmen Erlenbüsche voll mittäglichen Gesummes, als wollten sie die Gesellschaft in Schlaf singen.

Endlich hielt es Aristides Dorn nicht länger aus, so still von Daniela unbemerkt dazusitzen, er eröffnete daher wieder die Unterhaltung, er sprach scharf und ein wenig zu laut, weil es ihn aufregte, so in die Stille hineinzusprechen: »Müde, ich gebe zu, daß wir müde sind, wir haben uns aufgeregt, ich gebe zu, ich habe mich aufgeregt, als gälte es etwas ganz Großes, und warum das alles? Einiger Enten wegen, eines Bratens wegen. Ist das nicht seltsam? Ist das ein Resultat?« Er schaute gespannt zu Daniela hinüber, errötete und drehte seine schwarze Stirnlocke. Aber Botho ärgerte diese Rede. »Was wollen Sie denn für Resultate haben?« sagte er. »Ein Vergnügen hat eben kein Resultat, das man einkassieren kann. Ist es vorüber, dann muß es vorüber sein, wie ein gutes Parfüm, das auch verfliegt und nichts zurückläßt.« – Graf Lynck hatte sich flach auf den Rasen gelegt, rauchte eine Zigarette und schaute zum Himmel hinauf: »Ich kannte in England einen alten Lord«, begann er langsam und knarrend zu erzählen, »der hatte irgendein böses Magenleiden. Er litt an starkem Hunger, aber wenn er sich zu Tische gesetzt hatte und zu essen beginnen wollte, bekam er einen solchen Widerwillen vor den Speisen, daß er die Tafel verlassen mußte. Nun, dieser alte Herr pflegte zu sagen, ihr braucht mich nicht zu bedauern; wenn ich mich zu Tische setze, so freue ich mich so stark auf das Essen, daß ich mehr Vergnügen daran habe als ihr an eurem ganzen Diner.« Niemand fand darauf etwas zu sagen, und die Unterhaltung verstummte wieder, nur Heida flüsterte Fräulein Undamm zu: »So geht es immer. Daniela sucht sich ein oder zwei Herren als Privatbesitz aus, das kann sie ja tun, nur daß alle andern Herren dann verstimmt und langweilig werden.«

Endlich gab Herr von Wallbaum das Zeichen zum Aufbruch, und man bestieg wieder die Kähne. Allein die heißen Nachmittagstunden dämpften die Jagdlust. Daniela und Karl Erdmann spannten bald ihre Gewehre ab, setzten sich und sahen zu, wie Leo schoß. Dabei unterhielten sie sich in abgebrochenen Sätzen, sprachen von friedlichen Dingen, von den Sonntagmittagessen im Kadettenhause, von früheren Jagden und früheren Sommern, und dann, als wären sie auch noch dazu zu träge, verstummte das Gespräch. Daniela versank in Sinnen, ließ ihre Hände über den Rand des Bootes hinabhängen und zog, um sie zu kühlen, die Schachtelhalme durch die Finger. »Jetzt könnte es langweilig, fast traurig werden«, dachte Karl Erdmann. Es gibt Stunden, wie es Menschen gibt, die mit säuerlicher Nüchternheit uns die Freuden und Hoffnungen des Lebens ausreden. Karl Erdmann hatte plötzlich das Bedürfnis, sich über etwas zu ärgern, daher sagte er: »Der Ottomar Lynck hat immer so dumme Geschichten. Was ist das nun wieder mit dem alten Mann, dessen größte Freude es ist, sich zu Tisch zu setzen und mit leerem Magen aufzustehen. Phantasien eines verdorbenen Magens; Ottomar Lynck ist, glaube ich, auch so einer, der sich immerfort zu Tisch setzen möchte und dem die Stippe schon die Illusion verdirbt.«

Daniela zuckte leicht mit den Schultern und schaute zerstreut dem lautlosen Fluge der Libellen über den Wasserrosen zu. »Nun ja«, meinte sie, »aber wir sitzen alle immer zu lange bei Tisch. So diese Jagd, nicht wahr? Das Wahre ist, sich lange auf ein Glück freuen, und dann kommt das Glück ganz stark und schnell, und dann ist es wieder fort, dann ist es aus, und um uns ist es still und dunkel. Möchten Sie das nicht auch?«

»Ja«, sagte Karl Erdmann leise. Er errötete dabei und fühlte es deutlich, daß Daniela von ihm sprach. Eine starke Freude fuhr ihm heiß in die Glieder, und plötzlich sah er sich wieder in seiner eigenen, schönen und traurigen Geschichte, empfand die Erregung alles dessen, was er noch erleben mußte.

Die Jagd war zu Ende, und alle waren zufrieden damit. Jetzt kam das angenehme Nachhausefahren mit dem kühler werdenden Abend, die Sonne stand schon tief und lag rotgolden über den Grannen der Gerstenfelder, und die Hüterjungen sangen aus Leibeskräften auf den Weiden. Dann kam das Mittagessen mit dem großen Appetit und das Beieinandersitzen auf der Veranda. Alle waren müde, streckten die heißen Glieder von sich, starrten mit den Augen, die zu viel grelles Licht hatten trinken müssen, in die kühle Finsternis des Gartens hinein. Zum Sprechen hatte keiner Lust, nur Frau von Wallbaum sprach mit ihrer gleichmäßigen, freundlichen Stimme, als wollte sie die andern einschläfern. Sie erzählte ihren Tag, sie hatte ihr Tagebuch geschrieben und Jagd auf Löwenzahn gemacht, endlich war sie hinausgegangen, um ihre Kühe auf der Weide zu sehen. Auf dem Wege jedoch hatte sie, zwischen den Feldern eingeschlossen, ein kleines, ungemähtes Stückchen Wiese bemerkt, das heiß von Sonnenschein und voller Schafgarbenduft und kleiner blauer Schmetterlinge war. Das hatte ihr gefallen, sie hatte sich dort niedergesetzt, um den Thomas a Kempis zu lesen bis zum zweiten Frühstück. Später war sie durch das Haus gegangen, durch die stillen leeren Zimmer, und hatte sich gefreut, daß sie über die Stille und Leere nicht betrübt zu sein brauchte, denn gleich würden alle wieder da sein und würden wieder gemütlich und glücklich beieinander sitzen. »Ach ja«, dachte Karl Erdmann, »glücklich und gemütlich beieinander sitzen!« Eine Ewigkeit hätte er so dasitzen können, die müden Glieder von sich strecken, die laue Luft einatmen, die ganz süß von den Düften des Gartens war, die schlaff machte, daß er glaubte, er werde nie mehr etwas wollen können, und dennoch das Blut seltsam erhitzte und aufpeitschte. »Ein schnelles, starkes Glück, das uns überrumpelt«, hatte Daniela gesagt, »und dann Stille und Dunkelheit.« So mußte diese Stille sein und diese Dunkelheit, in der er fühlte, daß Daniela nicht fern von ihm saß.

Am nächsten Tage kam ein Brief des Baron von Asch, Sekundanten des Referendars von Treschke an den Grafen Lynck, der wiederum Karl Erdmanns Sekundant sein sollte. Der Baron schlug den Herren eine Zusammenkunft für den nachnächsten Tag im Staatswalde beim Lehtschen Kruge in früher Morgenstunde vor. Hatten die Herren etwas gegen diesen Vorschlag einzuwenden und wollten einen andern Vorschlag machen, so war der Referendar von Treschke zu allem bereit und erkannte dankbar das ihm in dieser Affäre bisher erwiesene Entgegenkommen an usw.

In Herrn von Wallbaums Zimmer versammelten sich die Herren zu einer Beratung. Die Sache wurde gründlich und sachlich durchgesprochen. Man beschloß den Vorschlag anzunehmen. Am nächsten Tage schon sollten Karl Erdmann, Graf Lynck und Botho in den Staatswald fahren und beim Sturre Waldhüter übernachten, um am bestimmten Tage zeitig auf dem Platze zu sein. Unterwegs wollten sie beim Doktorat anfahren und den Doktor Ulich mitnehmen. Der Familie gegenüber aber konnte die Fahrt als Jagdpartie hingestellt werden, Jagd auf Birkhühner. So war alles wohlgeordnet, und die Beratung nahm jetzt einen mehr heiteren Charakter an, als die Herren ihre Duellerfahrungen zu erzählen begannen. Herr von Wallbaum blieb zwar ernst, allein über diese Ehrenaffäre hin- und herzureden gewährte ihm doch einige Befriedigung. Er saß soldatisch stramm in seinem Sessel, strich sich energisch den Backenbart, sprach von Duellen mit sehr scharfen Bedingungen, die er früher mitgemacht, und gab Ratschläge. »Vor allem schnell schießen, der erste sein, das ist die Hauptsache«, und er hob die Hand empor, kniff das eine Auge zu, zielte und tat, als drücke er ab. Damit wurde die Sitzung geschlossen, und Karl Erdmann war froh, daß alles so hübsch und praktisch eingerichtet war, und in bester Laune beschloß er, den Rest des Tages recht angenehm zu verbringen.

Draußen ging ein plötzlicher, heftiger Regen nieder, in den zuweilen die Sonne hineinschien, wie durch ein gläsernes Gitter. Durch die geöffneten Fenster sandte er sein Rauschen und seine Kühle in die Zimmer und regte die Menschen auf, als vollzöge sich da draußen ein lustiges Ereignis. Frau von Wallbaum, Oda, Heida standen jede an einem Fenster, schauten hinaus und lächelten. Daniela hatte sich ans Klavier gesetzt und spielte einen Walzer, während Leo Fräulein Undamm zwang, mit ihm zu tanzen. Als die Herren von ihrer Beratung in das Wohnzimmer kamen, verkündete Herr von Wallbaum den Jagdplan. Frau von Wallbaum war sehr zufrieden damit und beschloß, den Herren viel und gut zu essen mitzugeben. Oda schaute Karl Erdmann erschrocken an, und Heida an ihrem Fenster begann zu weinen. Fräulein Undamm mußte sie hinausführen, damit Frau von Wallbaum es nicht bemerke. Karl Erdmann war sehr ärgerlich darüber, er zog Oda in eine Fensternische und sprach sich scharf aus: »Das kommt davon, wenn Kinder die Angelegenheiten der Erwachsenen ausspionieren. Dieses Getue ist unerträglich. Da die Affäre nun unglücklicherweise bekannt ist, so nehmt euch zusammen. Es ist wirklich kein Grund, Aufhebens zu machen.«

Wirklich, sie schienen sich zusammenzunehmen, denn um ihn her begann ein ganz unbefangenes, heiteres Treiben. Er hörte Heida im Nebenzimmer wieder recht ausgelassen mit Leo lachen, Oda zog sich mit ihrem Bräutigam in die Bibliothek zurück, und Daniela forderte Botho auf zu singen. Er sang Schuberts Wanderer, und sie begleitete ihn. Das war alles gut, aber was sollte er, Karl Erdmann, jetzt tun? Etwas ganz Unbefangenes, ganz Natürliches. Das war das Fatale. Ihn genierte dieses Duell gewiß nicht, er hätte gar nicht daran gedacht, allein die andern konnten denken, er sei heute anders als sonst, konnten denken, er wolle sich interessant machen oder sei gezwungen heiter. Das alles gab ihm das Unbehagen eines Menschen, der zuviel Wein getrunken hat und in Gesellschaft sich bemüht, ganz natürlich zu erscheinen. Er saß da und hörte dem Gesange zu, ärgerte sich über den großen Aufwand an Gefühl, den Botho in das »wo bist du, o mein geliebtes Land!« legte, ja er begann überhaupt sich zu ärgern. Es gelang den andern doch ein wenig zu gut, so zu tun, als sei nichts geschehen. Jedenfalls war es nicht nötig, daß niemand sich um ihn bekümmerte.

Plötzlich, wie der Regen gekommen war, hörte er auch auf. Karl Erdmann nahm seine Mütze und ging in den Garten hinaus, auf die Gefahr hin, melancholisch zu erscheinen. Er irrte auf den Kieswegen hin und her, besah sich die Blumen, die blank vom Regen waren, ging in den Park, hörte dem Klingen der Tropfen in den Bäumen zu, atmete den köstlichen, feuchten Duft ein. Nun wollte er auch angenehme Gedanken haben, aber er wurde ein verstimmtes, bitteres Gefühl nicht los. Er verlangte gewiß nicht, daß etwas Besonderes für ihn geschehen sollte, nur war auch kein Grund da, daß dieser Tag für ihn ereignisloser und alltäglicher sein sollte als andere. Warum mußte er heute gerade allein hier spazieren gehen? Daniela würde noch Zeit genug haben, Botho den Wanderer singen zu lassen, und Oda, sich mit Ottomar Lynck zu zanken. Karl Erdmann konnte es ja ertragen, allein spazieren zu gehen, nur wunderte er sich darüber, daß die andern, da sie nun einmal wußten, was ihm bevorstand, das zuließen. Man nimmt sein eigenes Duell leicht, allein daß die andern es so leicht nahmen, war doch seltsam. Jedenfalls mit den angenehmen Gedanken war es jetzt nichts, daher ging Karl Erdmann in den Pferdestall. Dort war es hübsch, die Nachmittagssonne lag hell auf den Steinfliesen des Fußbodens, auf dem Stroh, auf den blanken Leibern der Tiere, das sah lustig und herrschaftlich aus. Karl Erdmann setzte sich auf die Haferkiste und begann eine Unterhaltung mit dem alten Kutscher, ließ sich vom Charakter der einzelnen Pferde erzählen, von dem Charakter früherer Pferde, und hier fühlte er sich endlich ganz gemütlich und ganz unbefangen.

Der Sommertag ging friedlich und ereignislos zu Ende. Als Karl Erdmann aus dem Stalle wieder auf den Hof trat, war die Sonne im Untergehen. Vom Tennisplatz klangen Stimmen herüber, eine große Partie war dort im Gange. »Mich haben sie dazu nicht nötig gehabt, nun, so will ich auch nicht hingehen«, dachte Karl Erdmann. Solche kleine Empfindlichkeiten waren ihm an sich selbst neu, allein in dieser seltsamen Zeit hatte er so manche Entdeckungen an sich zu machen. Er beschloß den Sonnenuntergang zu betrachten. Die Sonne stand rot über dem Waldrande, große Wolken hingen in dem glashellen Himmel schmal und langgestreckt, rot und gold angeleuchtet wie riesige, purpurne, goldverbrämte Hechte, die in einem blaßrosa Meere schwimmen. Er steckte die Hände in die Rocktaschen und betrachtete das, als wäre es eine ihm zugedachte Aufmerksamkeit.

Später am Abend auf der Gartenveranda wurde es recht heiter, und hier fühlte Karl Erdmann wieder, daß seine Schwestern und die andern ihm heute gewissermaßen mehr Beachtung schenkten als sonst.

Über seine Witze und Geschichten wurde mehr gelacht, als er es gewohnt war. Das tat ihm wohl. Es freute ihn auch, daß er so ausgelassen sein konnte, nur bisweilen empfand er ein unbändiges Bedürfnis nach Feierlichkeit und Sentimentalität, am liebsten hätte er eine seiner Schwestern beiseite genommen, um ihr etwas ganz lächerlich Gefühlvolles zu sagen, wie zum Beispiel: »Komm, ich möchte noch einmal die Lilien riechen.« Gut, daß die andern das nicht merkten. Statt dessen sagte er zu Leo: »Komm zu den Birnen, ich höre welche fallen.« Sie gingen zum Birnbaum und begannen die kalten feuchten Birnen zu essen. »Dabei kann man auch sentimental sein«, dachte Karl Erdmann.

Herr von Wallbaum mahnte heute früher zum Aufbruch wegen der für morgen festgesetzten Fahrt. Man wünschte sich gute Nacht, und Karl Erdmann bemühte sich, sein Gutenacht ganz gewöhnlich und obenhin zu sagen. Als er noch ein wenig auf der Veranda zurückblieb und in den dunklen Garten hinaussah, legte sich eine Hand leicht auf seinen Arm, und Daniela sagte leise: »Wollen wir heute noch beisammen sein? Dann erwarten Sie mich im Park auf der Bank unter dem Ahorn.« Dann war sie fort.

Er blieb eine Weile auf demselben Fleck stehen, eine große

Ruhe legte sich über ihn, es war, als löste sich etwas in ihm, denn das war es, was kommen mußte, das war es, auf das er den ganzen Tag gewartet hatte. Jetzt war es gut. Er zündete sich eine Zigarette an, stieg in den Garten hinunter und begann langsam dem Parke zuzugehen, ganz langsam, denn jetzt waren Stunden seines Lebens gekommen, die sehr behutsam Minute für Minute ausgekostet werden mußten. Alle Sinne waren in ihm wach, jedes Gefühl und jeder Eindruck wurden nun etwas Kostbares und Seltenes, der Duft der Spiräahecke, an der er vorüberging, der feuchte Samt einer Blume, über die er leicht mit der Hand hinstrich, die dicke Kröte, die träge über den Kiesweg ihren nächtlichen Freuden nachschlich, all das gehörte von nun ab zu dem Unvergeßlichen seines Lebens. Vor der Bank an dem Ahorn angelangt, setzte er sich, lehnte den Kopf zurück und schloß die Augen. Wie ruhevoll war es, nicht an alles mögliche denken, alles mögliche fühlen zu müssen, sondern nur ganz voll von der reinen, starken, freudigen Erwartung zu sein.

Er vernahm ein leises, seidiges Knistern neben sich, und der Duft von Teerosen und Ambra, den Daniela an sich zu haben liebte, schlug ihm entgegen. Zwei kühle Hände legten sich auf seine Stirn, und Daniela sagte leise: »Armer, wenn ich ein Glück bin, soll es kommen.« Sie stützte die Arme auf seine Schultern, die helle, schmale Gestalt beugte sich über ihn und glitt dann auf ihn nieder.

Durch das Laub der Bäume lief ein beständiges Rauschen und Wispern, kühle Tropfen regneten auf die Bank nieder. In irgendeinem Baumwipfel regte sich eine verschlafene Krähe und schlug laut mit den Flügeln. Ganz fern auf der dunkeln Wiese wurde eine Stimme laut, ein einsames Rufen oder Singen. Karl Erdmann hörte das alles, aber es schien nicht außer ihm, sondern mit ihm eins zu sein, eins mit der Bewegung seines Blutes, mit dem Pulsschlag der Arme, die ihn umschlangen, mit dem Leben der Lippen, die sich auf die seinen drückten. Die ganze große Finsternis um ihn her mit ihrem Wehen und Klingen war ganz nur sein eigenes Fühlen.

Eine Elster begann leise in einem Busch vor sich hin zu plaudern, auf dem Wasser des Teiches lag es wie ein blinder Glanz, die Gestalten der Bäume und die Nebel auf den Rasenplätzen grau in der grauen Dämmerung wurden sichtbar. »Der Morgen kommt«, sagte Daniela. Sie stand vor Karl Erdmann, schauerte ein wenig in sich zusammen und strich sich das vom Tau feuchte Haar aus der Stirn. Dann nahm sie seinen Kopf mit beiden Händen, küßte seinen Mund, und er fühlte, wie zwei warme Tropfen auf sein Gesicht niederfielen. »Sie weint«, dachte Karl Erdmann, »ach ja, weil ich sterben werde.« Leise knisterten Danielas Kleider wieder, und sie lief die Allee hinab in die aufsteigenden Nebel hinein. Karl Erdmann blieb auf der Bank sitzen und schloß wieder die Augen wie jemand, der einen schönen Traum geträumt hat und, einen Augenblick erwacht, nun diesen Traum weiterträumen will. Allein das Weiterträumen solcher Träume ist mühsam und will nie recht gelingen. Ringsum erwachten immer neue Vogelstimmen, und im Teich begann ein plätscherndes Leben. Er fror und erhob sich, um ein wenig zu gehen, er hatte noch immer die Empfindung, als träume er, nur daß ein anderer Traum gekommen war, nebelgrau und voll einer starken Traurigkeit.

Während er langsam und versonnen am Teich entlang ging, sah er plötzlich vor sich auf einer Bank Aristides Dorn sitzen. Er hatte seinen Hut abgenommen, schwer und feucht hing ihm die Locke in die Stirne, dunkel und erregt schauten die Augen aus dem bleichen Gesicht. Er schien zu frieren, denn die Lippen waren bläulich, lächelten nur mühsam ihr ironisches Lächeln, und die Hände rieb er eifrig aneinander. Karl Erdmann wunderte sich nicht, in dieser gespenstischen Dämmerungswelt konnte ihn nichts überraschen. Er nickte und sagte: »Guten Morgen, Herr Dorn, Sie sind schon auf?« Dorn erwiderte den Gruß, ohne aufzustehen: »Guten Morgen, Herr von Wallbaum, ja, ich bin schon auf, oder vielmehr ich habe auch nicht die Nacht geschlafen.« »So, so«, meinte Karl Erdmann zerstreut und setzte sich zu Dorn auf die Bank, »ein frischer Morgen.« Er hatte das Bedürfnis, jemand sprechen zu hören; als Dorn jedoch zu sprechen begann, da hörte er ihm kaum zu. »Nun ja«, sagte Dorn und drückte seine frierenden Hände, so daß sie leise knackten. »Sie haben ja auch ein erregendes oder sozusagen dramatisches Ereignis vor. Sie gehen einer Gefahr entgegen, wie ich höre.« Karl Erdmann zuckte leicht mit den Schultern: »Ach, da haben die Kinder so etwas erlauscht, aber das ist nicht so schlimm, das ist nun mal eine Einrichtung.«

»Eine Einrichtung«, wiederholte Dorn, »ja, das ist es, und zwar eine in ihrer Art fein erfundene Einrichtung. Sie erreicht ihren Zweck, sie drapiert, möchte ich sagen. Gefahr drapiert immer. Die Todesmöglichkeit als Dekoration, aha.« Dorn lachte mit seinen frierenden, steifen Lippen.

»Sehr gut«, sagte Karl Erdmann und lachte auch, obgleich er nicht zugehört hatte.

»Aber Sie müssen hier so etwas haben«, fuhr Dorn fort, »hier, wo niemand den Alltag vertragen kann. Leo ist in den Unterrichtsstunden unmöglich, wenn nichts los ist, wenn nicht irgendein Extravergnügen in Aussicht steht. Aber das ist nun die Regel dieses Lebens hier, immer ausschmücken, und da muß denn so etwas Dramatisches Effekt machen, Todesgefahr ist eine Art bengalischer Beleuchtung. Dagegen kommt natürlich ein einfacher Werktagsmensch wie ich nicht auf. Solch einer nimmt sich ebenso lächerlich aus wie ein Theaterarbeiter, der sich auf der Bühne verspätet hat, wenn das Drama schon anfängt. Ich habe das einmal bei einer Vorstellung gesehen, und hier habe ich oft an diesen grauen Arbeiter auf der Bühne denken müssen.«

Karl Erdmann wurde aufmerksam, Dorn sprach jetzt schnell, und seine Stimme hatte einen hohen, zänkischen Klang. »Herr, was sprechen Sie da?« fragte Karl Erdmann, »wem machen Sie Vorwürfe? Ich habe nicht recht verstanden? Ich glaube, Sie sind krank, ja, Sie sehen krank aus. Sie sollten von hier fortgehen. Sie vertragen die Luft hier nicht.«

Aristides Dorn war wieder ganz ruhig geworden, mit nervösen Fingern griff er nach seiner Stirnlocke und meinte: »Ach nein, wem sollte ich Vorwürfe machen? Es ist ja möglich, daß ich krank bin, vielleicht vertrage ich die Luft hier nicht, aber das ist meine Sache. Vielleicht muß ich von hier fortgehen, ob ich das kann und ob ich das nicht kann, das ist meine Sache.« Seine Stimme zitterte ein wenig und klang seltsam kummervoll und mutlos. Karl Erdmann tat der bleiche junge Mann leid, gutmütig klopfte er ihm auf die Schulter. »Wissen Sie was«, sagte er, »Sie sollten schlafen gehen. Die Morgendämmerung gibt einen Katzenjammer, man weiß nicht wovon. Dagegen gibt es nur ein Mittel – schlafen. Sie werden sehen, vom Bett aus nimmt sich die Welt wieder ganz erträglich aus.«

»Ich danke«, erwiderte Dorn steif und sah Karl Erdmann mit Abneigung an, »ich möchte hier noch eine Weile sitzen. Es gibt Dinge, die man fürchtet mit in den Schlaf hineinzunehmen.«

Karl Erdmann zuckte die Achseln und stand auf. »Na, wie Sie wollen, ich wenigstens freue mich kolossal auf mein Bett. Dann also guten Morgen.« Damit ging er eilig dem Hause zu.

Die Abfahrt zu früher Stunde war lustig. Frau von Wallbaum stand wieder auf der Treppe, hob segnend die Hände und sagte: »Unterhaltet euch gut.« Die Herren lehnten sich behaglich in den Landauer zurück und zündeten ihre Morgenzigarren an. »Angenehme Lebenslage«, sagte Graf Lynck. »Ja, sehr angenehm«, bestätigte Karl Erdmann. Trotz der wenigen Stunden Schlaf fühlte er sich ausgeruht und war mit dem Leben zufrieden, zufrieden mit dem, was er erlebt hatte, und dem, was er erleben sollte. Vor allem aber war er heute mit sich selbst ganz einverstanden, er war sozusagen gern mit sich selbst zusammen, mit diesem Karl Erdmann, der geliebt und beweint wurde und nun fröhlich seiner ritterlichen Pflicht entgegenfuhr. Bis zur Wohnung des Doktors Ulich war es eine Stunde. Dort hielt dann der Wagen vor dem roten Backsteinhause, das mitten in einem flachen baumlosen Garten lag, der voller Gemüsebeete, roter Verbenen und Johannisbeerbüsche war. Der Doktor wartete bereits vor der Haustür, ein junger Mensch mit einem runden Kindergesicht, dem wie zum Scherz ein roter Backenbart angeklebt schien. Als er in den Wagen stieg, richtete er sich noch einmal auf, um in den Garten hinüberzugrüßen, wo seine Frau bei den Johannisbeeren beschäftigt war. Die kleine Frau, der die dicken blonden Zöpfe sich wie ein gelber Metallhelm um den Kopf legten, hob die Hände, die rot von Johannisbeeren waren, in den Sonnenschein hinein und winkte. Dann fuhr man ab.

»Sehr hübsch dieser Garten«, bemerkte Graf Lynck, »all das viele Rot im Sonnenschein, die roten Verbenen, die rotbemalten Hände Ihrer Frau Gemahlin.« Doktor Ulich errötete und lächelte: »Ja, Johannisbeeren, wir haben sehr viel Johannisbeeren, da gibt es zu tun. Meine Frau macht sie für den Winter ein, das ist sehr angenehm, aber –«, er hielt inne und schaute Karl Erdmann erschrocken an, »ich erzähle hier von Johannisbeeren, es ist wohl nicht am Platz – die Herren haben gewiß an andere, ernste Dinge zu denken.« – »Daß ich nicht wüßte«, sagte Graf Lynck, »im Gegenteil, ich denke gern an Johannisbeeren. Der Geruch und der Geschmack von Johannisbeeren sind mir mit einer hübschen Jugenderinnerung verbunden. An einem Johannisbeerbusch machte ich als Achtzehnjähriger meine erste Liebeserklärung, und zwar der Engländerin meiner Schwester; eine blonde junge Dame, weiß und rot wie Porzellan, und sie hatte einen kleinen runden Mund, der aussah, als sei er vom vielen ›O‹ sagen selbst ein blutrotes O geworden. Sie war sehr erschrocken über meine Erklärung und zerdrückte in ihren Händen die Johannisbeeren, die sie hielt, so daß sie ganz rote Hände bekam.« Ja, die Engländerinnen, Botho hatte auch welche gekannt. Und nun sprach man von Engländerinnen und von andern Damen, endlich von Weibern im allgemeinen. Der Doktor hörte aufmerksam zu und lachte viel, indem er den Mund dabei weit öffnete.

Es begann sehr heiß zu werden, dichte Staubwolken hüllten den Wagen ein. Die Herren zogen die Kapuzen ihrer Staubmäntel über die Köpfe und wurden schläfrig. Einer nach dem andern schloß die Augen, nur der Doktor behielt seine runden, blauen Augen weit offen, er wollte keinen Augenblick des interessanten Erlebnisses versäumen.

Um die Mittagzeit wurde vor einem Kruge haltgemacht, die Pferde sollten ein wenig ausruhen, und die Herren gingen in die Krugstube, um dort ihren Imbiß zu nehmen, Die Stube roch nach Kalk und Bier, an den Fenstern lärmten zahllose Fliegen, und hinter seinem Schenktische schlummerte dick und erhitzt der Wirt. In einer Ecke des Zimmers saßen drei wandernde Musikanten vor ihrem Glase Bier, grau vom Straßenstaub vor sich hinstarrend, als könnten sie sich vor Hitze und Müdigkeit nicht regen. »Auch Musik ist da, das ist gut«, sagte Karl Erdmann, und während Graf Lynck sorgsam das Frühstück auspackte, den Wein eingoß, ermunterte Karl Erdmann die drei schlaffen Burschen: »Spielt etwas, so was Patriotisches, einen Marsch oder Heil dir im Siegeskranze!«

Widerwillig zogen die Musikanten ihre Hörner hervor und spielten traurig und falsch einen Marsch, während die Herren frühstückten. »Köstlich, famos«, sagte der Doktor, »dieser Wein, diese Musik, diese ganze Lebenslage, unerhört interessant.«

»Margusch, bedien die Herren«, rief der Wirt, und Margusch kam, eine seltsam grelle, farbige Gestalt, unter dem roten Kopftuch quoll das ungeordnete schwarze Haar hervor, in dem blanken, bräunlichen Gesicht saßen die Augen wie braunrote Glaskugeln, und der Mund sah aus, als hätte ein in Karmin getauchter Pinsel einen saftigen roten Fleck in das Gesicht gemacht. »Ein Farbkasten, die Person«, bemerkte Lynck. – »Neapel!« rief der Doktor begeistert. Da die Musikanten jetzt einen Walzer spielten, so erhob Karl Erdmann sich und tanzte mit Margusch, die dabei ganz ernst blieb, die Augen schloß und sich mit Gewalt drehte. Endlich war Karl Erdmann atemlos, er ließ das Mädchen stehen und sagte: »Nun, meine Herren, jetzt können Sie tanzen.« – »Ich will lieber nach den Pferden sehen«, sagte Botho, »komm, Margusch.« Er erhob sich und ging mit dem Mädchen hinaus. Doktor Ulich rieb sich die Hände und murmelte: »Herrlich, herrlich. Ich bin glücklich, das zu erleben. Man denkt sich das alles ganz anders, ein Duell, mein Gott, und nun –«

»Trinken Sie, Doktor«, sagte Karl Erdmann und schlug Ulich auf die Schulter, »Sie sind wirklich von einer erfrischenden Empfänglichkeit.«

Als die Fahrt fortgesetzt wurde, führte der Weg durch den Wald, an prachtvollen Föhrenstämmen hin und dann durch alten Tannenbestand, in dem es fast dämmerig war. Die Feierlichkeit des Waldes machte die Herren schweigsam, und nachdenklich ließen sie die großen Baumgestalten an sich vorüberziehen, sie machten ernste Gesichter, als müßten sie jetzt einer Zeremonie beiwohnen.

Bei Sonnenuntergang hielten sie vor der Waldhüterei. Ein niedriges Holzhaus stand zwischen den großen Tannen, daneben ein kleiner, offener Heuschober und ein Stall. Die Gebäude waren noch neu und schimmerten grell und unruhig aus der großen Ruhe des Waldesschattens heraus. Vor der Tür stand der Waldhüter, ein Riese, den Kopf und das Gesicht voll struppiger Haare, neben ihm seine Frau, hübsch und bleich, ein Kind an der Brust.

»Es ist alles fertig, wie die Herren es bestellt haben«, sagte der Waldhüter, und die Frau sah die Ankommenden ernst und feindselig an. Die Herren mußten durch eine dunkle Küche gehen, in der der Rauch ihnen die Tränen in die Augen trieb, dann kamen sie in die beiden Zimmer, die für sie bereitet waren. Es roch hier nach frischen Brettern, nach Harz und feuchtem Leim. »Herrlich«, rief Doktor Ulich, »man steht mitten im Märchen, man hätte Lust zu sagen, laßt die Hexe herein.« Graf Lynck verzog sein Gesicht: »Ja, wenn wir nur die zum Komfort nötig hätten, dann würde es ja gehen.«

Botho und Graf Lynck machten sich zum nahegelegenen Kruge auf, um mit den Herren, die dort ihr Quartier aufgeschlagen hatten, die Verabredung für morgen zu treffen. Doktor Ulich ging unter den Tannen auf und ab, den Hut in der Hand, um sich ganz in die Natur zu versenken. Karl Erdmann trat vor die Haustür. Es dunkelte schon stark, an der Hauswand lehnten zwei weiße Gestalten, ein großes Mädchen, nur mit Rock und Hemd bekleidet, und ein Bursche in einer weißen Leinwandhose. Sie standen schweigend da, ließen die nackten Arme schlaff niederhängen und kühlten sich. Auf einer niedrigen Holzbank saß in Tücher gewickelt und in sich zusammengebogen eine ganz alte Frau. Karl Erdmann setzte sich zu ihr auf die Bank. »Nun, Mutter, gut ist es hier«, sagte er.

»Kalt«, antwortete die Alte verdrießlich, »wie kann es gut sein, wenn es kalt ist, mir ist immer kalt.«

»Aber am Tage«, wandte Karl Erdmann ein, »wenn die Sonne da ist?« Die Stimme der Alten wurde tiefer und böser, als sie erwiderte: »Die Bäume, die Luder, lassen sie nicht heran«, und dann wies sie mit einem seltsam knorrigen Finger zu dem Mädchen und dem Burschen hin, »die da schwitzen und mir ist kalt, anders ist es nicht. Ist man jung, dann ist einem zu heiß, ist man alt, dann friert man, anders ist es nicht.«

Durch die geöffnete Haustür klang das Wimmern eines Kindes, das Schelten einer Frauenstimme, Schritte nackter Füße auf Steinfliesen. Hinten im Stall grunzten Schweine, die beim Schlafengehen wohl in Streit geraten sein mochten. Die Finsternis sank immer tiefer hernieder. »Kalt, kalt«, sprach die böse Stimme der Alten zuweilen vor sich hin. Über dem allen aber aus den schwarzen Wipfeln ertönte das große Rauschen des Waldes langatmig und ernst. Karl Erdmann schloß die Augen, um ihm zuzuhören, um zu hören, wie es die kleinen, kummervollen Töne um ihn her überdeckte, als unwesentlich und sinnlos auslöschte. »Es mag wohl sein«, dachte Karl Erdmann, »daß es sich in dem großen Rufen dort oben um anders wichtige Sachen handelt, als wir hier treiben.«

Endlich kehrten Botho und Graf Lynck von ihrem Gange zurück, Botho rief nach Essen, und Graf Lynck ließ einen Tisch, Stühle und eine brennende Petroleumlampe an der Schmalseite des Hauses aufstellen. Dann begann er sehr sorgsam die Eßvorräte auszupacken und auf dem Tische anzuordnen. »So, meine Herren, das Souper ist bereit«, sagte er und setzte sich. Der Doktor rieb sich vergnügt die Hände, beugte sich mit seinen kurzsichtigen Augen nahe auf die Speisen nieder und murmelte: »Welche Herrlichkeiten! Da sind Rebhühner und Eier, und sogar Gänseleberpastete, und der göttliche Östricher! Was nimmt man nun zuerst? Ich möchte keinen Fehler begehen.«

»Nun«, meinte der Graf ernst, »ich würde zur Pastete raten, denn die Trüffel verlangt sozusagen eine noch jungfräuliche Zunge.«

»Ich danke, Herr Graf, ich werde mir das merken«, sagte der Doktor.

Eine Weile aßen nun die Herren eifrig und schweigend, allein nach dem dritten Glase Rheinwein vermochte der Doktor mit seiner Begeisterung nicht mehr an sich zu halten. »Wir tafeln hier, und hinter unsern Stühlen steht der Wald wie ein Diener, groß und schwarz.« – »Das ist allerdings ein wenig seltsam«, bemerkte Botho, »diese Dunkelheit da. Ich habe die ganze Zeit das Gefühl, als stünde dort jemand und schaute uns zu.« – »Sie schauen uns zu«, rief der Doktor, »sie schauen uns zu, die Bäume und die Sterne und die ganze große Natur. Wir sitzen hier wie auf einer kleinen mystischen Lichtinsel –.«

– »Sie schreiben wohl ein Tagebuch, Herr Doktor«, warf Graf Lynck ein. – »Warum?« fragte der Doktor. – »Nun, weil Sie jede Situation gern gleich druckfertig machen.«

– Der Doktor errötete. »Früher als Junggeselle, ja, da schrieb ich alles nieder, aber jetzt, wo ich verheiratet bin, wozu! Ich erzähle meine Eindrücke meiner Frau, das ist einfacher.« – »So, so«, meinte Botho, »das mag gewiß ein Hauptvorteil der Ehe sein, daß man in ihr stets sein Publikum hat.« Aber der Doktor wollte sich in seiner Begeisterung nicht stören lassen. »Mystisch«, begann er wieder, »alles ist hier mystisch. Wenn wir bedenken, wozu wir hier sind – und doch die Ruhe und Gemütlichkeit. Mut ist doch was Großes und Schönes.«

»Ach was, Mut«, brummte Karl Erdmann ärgerlich, und Botho versetzte zerstreut: »Mut, Mut, na ja, man hat Mut, wie man eine Nase hat.« – Das entzückte den Doktor vollends: »Das ist es ja; Ihnen ist das selbstverständlich, und überhaupt ein Duell, an sich ein Mysterium, eine erhabene Sinnlosigkeit, eine sakramentale Handlung, *credo quia absurdum est.* Wer hat einen Vorteil davon, bitte? Und doch welch eine Wirkung.« Graf Lynck lächelte ironisch: »Es ist ein Mittel gegen ein Übel. Sie, lieber Doktor, wissen doch auch nicht, wodurch die Mittel, die Sie Ihren Kranken eingeben, wirken.«

Die Waldhütersfrau kam, um die Teller fortzuräumen, und unterbrach das Gespräch. Die Herren zündeten die Zigarren an, füllten die Weingläser und lauschten eine Weile schweigend dem Rauschen des Waldes.

Endlich begann der Graf wieder, als hätte er in Gedanken das Gespräch fortgesetzt: »Man gewinnt nichts dabei, meinen Sie, na, darüber ließe sich doch manches sagen, aber wissen Sie, daß zuweilen beim höchsten Spiel der eine zwar einen für ihn sehr wichtigen Einsatz verlieren kann, der andere aber nichts dabei gewinnt als die Genugtuung über den Verlust seines Gegenspielers. Kein gutes Zeichen für die Liebenswürdigkeit der menschlichen Natur. Da erinnere ich mich, in Dresden einen Polen gekannt zu haben, v. Kirbitzky hieß er, seine Leidenschaft und sein Beruf waren das Spiel. Da erzählte man mir eines Tages, Kirbitzky hat in vergangener Nacht in irgendeinem Cercle ein sehr hohes Spiel gespielt und alles, was er besaß, verloren. Als er nichts mehr zu setzen hatte, setzte er sein rechtes Ohr, das der Gegenspieler für einen ansehnlichen Betrag als Einsatz gelten ließ. Nun, Kirbitzky hatte Glück und gewann. Als ich bald darauf den Herrn traf, fragte ich ihn nach der Geschichte, und er bestätigte sie mir. ›Gut‹, sagte ich, ›wenn Sie nun verloren hätten, was hätten Sie getan?‹ ›Ich hätte mir natürlich das Ohr abgeschnitten‹, sagte er, ›und hätte mir das Haar über die rechte Seite gekämmt, übrigens hat man Ihnen die Geschichte nicht ganz richtig erzählt. Als ich mein Ohr setzte und gewann, da bog ich die Karte.‹«

Doktor Ulich hatte vom Wein und der Erregung rote Backen und blanke Augen bekommen, er legte beide Hände an die Schläfen, als sei ihm der Kopf zu voll von Gedanken: »Unbegreiflich!« rief er. »Was ist der Mensch für ein unheimliches Wesen, *un monstre incompréhensible*, sagt Pascal, aber schließlich ist ein Ohr doch nur ein Ohr. Aber wenn der Tod sich hereinmischt, da wird die Sache feierlich. Immer, wenn wir eine Sache erhaben und feierlich machen wollen, muß immer irgendwie der Tod dabei sein. Haben Sie das nicht bemerkt, meine Herren?«

»Nun, das ist richtig«, meinte Botho, »so in Theatern und in Büchern und auch sonst wird ein bißchen Tod gern als Gewürz benutzt.«

»Und doch, man weiß immer noch nicht, was er ist«, sagte Karl Erdmann. Auf die drei andern wirkten diese Worte seltsam, sie machten Gesichter wie Leute, die sich einer Taktlosigkeit bewußt werden, und schauten Karl Erdmann ein wenig erschrokken an. Dieser errötete und lachte verlegen. »Sie, Doktor«, sagte er, »haben da viel mit diesen Dingen zu tun, haben Sie nie etwas bemerkt, was einen Aufschluß geben könnte?«

Der Doktor zuckte die Achseln und sagte bedauernd: »Nein, wirklich, ich habe nichts bemerkt. Wenn der Patient den letzten Atemzug getan hat, wenn ich ihm die Augen zudrücke und die Morphiumspritze einpacke, dann kommt es mir vor, als würde ganz brutal vor mir eine Tür zugeschlagen. Ja, wirklich, ich komme mir geradezu hinausgeworfen vor.«

»Nicht sehr schmeichelhaft für die Menschheit«, knarrte Graf Lynck, die Zigarre zwischen den Zähnen behaltend, »der Tod ist nun eine millionenjahrealte Erfahrung, und es ist ihm doch gelungen, sein Inkognito zu wahren.«

Doktor Ulich trank hastig und erregt sein Glas leer und lächelte geheimnisvoll. »Und doch«, sagte er, »es gibt Augenblicke, in denen wir fast etwas zu wissen glauben.«

»Nun?« fragte Karl Erdmann und beugte sich ein wenig vor.

»Nein, nein, nicht wissen«, wehrte der Doktor ab, »wie sollte ich etwas wissen, aber ahnen, fühlen, wie es vielleicht sein könnte. Also wir sitzen auf unserer gelben Lichtinsel eng und gemütlich beieinander. Um uns steht die Finsternis ganz nah und unbekannt, aber wir wissen, dort rauscht es und weht es, dort treibt ein großes Sein sein Wesen. Und plötzlich entwische ich aus unserer Lichtinsel hinein in die große Finsternis. Ich verliere mich ganz in sie, ich schmelze in sie hinein. Werde ich dann nicht ein unendlich wohltuendes Strecken und Dehnen fühlen, ein Atmen, wie mit immer weiter werdenden Lungen, etwas wird sich in mir lösen, in das ich eingeschnürt war, etwas wird von mir abfallen, und was sich löst und was abfällt, das werde ich sein, das wird Friedrich Karl Ulich sein, und statt dessen werde ich auch als das große Wesen, als die große Finsternis, als das große Sein mein Wesen treiben. Das kann doch gut sein.« Er hatte laut und von seinen Worten hingerissen gesprochen, aber plötzlich wurde er befangen, errötete und schwieg.

Graf Lynck schaute ihn neugierig an, dann lächelte er spöttisch und bemerkte: »Gott, ich weiß nicht, man hat sich nun mal an sich selbst gewöhnt.«

»Kalt, dunkel«, brummte Botho vor sich hin und schaute mit Abneigung in diese Dunkelheit, die sie da so eng einschloß. Ja, wirklich, es schien ihm, als bedrückte sie ihn, als würde es ihm schwer, zwischen diesen schwarzen Wänden zu atmen. Teufel, dieser Doktor mit seinen Visionen hatte nicht gerade einen heiteren Rausch. Alle schwiegen jetzt, rauchten und sannen vor sich hin. Endlich erhob sich Graf Lynck und sagte: »Ich denke, wir gehen schlafen, unsere Unterhaltung ist ja ohnehin so weit gediehen, daß es wohl nichts mehr zu sagen gibt.« Sie schickten sich an, ins Haus zu gehen, nur Karl Erdmann blieb zurück. »Kommst du nicht?« fragte Botho.

»Nein, geht nur«, erwiderte er, »der Wein hat mich heiß gemacht, ich will mich ein wenig abkühlen.« Damit ging er eilig in den Wald hinein.

Der breite Waldweg lag wie eine bleichere Finsternis zwischen dem Schwarz der Tannen. Hier unten war alles still und regungslos, oben aber ging eine starke Bewegung durch die Wipfel, ein dunkles Flattern, Sichneigen und Biegen. Wenn Karl Erdmann emporschaute, sah er zwischen den Zweigen Sterne auftauchen und verschwinden, sie schienen durch die Nacht zu laufen wie Funken durch eine verlöschende Kohle. Gespannt lauschte er in sich hinein, er wollte etwas von den Gefühlen entdecken, von denen der Doktor gesprochen hatte; dieses Hinschmelzen, dieses Lösen war etwas, das er gern erlebt hätte. Allein er spürte nichts, immer nur fand er sich selbst mit seiner Freudlosigkeit, die ihn heute quälte, mit einer kindischen Neigung, sich selbst zu bemitleiden, etwas Großes, Befreiendes wollte sich nicht einstellen, es war recht ärgerlich. Er begann schneller zu gehen. Auf einer kleinen Lichtung, an der er vorüberkam, lag der Nebel wie eine unsichere Helligkeit, ein Rehbock schreckte auf und brach bellend durch das Unterholz. »Nein«, dachte Karl Erdmann, »ich bin wohl sehr weit davon entfernt, mit der Nacht eins zu sein, ich störe nur, sie bellt mich böse und leidenschaftlich an.« Der Weg wurde enger, eine vom Wind gebrochene Tanne lag quer über ihn hingeworfen da. Karl Erdmann fühlte sich erschöpft und setzte sich auf den Stamm der Tanne. So würde es vielleicht eher gehen. Es gab doch indische Heilige, die jahrelang auf einem Flecke sitzen und nichts tun als von sich fortdenken und die sich dann eins fühlen mit dem All oder so etwas. Er schloß die Augen, das Rauschen über ihm hatte etwas, das gefangennahm, emporhob, ein wenig schwindlig machte, es war nicht ein Rauschen, sondern es war, als kämen immer wieder neue, große Flügel herangesaust, und sie kamen von sehr weit aus einem unendlichen Raum und flogen eilig, eilig vorüber, von sehr weit, von sehr weit. Ja, als er das dachte, da war es dagewesen, das Gefühl, aber nun war es doch gleich vorüber. Nah von sich hörte er jetzt ein Schnaufen und Blasen, eine unförmliche Gestalt schlich langsam über den Weg, ein Dachs auf seiner nächtlichen Jagd. Karl Erdmann regte sich nicht, um das Tier nicht zu verscheuchen, die Gegenwart dieses dicken Gesellen, der so gemütlich fauchend und blasend ganz nahe an ihm vorüberging, tat ihm wohl, die Unendlichkeit war fort, und der Wald wurde zu etwas Vertrautem und Gemütlichem, in dem man seine Höhle hat und seine vertrauten Wege, auf denen man nach Wurzeln und Käfern sucht. Als der Dachs fort war, fühlte Karl Erdmann sich einsam, er stand auf und machte sich auf den Heimweg. »Das ist alles Unsinn«, dachte er, »was weiß denn der Doktor. Er war übrigens betrunken heute abend.«

In der Waldhüterei war schon alles still. Als Karl Erdmann an dem offenen Schuppen vorüberging, sah er, daß der Bursche und das Mädchen fest aneinandergeschmiegt auf dem Heu lagen und schliefen. Die Küche war voll des eifrigen Schrillens der Heimchen, von nebenan wurden die lauten Atemzüge der schlafenden Waldhütersfamilie vernehmbar. »Na ja«, dachte Karl Erdmann, »eng zusammenkriechen, beieinander sein, das ist schon verständlicher. Man ist eben noch nicht das All.« Er wollte machen, daß er zu Bett kam, wollte an zu Hause, an den Garten, an Daniela denken, bis er einschlief.

Karl Erdmann erwachte davon, daß Doktor Ulich sehr gefühlvoll sagte: »Ach, lassen Sie ihn doch noch ein wenig schlafen.« Worauf Graf Lynck kühl erwiderte: »Es ist aber Zeit.« Karl Erdmann richtete sich auf und lachte den Doktor an: »Wissen Sie, Doktor, wie Sie das eben sagten? so als ob Sie im Gefängnis am Bette eines Delinquenten ständen, nun lassen Sie es gut sein, ich bin gleich fertig.«

Der Platz der Zusammenkunft war von der Waldhüterei zwanzig Minuten entfernt. Der Weg führte durch den Wald, die Tannen hingen voller Tropfen und hauchten eine empfindliche Kühle aus. Der Himmel war bewölkt und gleichmäßig grau. »Es ist fatal«, sagte Botho, »daß solche Affären immer zu so früher Morgenstunde stattfinden, das gibt ihnen etwas so ungemütlich Examenhaftes.« – »Gemütlich ist es nicht«, meinte Graf Lynck, »ich kannte einen merkwürdigen Herrn –.« – »Hör, Ottomar«, unterbrach ihn Karl Erdmann, »es ist bewunderungswürdig, daß du zu so früher Morgenstunde schon einen Herrn gekannt hast, an den sich eine Anekdote hängt.« Graf Lynck zog bedauernd die Augenbrauen empor und behielt seine Geschichte für sich. Auf einer kleinen Waldlichtung fanden sie die Herren der Gegenpartei schon versammelt. Herr von Asch kam ihnen grüßend entgegen, klein, elegant, er lachte ohne besonderen Grund und zeigte dabei sehr weiße Zähne, die voll blanker Plomben waren. Dann kam auch Graf Wirks, Unparteiischer, ein starker Herr mit Kaiser-Friedrich-Bart und tiefer Stimme, er war sehr feierlich und gemessen. Der Referendar stand abseits, schmalschulterig und blond, der lange Schnurrbart, eben aus der Bartbinde entlassen, war zu stark nach oben gedreht und entstellte ein wenig das hübsche, junge Gesicht. Alle drei aber waren bleich und sahen aus wie Leute, die sich unbehaglich fühlen, weil sie zu früh aufgestanden sind. Während die andern an das Abmessen der Distanz gingen, trat Karl Erdmann beiseite und zündete sich eine Zigarette an. »Soll ich ihm auf die Beine halten, oder soll ich überhaupt nicht zielen«, dachte er. Doktor Ulich trat zu ihm, seine blauen Augen waren rund, klar vor Erregung. Karl Erdmann lachte, als er ihn ansah: »Nun, Doktor, ein wenig Kopfweh von gestern?« – »Ach nein, das ist es nicht«, erwiderte Doktor Ulich, »obgleich ich fürchte, ich habe mich gestern ungehörig benommen. Es war taktlos, von diesen Dingen zu sprechen, aber das ist mein Unglück, ich bin zuweilen taktlos, und jetzt bin ich sehr aufgeregt – Sie verstehen. Ich habe nie so etwas durchgemacht.«

»Beruhigen Sie sich«, meinte Karl Erdmann. »Sie werden sehen, es ist ganz undramatisch. Und was das gestrige Gespräch anbetrifft, so war es doch etwas Neues, denn Ottomar Lyncks diplomatische und meines Bruders militärische Anekdoten kenne ich schon alle. Aber jetzt ist es wohl Zeit anzutreten.«

Die Gegner stellten sich gegenüber, Karl Erdmann hielt seine Pistole und sah das Bein des Referendars an, ein ziemlich dünnes Bein in einer grau in grau gestreiften Hose, es zitterte ein wenig, »es friert wohl«, dachte er. Dann begann Graf Wirks zu zählen, Karl Erdmann schoß, er wußte nicht, ob er auf das Bein des Referendars schoß, er hörte auch den Schuß seines Gegners, Graf Wirks zählte noch einen Augenblick, dann war es zu Ende. Karl Erdmann gab seine Pistole dem Grafen Lynck ab und steckte die Hände in die Taschen, weil sie ihm froren. Er sah zum Referendar hinüber und fand, daß dieser ziemlich ungelenk von einem Fuße auf den andern trat, wie jemand, der in Verlegenheit ist, was er tun soll. »Wahrscheinlich sehe ich jetzt auch ein wenig komisch aus«, ging es Karl Erdmann durch den Kopf. Die Sekundanten schossen ihre Pistolen aus, Graf Wirks unternahm es, die Gegner zu versöhnen, endlich trat der Referendar auf Karl Erdmann zu und reichte ihm eine unangenehm weiche, kalte Hand. Man stand noch eine Weile beieinander, sprach von dem Walde und dem Wildstande, endlich trennte man sich. »Wir brauchen uns nicht zu sehr zu beeilen«, sagte Botho auf dem Heimwege, »wir können ruhig frühstücken, ich schicke einen reitenden Boten voraus, der wird zu Hause melden, daß an Bord alles gesund ist.«

Die Stimmung beim Frühstück war gedrückt. Graf Lynck gähnte viel, behauptete schlecht geschlafen zu haben und klagte über Gerüche des Hauses. Botho war gereizt, und als Karl Erdmann etwas Militärisches erzählte, widersprach er ihm ironisch, und es entstand eine spitze Diskussion zwischen den Brüdern. Der Doktor schwieg. Später auf der Fahrt begannen Botho und Graf Lynck sofort zu schlafen. Auch Karl Erdmann war müde, die Augenlider wurden ihm schwer. Trotz des bewölkten Himmels herrschte drückende Schwüle, dazu die dichten Staubwolken, die den Wagen umgaben, das Atmen erschwerten und in der Nase kitzelten. Karl Erdmann nickte zuweilen ein, fuhr immer wieder aus dem Schlafe auf, und jedesmal hatte er das seltsame Gefühl, als sei etwas Unangenehmes, Widerwärtiges geschehen. Er mußte sich auf sich selbst besinnen, sich sagen, daß nichts geschehen sei, im Gegenteil, alles war in bester Ordnung, es wurde weiter gelebt, und das war doch bequem und gemütlich. Einmal fiel sein Blick auf den Doktor, dieser schlief nicht, sondern saß da mit gesenktem Kopf, die Hände gefaltet, drehte die Daumen umeinander, und sein Gesicht hatte einen so mißmutigen Ausdruck, daß Karl Erdmann lachen mußte. »Doktor«, sagte er, »Sie sind verstimmt und enttäuscht.« Der Doktor fuhr auf: »Enttäuscht, o nein, Herr von Wallbaum, ich bin glücklich darüber, daß alles so gut abgelaufen ist, sehr glücklich.« – »Und doch«, wandte Karl Erdmann ein. Doktor Ulich lächelte ein kindlich befangenes Lächeln: »Ja, ich weiß nicht, was das ist, wahrscheinlich liegt darin eine besondere Vornehmheit und Feinheit, daß alles so nüchtern und alltäglich aussah. Sie wollten doch dem Herrn Referendar nichts tun und er Ihnen auch nichts. Aber entschuldigen Sie, es ist wohl unschicklich, davon zu sprechen, natürlich liegt es an mir, ich hatte mich ein wenig aufgeregt, ich hatte sozusagen innerlich zu große Vorbereitungen getroffen;

wir sind doch auch geizig mit unsern Erregungen, es verstimmt ein wenig, wenn wir an ein Erlebnis mehr Erregung gewandt haben, als nötig war. Es ist vielleicht, obgleich der Vergleich gewiß unpassend ist, es ist vielleicht doch etwas Ähnliches wie der Ärger, den wir fühlen, wenn wir uns im Hotel durch eine unnütze Anwandlung von Großartigkeit haben hinreißen lassen, dem Oberkellner ein zu großes Trinkgeld zu geben. Sie lachen, Herr von Wallbaum, und es ist gewiß lächerlich, was ich da sage. Eben mußte ich an etwas denken, etwas – aber es ist sozusagen eine literarische Reminiszenz.«

»O bitte, das macht nichts«, meinte Karl Erdmann fröhlich. »Ich verstehe zwar wenig von Literatur, aber ich habe nichts gegen sie.«

»Lichtenberg erzählt einmal«, begann der Doktor, »von einem Traum. Er steht auf einem Marktplatze und sieht zwei Männern zu, die ein Spiel spielen mit Würfeln, glaube ich. Nachdem er eine Weile mit Interesse zugesehen hatte, fragte er einen der Männer: ›Was kann man bei diesem Spiele gewinnen?‹ ›Nichts‹, antwortete der Mann. ›Was kann man verlieren?‹ fragte er gleich weiter. ›Nichts‹, antwortete der Mann. Und dieses Spiel schien mir ein sehr wichtiges Spiel, endet der Bericht. Schön, nur glaube ich, daß der Professor Lichtenberg, als er von diesem Traum erwachte, einen Augenblick etwas ärgerlich, etwas beschämt darüber gewesen ist, daß er das Traumspiel so wichtig genommen hatte. Übrigens, Kutscher, halten Sie an, hier geht ein Richtweg durch den Wald bis zu meiner Wohnung, ich möchte ein wenig gehen. Die Herren schlafen, ich will sie nicht stören, leben Sie wohl, Herr von Wallbaum, ich bin sehr glücklich, daß alles so gut abgelaufen ist.« Er schüttelte Karl Erdmann herzlich die Hand, sprang aus dem Wagen und schlug einen Fußpfad über eine Wiese ein. Karl Erdmann schaute ihm nach, wie er nachdenklich mit gesenktem Haupte dahinging, wie er sich allmählich aufrichtete, wie ein jugendliches, lustiges Sichwiegen in die Gestalt kam. Jetzt nahm er den Hut ab und streckte den Arm aus. »Ich glaube, der Kerl singt«, dachte Karl Erdmann, »der ist froh, uns los zu sein. Wir kommen ihm wohl etwas unheimlich, vielleicht ein bißchen lächerlich vor. Ein wunderlicher Kauz mit seinen inneren Vorbereitungen, eigentlich eine Frechheit, was er da gesagt hat, und doch –«, er dachte an die Nacht im Park, an Danielas Tränen, die auf sein Gesicht fielen, an die schmerzhafte und doch so wundervolle Gespanntheit seiner Seele in jener Nacht. Es mochte nicht ganz leicht sein, da wieder anzuknüpfen, als sei nichts geschehen. Aber schließlich war er doch nicht verpflichtet, tot zu sein; und als es gegen Abend kühler wurde, der westliche Himmel sich rot und gold färbte und aus den Wiesen und Feldern der Sommer wieder stark und süß zu duften begann, da erschien dieses Anknüpfen ans Leben Karl Erdmann immer leichter. Als endlich am Ende der Allee das Haus auftauchte und die Freitreppe, auf der sich im Abendlichte Gestalten in hellen Sommerkleidern bewegten, da freute er sich wieder stark auf das Leben, das ihn dort erwartete.

Leo rief »Hurra«, und Frau von Wallbaum lehnte ihren Kopf an Karl Erdmanns Brust und weinte: »Ach diese schrecklichen Sachen, die die Männer tun«, klagte sie. Aber Herr von Wallbaum klopfte ihr auf den Rücken und beruhigte sie: »Nun, nun, jetzt ist's ja vorüber, jetzt braucht man nicht mehr davon zu sprechen und daran zu denken.« – »Ach ja«, sagte Frau von Wallbaum und wischte sich die Augen, »jetzt braucht man an diese schrecklichen Dinge nicht mehr zu denken.«

Karl Erdmann sah sich nach Daniela um. Sie stand ein wenig abseits und schaute sich ruhig, als gehörte sie nicht dazu, die Familienbegrüßung an. Als Karl Erdmann auf sie zutrat, reichte sie ihm die Hand und sagte: »Nun also.« Er wollte ihr in die Augen sehen, sie aber sah an ihm vorüber, das kränkte ihn. Allein er tröstete sich, jetzt hatte er ja Zeit, es war doch gut, wenn man nicht mehr Eile zu haben braucht.

Die Familie wartete heute einigermaßen gespannt auf das Abendessen, große Krebse waren angekommen und sollten serviert werden. Herr von Wallbaum beriet mit Graf Lynck und Botho über den Moselwein, der dazu getrunken werden sollte, auch Karl Erdmann interessierte sich für den Moselwein. Die Mahlzeit gestaltete sich nun auch sehr angeregt, und Karl Erdmann faßte die Heiterkeit um ihn her als Ovation für sich auf, er wurde ganz ausgelassen. Zuweilen schaute er zu Daniela hinüber, sie war ja doch der eigentlichste, tiefste Grund seiner Heiterkeit und seines Glückes. Sie saß wieder so da, als hätte sie keinen rechten Anteil an der Familienheiterkeit, die wohlwollende Fremde, die von der Familie ein wenig abrückt. Sie sollte nur abrücken, Karl Erdmann wußte wohl, von ihm konnte sie nicht fortrücken. Er fühlte sich ordentlich erhoben von dem starken männlichen Besitz- und Machtbewußtsein.

Nach dem Essen auf der Veranda mußte Karl Erdmann neben seiner Mutter sitzen, sie hielt seine Hand und erzählte vom gestrigen Tage, und er empfand es wieder, daß es nichts Beruhigenderes gab als diese Stimme. Es war die alte Kindergewohnheit, und das Kind hatte gewußt, daß, wo diese Stimme erklang, ihm nichts geschehen konnte. Während er behaglich zuhörte, versuchte er unter den Gestalten, die sich vor ihm im Dunkeln auf der Veranda bewegten, Daniela zu erkennen. Dort war sie, schmal, weiß, aufrecht, gefolgt von dem leisen Rauschen ihrer Schleppe. Jetzt stieg sie einige Stufen der Treppe hinab, jetzt stand sie und sprach mit jemand. Es war Dorn. »Ach, Herr Dorn«, sagte sie, »ich habe meine griechische Lektion für morgen noch nicht gelernt, wie werde ich morgen bestehen.« – »Morgen, gnädige Frau«, erwiderte Dorn, »bis morgen ist es noch eine Unendlichkeit hin.«

Karl Erdmann ärgerte sich darüber, daß dieser Herr die einfachsten Dinge so pathetisch sagte, als sollte es eigentlich eine Liebeserklärung sein. Als Daniela gleich darauf allein auf dem Gartenwege stand, ging er zu ihr hinüber. »Daniela«, sagte er leise und heiser vor Erregung, »für Sie – für dich scheint es, bin ich noch nicht zurückgekommen.« Er griff nach ihrer Hand, die einen Augenblick kühl und schlaff in der seinen lag und sich ihm dann entzog. »Bitte, lassen Sie«, sagte Daniela. »Ach, Karl Erdmann, Sie gehören auch zu jenen, die nie verstehen.« Karl Erdmann schwieg, starrte vor sich ins Dunkle hinaus – nein, er verstand nicht, er wußte nur, daß er sich plötzlich so elend fühlte, daß er fror. Daniela war nicht mehr neben ihm, er stand allein da und sann. Eine große Wut stieg in ihm auf. »Was will sie?« murmelte er vor sich hin. Er ging abseits, sich in eine dunkle Ecke der Veranda zu setzen. Das Gespräch der andern klang jetzt wie etwas Fernes, das ihn nichts anging, zu ihm herüber. Jemand rief: »Karl Erdmann!« Er antwortete nicht, er drückte sich in seine Ecke und versuchte zu verstehen.

Durch die Stille des nächtlichen Gartens kam ein Ton, ein kurzer, trockener Ton. »Es war ein Schuß«, sagte Herr von Wallbaum. – »Ja, drüben im Park«, sagte Botho. Nun hörte man hastige Schritte über den Kies laufen, sie kamen aus der Allee auf die Treppe zu. Jemand im hellen Kleide blieb vor der Treppe stehen, und man hörte ein lautes Weinen. »Was gibt es?« rief Herr von Wallbaum und stieg die Treppe hinab, »wer ist da? Sie, Lina? Wo kommen Sie her? Was ist denn geschehen? Wer hat geschossen?« – »Ach Gott, ach Gott«, jammerte Lina, »ich weiß nicht, wir – ich war drüben am Teich, da hat einer geschossen. Jetzt liegt er auf der Bank unter dem Ahorn.«

»Wer denn? So sprechen Sie, Mädchen«, herrschte Herr von Wallbaum sie an.

»Aristides Dorn«, sagte jemand. Karl Erdmann trat schnell zu den andern; war es nicht Daniela gewesen, die »Aristides Dorn« gesagt hatte? Eine große Aufregung entstand jetzt, Herr von Wallbaum rief nach den Dienern, nach Laternen. Von allen Seiten kamen Leute, und man machte sich auf, in den Park zu gehen. Karl Erdmann ging mit, aber er war noch so in seine Gedanken versunken, daß er ein wenig zurückblieb. Warum hatte Daniela »Aristides Dorn« gesagt, wie wußte sie das? »Sie sind von denen, welche nie verstehen«, hatte sie gesagt, und nicht zu verstehen, sie nicht zu verstehen, empfand er als quälende Demütigung. Die andern waren schon an der Bank unter dem Ahorn angelangt, als Karl Erdmann sie einholte. Auf dem Boden lag Aristides Dorn ausgestreckt, die Laternen beleuchteten hell sein Gesicht, das von einer graugelben Blässe und leicht verzogen war wie im Schmerz oder als wollte es weinen. Von der Schläfe lief ein dunkler Blutstreif auf die Wange herab. Bei ihm aber kniete Daniela, sie hatte den Kopf des Toten auf ihre Knie gelegt, beugte sich auf ihn nieder und strich ihm sanft mit der Hand die schwarze Locke aus der Stirn. Zuweilen erhob sie den Kopf und sagte etwas zu den Umstehenden. Ihre Wangen waren leicht gerötet, ihr Gesicht feucht von Tränen, und ihre Augen hatten den strahlenden Glanz überstarken Fühlens, der auch im Schmerz etwas wie die Erregung eines Glückes in sie hineinlegte. Karl Erdmann sah all das ganz deutlich, ja er sah nur das, so furchtbar ergriff ihn diese bei dem Toten kniende Frau. Männer kamen mit einer Art Tragbahre, auf die Aristides Dorn gelegt wurde, und dann setzte sich der Zug langsam dem Hause zu in Bewegung. Daniela ging neben der Bahre her, als würde dort etwas getragen, das ihr gehörte. Am Hause gab Herr von Wallbaum leise seine Befehle, die Leiche sollte in dem leeren Zimmer neben dem Wintergarten aufgebahrt werden, Leute sollten nebenan wachen, der Arzt mußte geholt werden der Totenschau wegen. Karl Erdmann wurde es unerträglich, bei der Bahre zu stehen, er ging ins Haus.

Im Gartensaal standen die Frauen verschüchtert beieinander. Als Karl Erdmann eintrat, schauten ihn alle aufgeregt an. Er nickte und sagte leise: »Ja, es ist Dorn.« Er wollte nicht mehr sprechen, stellte sich an ein Fenster und schaute hinaus. »Warum?« fragte Frau von Wallbaum. Er zuckte die Achseln. Lina, die in einer Ecke des Zimmers stand, begann laut zu weinen und wurde von Frau von Wallbaum zur Ruhe verwiesen. Als dann auch Leo heftig zu weinen begann, mußte ihm Lina Wasser holen. Dann schwiegen alle, saßen da und schauten vor sich hin, als warteten sie auf etwas. Einmal sagte Frau von Wallbaum zu Lina: »So schließen Sie doch die Gartentüre, es ist unerträglich, so ins Dunkle hineinzusehen.« Endlich kamen die andern. Herr von Wallbaum hatte das Bedürfnis, laut und schnell zu sprechen: »Fatal, sehr fatal. So ein junger Mensch schießt sich tot mir nichts dir nichts. Und warum? Keiner hat ihm was getan. Aber das ist die Schlappheit der heutigen Jugend. Keine Zucht. Zu meiner Zeit schoß man sich tot, wenn der Karren so verfahren war, daß er nicht mehr weiterging. Die heutigen jungen Leute machen ihren Abendspaziergang und schießen sich eine Kugel durch den Kopf, wie ein anderer sich eine Zigarette anzündet. Widerlich.« Er ging in das Eßzimmer hinüber, trank einen Kognak, kam dann zurück, sprach weiter: »Kann einer mir sagen warum? Hat einer eine Ahnung warum?« Da niemand antwortete, ließ er sich in einen Sessel fallen und schwieg auch. Als eine Türe aufging, schreckten alle ein wenig zusammen.

Daniela erschien. Sie kam aus ihrem Zimmer, hatte einen schwarzen Mantel umgelegt und ging eilig zur Gartentüre. Einen Augenblick blieb sie stehen und sagte zu Frau von Wallbaum: »Ich gehe noch hinüber.« Dann verschwand sie. Alle schauten ihr nach, als hätte etwas Unerklärliches sich eben ereignet. Graf Lynck trat an das Fenster, um hinauszuschauen. »Was tut sie?« fragte Herr von Wallbaum leise. – »Jetzt pflückt sie die Lilien«, berichtete Graf Lynck. – »Meine Lilien!« klagte Frau von Wallbaum leise. – »Jetzt geht sie in den Wintergarten«, meldete Graf Lynck weiter. Herr von Wallbaum schlug sich mit der flachen Hand auf das Knie: »Ist denn heute alles toll geworden! Weiß einer, was die Daniela mit diesem jungen Menschen zu tun hat. Lauter ganz unverständliche Sachen!« Graf Lynck lächelte sein überlegenes Lächeln und meinte: »Es gibt eben Frauen, die nicht genug fünfte Akte erleben können.« Aber Herr von Wallbaum ärgerte sich darüber: »Das ist eine Redensart, mein Lieber, im besten Fall ein Witz, erklärt aber nichts.« Da keiner Lust zu haben schien, eine Erklärung zu geben, erhob sich Herr von Wallbaum: »Jetzt ist nichts zu machen. Wenn der Doktor kommt und so, gibt es Schreibereien genug für mich, also gute Nacht.« – »Ja, gehen wir«, sagte Frau von Wallbaum, »nicht wahr, Mann, du kommst bald nach.« – »Ich schlafe heute nacht bei Oda«, sagte Heida, und »Lina schläft bei mir«, verkündete Fräulein Undamm.

»Wovor fürchtet ihr euch denn?« fragte Botho erstaunt.

»Des armen Herrn Dorns wegen«, meinte Heida, »fürchte ich mich nicht. Das eigentlich Unheimliche ist Daniela.«

So zogen sie sich alle zurück, nur Karl Erdmann blieb und ging unruhig im Saale auf und ab. Er konnte Daniela nicht allein lassen dort bei dem Toten, die andern alle verließen sie, flüsterten über sie, fürchteten sich vor ihr. Ein qualvolles Mitleid stieg in ihm auf. Mit der Liebe und der Eifersucht hatte er Not genug, nun kam noch dieses Mitleid und machte ihn vollends wehrlos und krank. »Ich geh zu ihr«, beschloß er und stieg in den Garten hinunter. Er näherte sich dem Wintergarten, um durch das Fenster zu schauen. Das große, weißgetünchte Zimmer war von Kerzen hell erleuchtet, auf einem weißen Ruhebette lag Aristides Dorn, seine Züge hatten jetzt eine strenge, überlegene Ruhe, die Locke lag tintenschwarz auf seiner bleichen Stirn. Ein großes Büschel Lilien war ihm auf die Brust gelegt. Abseits in einer Ecke saß Daniela in einem Gartenstuhl, fest in ihren Mantel gewickelt. Sie schaute tief in Gedanken gerade vor sich hin und ihr Gesicht hatte einen aufmerksamen und belebten Ausdruck, wie sie ihn zuweilen in Gesprächen hatte, die ihr Gefühl erregten. Karl Erdmann öffnete leise die Tür und trat ein. Daniela schreckte ein wenig zusammen und wandte sich nach ihm um. »Sie, Karl Erdmann, warum kommen Sie?« fragte sie flüsternd. – »Ich komme Sie holen, Daniela«, antwortete er ebenso leise. »Sie dürfen hier nicht allein bleiben, kommen Sie zu uns.« Daniela wandte ihren Kopf wieder von ihm ab und sagte abweisend: »Ach nein, ich bleibe noch ein wenig, ich glaube, es würde ihm wohltun, wenn er wüßte, daß ich hier bei ihm sitze.«

Karl Erdmann zuckte die Achseln: »Er? – Ihm können wir doch nicht mehr helfen.«

Daniela schien das nicht zu hören, sie sprach weiter, erhob ein wenig die Stimme, als spräche sie dort zu dem Toten hinüber: »Wissen Sie, daß sie einen Zettel bei ihm gefunden haben, auf dem hat er in seiner guten ordnungsliebenden Art geschrieben: ›Der Ordnung wegen bemerke ich, daß ich freiwillig aus dem Leben gehe‹, ich weiß aber, daß er um mich gestorben ist.«

»Ein Kranker«, unterbrach Karl Erdmann sie ungeduldig, »er hat es mir selbst gesagt, daß er krank war.«

Daniela lächelte wie zu einer Torheit: »Sie wissen nicht, Karl Erdmann, wie schrecklich es ist, wenn etwas so unendlich Großes wie solch eine Liebe uns ganz nahe gewesen ist, und wir haben sie nicht beachtet, und wir haben es geschehen lassen, daß sie sich still fortschleicht.«

»Seine schwächliche Liebe«, stieß Karl Erdmann mühsam vor Erregung heraus, aber Daniela unterbrach ihn: »Sagen Sie nichts, Karl Erdmann, Sie können das nicht verstehen, bitte gehen Sie, stören Sie uns nicht, Ihnen kann es doch gleich sein, ob ich hier sitze oder nicht.« Sie lehnte den Kopf zurück und schloß die Augen.

Karl Erdmann stand noch da, er sah zu Aristides Dorn hinüber, schaute dies Gesicht an, das so streng und überlegen zwischen den weißen Lilien lag, und ein heißes Gefühl des Zornes schnürte ihm die Kehle zusammen, und dann schämte er sich dieses Zornes gegen den hilflosen Toten. Leise verließ er das Zimmer.

Draußen in der lauwarmen Dunkelheit begann er langsam wie eine Schildwache vor dem Wintergarten hin und her zu gehen. Aber Aristides Dorns bleiches Gesicht stand deutlich wie eine Vision vor seinen Augen, und dann war es nicht mehr das Gesicht des Toten dort, sondern des Lebenden, wie er in der Morgendämmerung auf der Bank gesessen hatte, die frierenden Lippen lächelten mühsam ihr hochmütiges Lächeln und sagten: »Sie vertragen hier keinen Alltag, da kommt ein armer Werktagsmensch nicht auf, der zählt nicht.« Karl Erdmann blieb stehen, ein Gedanke, der ihm durch den Kopf schoß, erschütterte ihn. Aristides Dorn hatte nicht mehr alltäglich sein wollen, und er, Karl Erdmann, war wieder alltäglich.

Jetzt verstand er, aber das Verstehen war bitterer noch als das Nichtverstehen.

Am nächsten Morgen reiste Daniela von Bardow ab. Sie nahm nur von Frau von Wallbaum Abschied. »Ich danke dir für deine Liebe«, sagte sie. »Dieses traurige Ereignis hat mich so seltsam verwirrt, daß ich euch zu stören fürchte. Ich passe nicht mehr in euer freundliches Leben.« Frau von Wallbaum weinte zwar ein wenig, fühlte sich aber Daniela gegenüber befangen. Aristides Dorn wurde in seine Heimat gebracht, um dort bestattet zu werden, und nur wenige der langen Sommertage waren nötig, damit all diese Geschehnisse recht weit zurückzuliegen schienen. – Frau von Wallbaum stand im Morgensonnenschein wieder auf der Veranda, und als Karl Erdmann zu ihr trat, stützte sie sich auf seinen Arm und begann die Gedanken auszusprechen, die sie eben beschäftigt hatten: »Nun sind wir wieder in unserer Ordnung, nur meine Lilien sind fort. Es ist so sicher, nur die Seinen um sich zu wissen, denn mit den Fremden, man weiß nie –. Daniela habe ich sehr geliebt, ich glaubte sie zu kennen, und dann plötzlich in einer Nacht wird sie jemand ganz Unbekanntes, Unverständliches. Nun, das ist vorüber, und wir haben wieder unser gutes bekanntes Leben. Morgen, denke ich, lasse ich die Pflaumen abnehmen, es wird Zeit sein, ich will noch einmal nachsehen.« Damit verließ sie Karl Erdmann und ging in den Garten hinab. Er blieb auf der Veranda stehen und pfiff leise vor sich hin. Das gute bekannte Leben – er hatte nichts dagegen, aber wenn er es recht bedachte, war für ihn der Inhalt dieses guten Lebens doch nur ein beständiges Zurückdenken an die Tage, die eben vergangen waren. Das war kaum mehr erregend, sondern wie ein stets gegenwärtiger Traum, der die friedlichen Vorkommnisse der Tage begleitete. Karl Erdmann stieg auch in den Garten hinab, um zu Oda zu gehen, die drüben unter den Bäumen in der Hängematte lag. Er lehnte sich neben sie an einen

Baum und schaute sie an. Es war hübsch, wie die Blätterschatten rege über das schöne blonde Mädchen hinflirrten und hinrieselten.

»Nicht wahr, Karl Erdmann«, sagte Oda, indem sie die Baumkronen hinaufblickte, »dir erscheint der Garten wohl jetzt sehr leer und einsam. Das kenne ich. Immer wenn jemand fort war, den ich liebte, schien es mir, als könnte es nichts Einsameres geben als diesen Sonnenschein auf diesen Rasenplätzen.«

»Ich denke, ich werde abreisen zum Regiment«, sagte Karl Erdmann.

Oda hob die Arme, schob sich die gefalteten Hände in den Nacken und reckte behaglich ihre ganze Gestalt: »So, du willst fort«, sagte sie. »Ja, vielleicht ist das gut. Ein Kummer hier bei uns vergeht nicht, es ist hier zu geschützt, er gedeiht hier zu gut, wie alles, wie die dicken Rosen und die großen gelben Pflaumen.«

»Und wird süß wie sie, würde Aristides Dorn sagen«, ergänzte Karl Erdmann.

»Hat das der arme Herr Dorn gesagt?« fuhr Oda fort. »Er wird süß, ja, das auch, er wird zu einer Beschäftigung und reiht sich sanft in das Leben ein. Vorigen Tag hörte ich, daß Heida nach mir fragte, und Leo antwortete: ›Du weißt doch, von elf bis zwölf liegt Oda in der Hängematte und ist traurig.‹ So ist es auch, wir wehren uns hier nicht. Wir liegen in der Hängematte und lassen uns von unserem Kummer einhüllen und einwiegen. Nein, ich glaube, ein Mann, der noch etwas tun will, der sollte mit seinem Kummer nicht hier bei uns bleiben.«

ANHANG

Editorische Notiz

Die vorliegenden Texte folgen dem Wortlaut der Erstausgaben. Eindeutige Druck- und Satzfehler wurden stillschweigend korrigiert.

Eduard von Keyserling: Wellen, Berlin: S. Fischer 1911.
Eduard von Keyserling: Am Südhang, Berlin: S. Fischer [1916].

Daten zu Leben und Werk

1855
Am 15. Mai wird Eduard von Keyserling auf Schloss Paddern bei Hasenpoth in Kurland (heute Lettland) als zehntes von zwölf Kindern in eine alte Adelsfamilie hineingeboren. Sein Vater Eduard ist Sohn des Marschalls von Tuckum, seine Mutter Theophile Tochter des polnischen Kronförsters Dietrich von Rummel. Keyserling wächst auf den elterlichen Gütern auf und besucht das Gymnasium.

1874
Keyserling nimmt ein Studium der Jura, Philosophie und Kunstgeschichte in Dorpat (Tartu, Estland) auf.

1876
Der Vater stirbt.

1877
Keyserling muss das Studium wegen einer »Lappalie« (so sein Neffe Otto von Taube) abbrechen und wird gesellschaftlich geächtet. Fortsetzung des Studiums in Wien, wo er auf Ludwig Anzengruber trifft und sich als freier Schriftsteller betätigt.

1887
Keyserlings erster Roman, *Fräulein Rosa Herz*, erscheint.

1889
Rückkehr in die Heimat. Keyserling übernimmt die Verwaltung der mütterlichen Güter Paddern und Telsen und führt ein recht isoliertes Leben.

1892
Veröffentlichung des Romans *Die dritte Stiege*.

1894
Die Mutter stirbt.

1895
Übergabe der Familiengüter an die Majoratserben. Mit seinen Schwestern Elise und Henriette Umzug nach München. Keyserling pflegt hier u.a. Umgang mit Frank Wedekind, Alfred Kubin, Karl Kraus und Max Halbe.

1897
Keyserling erkrankt in der Folge einer alten Syphilisinfektion an einem Rückenmarksleiden.

1899–1907
Mit den Schwestern Reisen durch Italien. Keyserlings Dramen *Ein Frühlingsopfer* (1900), *Der dumme Hans* (1901), *Die schwarze Flasche* (Uraufführung 1902, Erstausgabe 1990), *Peter Hawel* (1904) und *Benignens Erlebnis* (1906) erscheinen, haben aber keinen großen Erfolg. Nach einigen Aufführungen wendet sich Keyserling vom Drama ab. 1903 erscheint die Erzählung *Beate und Mareile*, 1904 die Novelle *Schwüle Tage*. 1905 Veröffentlichung von *Harmonie*. 1906 Publikation der Erzählung *Seine Liebeserfahrung* und der Novellensammlung *Schwüle Tage*. 1907 wird in der *Neuen Rundschau* Keyserlings Aufsatz *Über die Liebe* gedruckt.

1908
Durch die einsetzende Erblindung und die Rückenbeschwerden ist Keyserling weitgehend ans Haus gebunden. Zunehmende schriftstellerische Aktivität, seine weiteren Werke diktiert er den bei ihm wohnenden Schwestern. Henriette stirbt. Erscheinen des Romans *Dumala*.

1909
Die Novellensammlung *Bunte Herzen* erscheint.

1911
Publikation des Romans *Wellen*.

1914
Mit Beginn des Ersten Weltkrieges wird Keyserling von seinen Einkünften aus Kurland abgeschnitten und gerät in finanzielle Not. Der Roman *Abendliche Häuser* erscheint.

1915
Elise stirbt, die Schwester Hedwig kommt nach München und übernimmt bis zu Keyserlings Tod dessen Pflege.

1917
Publikation des Romans *Fürstinnen*.

1918
Im stillen Winkel erscheint. Am 28. September stirbt Eduard von Keyserling in München.

Aus Kindlers Literatur Lexikon: Eduard von Keyserling, ›Wellen‹

In dem 1911 erschienenen Roman ist, wie im übrigen Werk des impressionistischen Erzählers, die dekadente kurländische Adelsgesellschaft Gegenstand und Hintergrund der Handlung. Während eines Sommeraufenthalts in einem Fischerdorf werden die Generalin Palikow, die Familie des Barons von Buttlär mit den Backfischen Nini und Lolo, Lolos Verlobter Leutnant Hilmar, der bucklige Geheimrat Knospelius und der bürgerliche Maler Hans Grill mit seiner adligen Frau, Gräfin Doralice, wie zufällig zusammengeführt. Dieses letztgenannte Paar erschüttert die konventionelle Starrheit des baltischen Adelsbewusstseins. Die kühle, sensible Schönheit Doralice hat dem »lebensvollen« Bürgerlichen zuliebe ihre standesgemäße Verbindung mit dem in entleerten Manierismen erstarrenden Gesandten Köhne-Jasky aufgegeben. Zunächst als Femme fatale von den Standesgenossen geschnitten und dämonisiert, zwingt sie diese durch Menschlichkeit und Charme zu persönlichem Kontakt. Die Baronessen Lolo und Nini verehren in ihr schwärmerisch die emanzipatorische Selbstbestimmung ihrer eigenen Zukunft, Lolos Verlobter dagegen erkennt in ihr eine Gleichgestimmtheit in Leidenschaft und Sensibilität: »Man denkt nur eins, man will nur eins, so stark, daß man sich wundert, daß das Ziel einem nicht entgegenkommt.« Er verliebt sich; die »kleine Familienkolombine« Lolo versucht den Selbstmord. Die Generalin, gesellschaftliches ›Schlachtschiff‹ alter Schule, kommentiert das alles mit viel Sinn für die Ungereimtheiten des Lebens, jedoch ohne Gespür für dessen notwendige Zusammenhänge, wie es der Sonderling Knospelius besitzt. Auch der bürgerliche Maler vermag trotz seines sympathischen Vitalismus nicht, die seelischen Regungen und Leiden seiner Frau dem eigenen Optimismus anzugleichen. Während sie der Werbung des Leutnants widersteht, geht er mit einem Fischerboot im nächtlichen Gewittersturm unter. Zurück bleiben »die schöne, bleiche Frau mit den wehenden Trauerschleiern und der kleine verbogene Herr im langen, grauen Paletot. [...] Sie warteten darauf, daß das Meer sie freigäbe.«

Keyserlings Natursymbolik verwirklicht sich in der Darstellung des Meeres; die Stationen des inneren Ablaufs verdeutlichen sich im vielfältigen Erscheinungsbild der See. So wie sie die Existenz der Fischer bestimmt, bleiben die Handelnden determiniert von dem unberechenbaren Ibsen'schen Wechsel ihrer Gefühle und Leidenschaften, vom ›Leben‹, wie es Knospelius versteht, mit welchem der Autor sich deutlich identifiziert. »Betrieb« und »Menschengeschäfte« sind die Ideale, die der einsame Sonderling mit milder Trauer und sanftem Humor ständig reflektiert. Als Leidender ist er Analytiker und Interpret allen Leidens und Apologet des Vitalen. Dem Tenor von Wehmut und ›Haltung‹ gegenüber einer versinkenden Kultur von selten nuancierter Schönheit (stets repräsentiert durch die Frauen) entspricht die differenzierte Metaphorik der Sprache.

Werner Gauer

Aus: Kindlers Literatur Lexikon. 3., völlig neu bearbeitete Auflage. Herausgegeben von Heinz Ludwig Arnold (ISBN 978-3-476-04000-8). – © der deutschsprachigen Originalausgabe 2009 J. B. Metzler'sche Verlagsbuchhandlung und Carl Ernst Poeschel Verlag, Stuttgart (in Lizenz der Kindler Verlag GmbH).